UNARTIG

Cosette

– Erotik –

2. Auflage Dezember 2010
Titelbild: Roman Kasperski
www.romankasperski.de

Lektorat: Franziska Köhler

ISBN: 978-3-86608-109-3

Hat Dir das Buch gefallen? Schreib uns Deine Meinung
unter: gelesen@ubooks.de

Möchtest Du über Neuheiten bei Ubooks informiert
bleiben? Einfach eine Email mit der Postadresse an:
katalog@ubooks.de

Ubooks-Verlag
Wellenburger Str. 1
86420 Diedorf

www.ubooks.de

Inhalt

BDSM around the world

oder

Gefickt wird überall auf der Welt

Ich möchte Unartig *meiner Testleserin widmen,*
weil ich für ihre konstruktive Kritik sehr dankbar bin.

Sklavenstolz (Berlin)

Als Hannah sich vor das Andreaskreuz stellte, kamen ihr erste Bedenken. Sie hatte noch nie mit einem Dominus gespielt, den sie gerade erst kennengelernt hatte. Abenteuerlustig war sie in dieser Nacht durch Berlin gestreift und im SM-Club Gargoyle gestrandet. Nun stand sie hier, erregt und zweifelnd. Dieser fremde Dom wusste ja nicht, was ihr gefiel und was sie auf den Tod nicht ausstehen konnte.

Deshalb beschloss sie, ihn aufzuklären: «Mein Busen ist tabu, ich meine für Schläge.»

«So, so, deine Tittchen darf ich nicht schlagen, nur zärtlich streicheln, vermute ich.» Der Marquis d'Agonie, wie er sich nannte, ließ die Handfessel aus Stahl zuschnappen und fixierte somit Hannahs rechtes Handgelenk.

«Das Korsett möchte ich anbehalten», klärte Hannah ihn auf. «Die halben Schalen heben meine Brüste an. Sie sehen dadurch hübsch aus, wie auf einem Präsentierteller.»

Er fesselte auch die linke Hand an das Kreuz. «Und du möchtest hübsch aussehen, nicht wahr? Während der ganzen Session wie aus dem Ei gepellt.»

Lag Sarkasmus in seiner Stimme? Hannah hob blasiert ihre Augenbrauen. «Natürlich! Welche Frau möchte schon hässlich sein?»

«Für einen Dom ist eine Sub am schönsten, wenn sie leidet», sagte er gelassen, «wenn sich ihr Gesicht vor Schmerz verzerrt, wenn sie vor Geilheit schwitzt und trieft und Speichel aus ihrem Mundwinkel tropft.» Er ging vor ihr in die Hocke und spreizte ihre Beine.

Furcht breitete sich in Hannah aus, aber es war eine Art Angst, die ihre Säfte fließen ließ. Eilig fügte sie hinzu: «Klammern an meinen Schamlippen mag ich auch nicht, besonders nicht die mit den Zähnchen.»

«Das ist gut zu wissen.»

Er schmunzelte, während er die Stahlfesseln an beiden Seiten um Hannahs Fußgelenke schloss, aber er lächelte sie nicht an, sondern in sich hinein, was Hannahs mulmiges Gefühl verstärkte. «Ich sage das alles nur, weil ein Dom und eine Sklavin vor einer Session abklären müssen, wie weit sie gehen.»

«Und du bist eine Sklavin?» Er runzelte die Stirn.

Hannah fand, dass das die dämlichste Frage war, die sie jemals gehört hatte, und zischte: «Sieht man doch.»

«Und du sagst mir, wie weit ich bei dir gehen darf?» Schwungvoll erhob er sich.

«Du musst doch wissen, was ich will und was nicht.»

Der Marquis d'Agonie trat einen Schritt zurück, verschränkte die Arme vor dem Oberkörper und betrachtete sein Werk eingehend. «Meinst du nicht, es ist ziemlich hochmütig von dir, deinen Herrn zu duzen? Wäre ein *Sie* nicht angebrachter?»

«Das Spiel hat doch noch gar nicht begonnen.» Sie hatte Mühe sich zusammenzureißen. Dieser Dominus war wirklich seltsam!

Verklärt lächelnd nahm der Marquis eine Gerte von der Halterung an der Wand und schlug auf die Innenseite von Hannahs rechtem Oberschenkel, so nah an den äußeren Schamlippen, dass sie den Windhauch an ihrer Möse spürte. «Die Session hat angefangen, als wir dieses Separee betreten haben, Sklavin!»

Hannah war auf einmal unsicher, ob sie die richtige Wahl getroffen hatte. Oliver, der normalerweise ihren Herrn spielte, hatte in dieser Nacht keine Lust gehabt auszugehen. Da sich Hannah aber den Spaß durch einen bockigen Dom nicht verderben lassen wollte, war sie eben alleine aufgebrochen. Zuerst hatte sie den Ku'damm unsicher gemacht, doch ihre Geilheit war zu groß gewesen, um sie zu ignorieren, und so war sie schließlich ins Gargoyle gefahren. Mit ihrem langen, rot gefärbten Haar hatte sie große Aufmerksamkeit auf sich gezogen und war von vielen Meistern angebaggert worden. Sie hatte sich für den Marquis entschieden, weil er so beherrscht auftrat und sie aufgrund seiner stahlblauen Augen, die so herrlich kalt und dominant wirkten, erschauerte.

Nun wandelte sich diese Faszination in Grauen.

Der Marquis d'Agonie lief vor ihr auf und ab und schwang die Gerte wie ein Lehrer den Rohrstock. «Ein Dominus sollte mit seiner Sklavin vor der Session über Tabus sprechen, über Extreme wie Kaviar, Nadeln oder Cutting. Du, Sklavin, hast kein Recht deinem Herrn vorzuschreiben, wo er welche Klammer anzulegen hat. Hast du mich verstanden?»

«Ja, aber –»

Er holte aus und schlug ihr mit dem flachen Ende der Gerte auf den rasierten Venushügel. «Das Wörtchen ‚aber' kommt im Wortschatz einer Sub nicht vor.»

Wütend biss Hannah die Zähne zusammen. Sie hätte sich ohrfeigen können, weil sie bei dem Schlag zusammengezuckt war. «Ja», brachte sie gepresst hervor.

«Ja, was?» Erneut traf er ihren Schamhügel, diesmal jedoch tief als zuvor.

Blut schoss in ihr Fötzchen. Oliver hatte sie bisher nur auf den Hintern und die Rückseite ihrer Oberschenkel geschlagen, weil sie ihr Okay zu mehr nicht gegeben hatte. Schnippisch sagte sie: «Ja, verehrter Marquis d'Agonie.»

«Dein aufmüpfiger Unterton gefällt mir ganz und gar nicht.»

Es folgten drei schnelle Schläge auf ihre Klitoris, nicht so fest, dass Hannah in Tränen ausgebrochen wäre, aber der Schreck raubte ihr dennoch für Sekunden den Atem. Danach stieg Hitze in ihrem Kitzler auf. Instinktiv riss sie an ihren Fußfesseln, die ihre Beine gespreizt hielten, doch das war aussichtslos. Sie war den Hieben hilflos ausgeliefert.

Der Marquis sah ihr ins Gesicht und weidete sich an ihrer Verzweiflung.

«Das war nicht nötig gewesen», jammerte Hannah. «Das war zu krass.»

«Drastisches Fehlverhalten erfordert drastische Erziehungsmaßnahmen.» Er kam so nah heran, dass ihre Nasen sich fast berührten. Seine Hände stützte er rechts und links neben ihrem Körper am Andreaskreuz ab.

Mit seiner Nähe raubte er ihr die Luft zum Atmen. Er war so viel dominanter, als sie es von Oliver gewohnt war, und sie wusste nicht damit umzugehen. Der Marquis war zu streng, so viel stand fest. Aber verhielt er sich nicht genau so, wie eine Sklavin es sich wünschte? Sie errötete, denn sie spürte, wie das Feuer in ihrer Klitoris auf ihre Muschi übersprang und Mösensaft ihre Schenkel hinunterfloss. Dass sie derart auslief, hatte Hannah noch nicht erlebt.

«Als wir das Separee betreten haben, habe ich dir ein Safeword ins Ohr geflüstert: *fièrement*.»

«Das kann ich nicht aussprechen.»

Trocken erwiderte er: «Das ist dein Problem.»

Hannah traute ihren Ohren nicht. Was bildete sich dieser Kerl eigentlich ein? Dachte er, er wäre so unwiderstehlich, dass er alles mit ihr tun konnte? Oh ja, das dachte er auf jeden Fall, und seine Überheblichkeit machte Hannah auch noch an.

«Sobald du es aussprichst, werde ich dich losbinden und wir gehen getrennte Wege.» Er schaute ihr tief und mit kühlem Blick in die Augen. «Aber solange diese Session stattfindet, unterwirfst du dich meinen Regeln. Ich werde deine Grenzen ausloten und sie erweitern. Ich werde alles mit dir tun, wozu ich Lust habe. Deine Meinung zählt nicht, denn du bist eine Sklavin.»

Sie schluckte den Kloß in ihrer Kehle hinunter und sagte widerspenstig: «Bei BDSM geht es um den Lustgewinn, sowohl vom Subbie als auch vom Top.»

Der Marquis runzelte zornig seine Stirn und legte die Gerte quer unter Hannahs Kinn. Grob drückte er es hoch, sodass sie seine Macht spürte. «Erst einmal bekommst du fünf Schläge, weil du die Sub zuerst genannt hast. Wohin ich schlagen werde, hast du mir schon verraten, natürlich auf deinen Busen.»

«Aber das mag ich nicht.»

«Genau deshalb.» Seine Stimme troff vor Genugtuung. «Zweitens wirst du während der Schläge eine Krokodilklammer an deiner Schamlippe tragen, weil du so dreist bist und Lust von deinem Herrn erwartest, dabei hast du rein gar nichts zu erwarten. Du bist meinem Wohlwollen ausgeliefert und wirst um Orgasmen flehen, manchmal erfolgreich – manchmal vergeblich.»

Sie schüttelte zaghaft den Kopf, denn sie begriff langsam, dass mit diesem Herrn nicht gut Kirschen essen war. «Bitte, nicht die Zahnklammer. Ich sagte doch, dass ich die nicht will. Sie tut so schrecklich weh.»

«Genau deshalb werde ich sie dir anlegen. Und drittens –»

«Was habe ich noch falsch gemacht?»

«Du hast das Wörtchen ‚aber' schon wieder benutzt, obwohl ich es dir verboten habe.» Er schnalzte. «Wir werden viel Spaß miteinander haben, denn du bettelst mit jedem Satz um eine Strafe.»

«Warum?», fragte Hannah und konnte sich selbst kaum verstehen, da sie so leise sprach. «Warum sind Sie so hart zu mir?»

Lächelnd streichelte er ihre Wange und nahm die Gerte weg. «Nicht hart, sondern konsequent. Du bist keine Sklavin, sondern musst erst noch zu einer erzogen werden. Du bist so sehr mit Fehlern behaftet, dass sich kein Dominus herablassen sollte, sich mit dir zu beschäftigen, weil du es nicht wert bist. Also danke mir, dass ich die Last deiner Erziehung auf mich nehme.»

Seine Worte trafen sie ins Herz. Sie war kein fehlerhaftes, wertloses Nichts. Warum machte diese Erniedrigung sie nur so geil?

«Dein größter Fehler ist dein Stolz – *ton fièrement*! Du gibst vor, eine Sklavin zu sein, bist aber zu stolz, dich zu unterwerfen, und denkst, du könntest den Top manipulieren, doch als Bottom liegt dein Schicksal in seiner Hand. Daher rate ich dir, leide für mich, schöne Hannah, gib dich dem Schmerz genauso wie der Geilheit hin, damit ich zufrieden mit dir bin. Ansonsten beginne ich von vorne und treibe meine Späße noch ärger mit dir.»

Hannah war wie paralysiert. Sie wagte kaum zu atmen, weil seine Macht sie fest im Griff hatte. Sein Lächeln erschien ihr wie eine bittersüße Drohung, wie die Ruhe vor dem Sturm. Ihr war angst und bange. Sie wollte fliehen, nur um im nächsten Moment endlich von ihm gepeinigt und danach gevögelt zu werden. Würde er sie ficken oder ahnte er ihre Wünsche und tat genau das Gegenteil?

Dieser Marquis d'Agonie, wer auch immer hinter dem Namen steckte, war ein Teufelskerl!

Er griff an Hannahs Rücken. Während er ihr in die Augen schaute, öffnete er provozierend langsam die Schnüre ihres Korsetts.

«Ich möchte nicht –» Da sein Blick sich verdunkelte, brach sie ab und sagte stattdessen: «Bitte, lassen Sie mich das Korsett tragen.»

«Formuliere deine Frage unterwürfiger», herrschte er sie an.

Sie überlegte, aber es fiel ihr schwer, da er so nah vor ihr stand. Seine Präsenz besaß etwas überwältigend Bedrohliches. «Ich, nun, ich bitte Sie von ganzem Herzen, mir wenigstens dieses Kleidungsstück zu lassen.»

«Das kannst du besser», erwiderte er, ohne mit dem Lösen der Schnüre aufzuhören.

Hannah beeilte sich zu sagen: «Bitte, verehrter Marquis, ich flehe Sie an, erweisen Sie mir die Gnade, das Korsett tragen zu dürfen.»

Er nickte. «Es geht also doch.»

Das Gefühl der Demütigung wich der Erleichterung. Als er jedoch ein Messer zückte, die gelockerten Schnüre durchschnitt und ihr das Korsett förmlich vom Körper riss, war sie völlig verwirrt. «Ich habe getan, was Sie wollten. Warum ...?»

Der Marquis baute sich vor ihr auf und sagte von oben herab: «Wer hat behauptet, dass ich deiner Bitte nachgeben muss, sobald du dich vor mir erniedrigst? Du kannst froh sein, dass ich den kostbaren Stoff nicht zerschnitten habe, sondern nur die Schnüre, die günstig ersetzt werden können. Also, solltest du mir jetzt nicht deine Dankbarkeit erweisen?»

Hannah kochte vor Wut. «Wieso soll ich mich klein machen, wenn es nichts nutzt?»

Der Marquis vergrub seine Hand in ihren langen, roten Haaren und zog ihren Kopf schmerzhaft nach hinten. «Weil du gut daran tust, alles, wirklich alles, zu versuchen, um mich milde zu stimmen. Denn wenn du weiterhin eine stolze Sklavin sein möchtest, wirst du dies ertragen müssen.» Er kramte mit der freien Hand in seiner Hosentasche.

Dann durchfuhr Hannah ein starker Schmerz. Der Marquis hatte eine Klammer an ihre rechte Schamlippe gesetzt, und es war eine mit Zähnchen, die sich nun in ihr zartes Fleisch bohrten. Hannah hätte ihm am liebsten die Augen ausgekratzt, aber sie konnte lediglich in ihren Fesseln zappeln. Schimpfsalven lagen ihr auf der Zunge, doch kein Wort kam über ihre Lippen, weil sie unfähig war zu sprechen. Sie biss die Zähne zusammen und spürte, dass ihre

Augen feucht wurden. Der Schmerz war unerträglich. Sie hasste ihn! Doch als der Marquis seinen Daumen auf ihre Klitoris drückte, kamen zu den Schmerzwellen Wogen der Lust dazu.

Sanft säuselte er in ihr Ohr: «Ich will meine Sklavin nackt sehen, denn sie besitzt nichts außer ihrer Geilheit, die sie mir zum Geschenk macht. Ich verlange jede Regung ihres Körpers zu sehen, möchte jeden Leberfleck an ihr kennen und die Stellen aufspüren, an denen sie besonders empfindlich ist.»

Hannah war benommen. Der Schmerz setzte ihr zu, genauso wie die Demütigung. Obwohl es nur eine Äußerlichkeit war, fühlte sie sich vollständig nackt, sogar noch ausgelieferter als mit Korsett, das zwar nicht viel verhüllt hatte, aber eine Art Schutzpanzer gewesen war. Nun war sie auf ihren Körper reduziert. Jede Unzulänglichkeit kam zum Vorschein. Eine weitere Erniedrigung auf dem steinigen Weg zur echten Sklavin.

«Ich sehe ein, dass ich zu viele Einschränkungen gemacht habe», jammerte sie und schniefte.

«Wohl eher Vorschriften», maßregelte er sie.

«Es tut mir aufrichtig leid. Ich bettele auch darum, ich tue alles, nur bitte nehmen Sie die Krokodilklammer ab. Sie bringt mich um.»

Der Marquis ließ seinen Daumen über ihren Kitzler kreisen, sodass Hannah vor wachsender Geilheit erzitterte. «Du genießt die Qual, das ist offensichtlich. Es gibt keinen Grund, dich davon zu erlösen.»

Bevor sie zum Höhepunkt kam, nahm er den Daumen weg. Wie zufällig stieß er gegen die Klammer. Hannah gab einen spitzen Schrei von sich. Ihr Körper versteifte sich. Sie zog an den Fesseln, die unnachgiebig ihre Arme und Beine gespreizt hielten.

«Ich will kein Barbar sein und sehe, dass du mehr leidest, als du ertragen kannst, daher biete ich dir einen Tausch an.» Er lächelte hinterhältig. «Ich entferne die Klammer mit den hässlichen Zähnchen sofort, wenn du bereit bist, einige Schläge auf die Klit hinzunehmen.»

«Niemals!», schoss es aus Hannah heraus.

Er nickte. «In Ordnung, dann lassen wir die Klammer eben dran.» Kaum hatte er es ausgesprochen, schnippte er mit dem Finger gegen ihre Nippel, immer und immer wieder.

Über Hannahs Gesicht liefen dicke Tränen. Sie schluchzte und zog undamenhaft die Nase hoch. Ihr Atem überschlug sich. Hemmungslos flennte sie. Sie wollte schreien, aber die Schreie blieben ihr im Hals stecken.

Dann endlich brachte sie ein klägliches «Ja» heraus.

Zufrieden hörte er auf. Erst als er über die Innenseite ihrer Schenkel strich, bemerkte Hannah, dass wieder Mösensaft ihre Beine hinunterfloss. Der Marquis fuhr mit seinen Fingerspitzen durch den Saft und verteilte ihn auf Hannahs Lippen. Angewidert drehte sie das Gesicht zur Seite, aber ein Entkommen war unmöglich. Warum hatte sie sich nur von ihm ans Andreaskreuz fesseln lassen? Und wieso wollte sie, trotz aller Qual, dass er weitermachte?

«Ich will dich nicht brechen, Hannah», sprach er sanft und leckte den Mösensaft von ihren Lippen. «Ich will dir nur deinen verdammten Stolz austreiben, denn der steht einer Sklavin nicht, und das ist es doch, was du sein möchtest, oder?»

«Ja, Herr.» Instinktiv neigte sie den Kopf nach vorne, um ihn zu küssen, doch er zog sich zurück.

«Du versuchst schon wieder, das Spiel zu lenken.»

Verlegen senkte sie den Blick. Sie schämte sich, weil er nun wusste, dass sie ihn trotz allem, was er ihr angetan hatte, begehrte.

Er legte die Hand unter ihr Kinn und hob es dann an. Diesmal sah sein Lächeln ehrlich aus. «Ich fasse den versuchten Kuss als Kompliment auf. Aber nun kommen wir zu den Schlägen auf deinen Busen. Du wirst sie ertragen, habe ich recht?»

Obwohl sie unsicher war, antwortete sie: «Ja, verehrter Marquis.»

Während er einige Schritte zurückging und das flache Ende der Gerte auf ihren Busen legte, als wollte er damit sein Ziel markieren, dachte Hannah an Oliver, dem sie ständig sagen musste: ‚Lass mich doch vor dir niederknien' oder ‚Du könntest mich doch über den Schoß legen und mir den Hintern versohlen.' Jetzt wusste sie, dass ihre Sessions mit Oliver Kinderkram gewesen waren.

Ihre Gedanken wurden vom ersten Schlag unterbrochen, der nicht fest war, aber einen Vorgeschmack auf das lieferte, was folgen würde. Ihr Brustkorb hob und senkte sich, weil sie Angst hatte. Der zweite Schlag traf dieselbe Stelle, nur diesmal fester. Hannah presste die Lippen aufeinander und stöhnte. Beim dritten Schlag zuckte sie so stark zusammen, dass der Schmerz an der Schamlippe, an der die Klammer noch immer saß, zunahm. Er breitete sich ebenso aus wie der Schmerz in der Brust.

Zwei pulsierende Stellen, die Hannahs Erregung anfachten.

Dem vierten Schlag, wieder auf dieselbe Stelle, versuchte sie instinktiv auszuweichen, weil die Hiebe an Intensität zunahmen, und sie ahnte, dass der nächste wehtun würde. Das tat er auch. Ausweichen war unmöglich. Sie presste einen unterdrückten Schrei hervor und starrte ungläubig auf den roten Fleck, der ihr Tittchen markierte. Ein Fremder schlug ihre Brust, das war unfassbar. Schläge auf ihren Hintern und auf die Rückseite ihrer Oberschenkel waren in Ordnung für sie. Aber doch nicht auf den Busen.

Noch unfassbarer war jedoch, wie stark ihre Erregung dadurch in die Höhe schoss. Ihre Tittchen foltern zu lassen war für Hannah ein Tabu gewesen, eine Grenze, die der Marquis nun durchbrochen hatte. Und so schlimm war der Schmerz doch gar nicht.

Kaum hatte sie eine gewisse Art von Erleichterung verspürt, schlug der Marquis ein fünftes Mal zu. Den letzten Schlag platzierte er nicht auf die bewährte Stelle, sondern auf die Brustwarze. Hannah schrie ihren Schmerz und ihre Überraschung heraus. Ihr Nippel pochte. Er fühlte sich heiß an. Hart und hochrot stand er hervor.

Der Marquis massierte Hannahs Klitoris. «Hast du mir nichts zu sagen?»

Zuerst verstand sie nicht, dann dämmerte ihr, was er hören wollte. «Ich danke Ihnen, Herr, für diese Züchtigung.» Ihre Geilheit schwoll durch seine Stimulation schnell an. Hannah verdrehte ihre Augen vor Lust und war kaum fähig, seinen Worten zu folgen.

«Brav. Mit jedem Schlag ist dein Stolz ein Stück mehr gebröckelt. Nun folgt die Klit.»

Erschrocken sah sie ihn an. Sie wollte widersprechen und ihn im nächsten Moment anbetteln, es nicht zu tun, aber das würde ihn nur noch mehr gegen sie aufbringen.

Außerdem raubte die Geilheit ihr den Atem. Quälend langsam rieb er ihren Kitzler, steckte ihr seine Zunge tief in den Hals, sodass ihr noch weniger Luft zum Atmen blieb. Der Zungenkuss schmeckte himmlisch. Sie fühlte sich beflügelt. Bald würde sie kommen. Ihre Muskeln verkrampften sich. Sie zog an den Fesseln. Der Orgasmus war zum Greifen nah.

Doch der Marquis ließ von ihr ab.

Enttäuscht, aber berauscht säuselte sie: «Herzlichen Dank für den umwerfenden Kuss, den Sie mir gnädigerweise gewährt haben.»

Hannah erkannte sich selbst nicht wieder. Sie kam sich vor wie Wachs in seinen Händen, ein Gefühl, das sie bisher nicht gekannt hatte. Dadurch, dass sie sogar im Spiel mit Oliver die Kontrolle behalten hatte, hatte sie sich auch nie wirklich hingegeben. Sie begehrte den Marquis. Sie wollte ihren Stolz über Bord werfen und sich ihm beugen. Er hatte sie dazu gebracht, und sie war ihm dankbar dafür.

Der Marquis d'Agonie legte die Gerte an den Kitzler. Kurz schaute er Hannah in die Augen, dann holte er aus und schlug zu, aber nicht nur ein Mal, und er gönnte ihr auch keine Pause zwischen den Hieben.

Kurze, nicht allzu feste Schläge prasselten konstant auf Hannahs Klitoris.

Ohne Unterlass malträtierte der Marquis ihre Klit, die durch die Massage zuvor höchst empfindlich war. Hannah wand sich unter den Schlägen. Sie wollte die Schenkel schließen, was unmöglich war. Sie zuckte und zappelte hilflos in ihren Fesseln, bis sich ihr Unterleib zusammenzog und der Orgasmus sie erschütterte. Flüssigkeit schoss aus ihrer Möse hervor. Hatte sie etwa soeben abgespritzt?

Ihre Augen waren geschlossen und Tränen flossen ihre Wangen hinab, als der Marquis endlich aufhörte, ihre Klit zu schlagen. Er entfernte die Klammer, Hannah schrie auf und lehnte sich schluchzend an seine Schulter.

Nach einer Weile band er sie los und fing sie auf. Er trug sie zu einem roten Ledersofa, das in der Ecke stand.

Hannah genoss die Nähe und seine Umarmung und dachte, wie seltsam es doch war, dass sie kein einziges Mal in Erwägung gezogen hatte, das Safeword auszusprechen.

Vorsichtig bettete er sie auf die Couch und säuselte: «Dein Herr daheim ist ein Versager. Er weiß dich nicht zu erziehen. Ich erwarte dich morgen pünktlich um zwanzig Uhr in Grunewald. Knie dich nackt vor meine Haustür und warte, bis ich dir die Gnade erweise, dich hereinzulassen, egal, wie lange es dauert. Und dann wirst du dich ausgiebig um meine Bedürfnisse kümmern.» Er steckte ihr eine Visitenkarte zu.

Verdutzt öffnete Hannah die Augen. Ein erwartungsvolles Prickeln floss durch ihren Körper. Sie lächelte den Marquis unterwürfig an. Gehorsam nickte sie. «Wie Sie befehlen, mein Herr.»

AN DEN FALSCHEN GERATEN (PARIS)

«Auf keinen Fall darf der Weg geradlinig verlaufen. Sonst kann das Qi nicht fließen!» Genervt schwenkte Danielle d'Allonville das Kristallglas in ihrer Hand, sodass der Champagner überschwappte, über ihren Handrücken lief und auf ihr mintgrünes Sommerkleid tropfte, das viel zu kühl für den April, dafür aber très chic war. «Ich hatte einen Feng-Shui-Garten bestellt. Die Kiefer dort drüben muss weg, denn sie ist ein Männlichkeitssymbol und dieses Loft wird von einer Frau regiert. Ich will eine Trauerweide haben, weil sie in der chinesischen Gartenkunst für den Frühlingsanfang steht und ein sexuelles Symbol ist.»

Sie war im Herbst in das Loft in der alten Spinnerei gezogen, weil sie den Blick über das Künstlerviertel Montmartre liebte. Vor knapp einem Jahr war das geschichtsträchtige Gebäude in Luxusapartments umgebaut worden.

Einer der drei Männer wandte sich zu ihr um. Er schien die Gestaltung des Dachgartens zu leiten. Während er mit ihr sprach, wischte er sich die Hände an seiner grünen Latzhose, auf deren Brusttasche der Name ‚Mathis' stand, ab. «Eine Trauerweide? Die stellt man auf Gräber, Madame.»

«Schon morgen wird in meinem Dachgarten eine chinesische Weide stehen oder ich suche mir eine andere Gartenbaufirma.» Sie leckte den Champagner von ihrer Handfläche und war sich durchaus bewusst, dass sie mit dieser lüsternen Geste die Aufmerksamkeit der Männer auf sich zog. Und dieser Mathis besaß eine unverfroren dicke Wölbung in seinem Schritt.

«Das wird nicht nötig sein.» Er nickte und schickte seine beiden Kollegen umgehend los, damit sie die Kiefer abtransportierten und eine Trauerweide holten.

Danielle rief ihnen mit diabolischer Freude stichelnd hinterher: «Und Chrysanthemen.» Dann prüfte sie mit einer raschen Handbewegung, ob ihre Hochsteckfrisur noch saß. Ihre blonden Haare glänzten dank eines Glitzerhaarsprays in der Sonne wie Gold.

«Das sind Friedhofsblumen.» Mathis zuckte mit den Schultern. «Und selbst dafür zurzeit nicht gerade angesagt.»

«Die Chrysantheme ist das Symbol des japanischen Kaiserhauses und dort so etwas wie eine Nationalblume», referierte sie mit Genugtuung.

Doch Mathis ließ sich nicht beirren. Er verschränkte die Arme vor dem Oberkörper und präsentierte ihr dank des Muskelshirts seine durchtrainierten Oberarme. «In Frankreich schenkt man sie nur Verstorbenen. Das sagt doch schon alles.»

«Wollen Sie mir etwa sagen, was en vogue ist?», fragte Danielle pikiert und hob blasiert eine Augenbraue. Unruhig trippelte sie in ihren High Heels vor ihm auf und ab. «Ich bin die Chefredakteurin eines Inneneinrichtungsmagazins, aber jemand wie Sie hat gewiss noch nicht vom ‚Interieur' gehört. Sie gehören nicht gerade zu unserer Zielgruppe.»

Abfällig betrachtete sie ihn von oben bis unten, konnte aber nicht leugnen, dass dieser Mann verdammt gut gebaut war. Er war von der Arbeit im Freien braungebrannt und hatte dunkle, tiefliegende Augen, die ihm etwas Geheimnisvolles verliehen. Die Art, wie er Danielle ansah – mit zusammengekniffenen Augen und einem Blick, in dem deutliche Missbilligung lag –, ließ sie wohlig erschauern.

«Ich bin ein Profi in Sachen Gartenplanung», sagte er selbstbewusst und seine Stimme war mit einem Mal eine Nuance tiefer.

«Profi? Sie sind kein Landschaftsarchitekt und tun nicht viel mehr, als im Dreck zu buddeln.» Danielle prustete. «Sie kennen sich ja noch nicht einmal mit Feng-Shui aus.»

Hatte sie es zu weit getrieben? Danielle stellte sich auf Gegenwind ein, doch Mathis hielt seinen Missmut im Zaum und knirschte lediglich mit den Zähnen, obwohl Danielle sehr wohl mitbekam, dass er die Hände zu Fäusten ballte und in die Seitentaschen seiner Latzhose steckte.

Sie lächelte in sich hinein, weil er attraktiver aussah, je wütender er wurde, und sie es amüsant fand, ihn zu reizen. Es mochte sein, dass sie ein wenig zu dick auftrug, eigentlich war sie nicht so bissig. Aber was sonst hätte sie am Wochenende machen sollen, als sich mit solchen Spielchen über Wasser zu halten? Sie hatte keinen Lebensgefährten, ihre angeblichen Freunde waren in Wirklichkeit nicht mehr als Geschäftspartner, und sie ging nur auf Partys, wenn diese ihrer Karriere förderlich waren. Und da diese Partys meist unter der Woche stattfanden, weil alle ihre Wochenenden für ihre Familien freihielten, gab es an Samstagen und Sonntagen kaum etwas für Danielle zu tun.

Wochenenden waren für sie ein Graus!

Da kam eine Abwechslung wie Mathis sehr gelegen. Sie konnte ihren Frust an ihm auslassen und ihm vor Augen führen, dass er eine Frau wie sie niemals haben konnte. Obgleich der Gedanke, sich mit ihm nackt in den frisch angelegten Beeten des Dachgartens in der Frühlingssonne zu wälzen, durchaus geil war.

«Ich bezahle Sie nicht fürs Rumstehen», sagte sie brüsk und nippte arrogant an ihrem Champagner. Als es miaute, schaute sie an sich herab. Ihr roter Kater Filou hatte sich aus dem Loft gewagt, nun, da zwei der drei Störenfriede weg waren, und streifte um ihre Beine. Sie stellte das Glas auf dem Boden ab und nahm ihn hoch.

Mathis räusperte sich. «Sie behandeln Ihre Katze besser als Menschen.»

«Es ist ein Kater», korrigierte sie ihn. «Jedem das, was er verdient.»

Mathis straffte seine Schultern und trat einen Schritt auf sie zu, sodass sie ängstlich zurückwich, denn es lag eine deutliche Drohung in seiner Vorwärtsbewegung. Ihr Herz schlug schneller und sie spürte ein subtiles Prickeln in ihrer Möse. Ihre Nippel richteten sich auf und zeichneten sich unter dem dünnen Stoff ihres Kleids ab. In der Firma buckelten alle vor ihr, weil sie schließlich die Grande Dame war. Aber was war mit Mathis, diesem kräftig gebauten Kerl, mit dem sie allein auf der Dachterrasse stand?

«Gehen Sie zurück an Ihre Arbeit», befahl sie barsch und küsste demonstrativ Filous Köpfchen, um Mathis zu zeigen, wie liebevoll sie sein konnte. «Ihr Chef wird Sie bestimmt feuern, wenn er durch Sie diesen Auftrag verliert.»

Mit großen Schritten kam er auf sie zu und stieß dabei das Champagnerglas um. Danielle zuckte zusammen.

Er drängte sie gegen das Terrassenfenster und baute sich vor ihr auf. «Madame, ich rate Ihnen, es nicht zu weit zu treiben. Sie sollten anderen Menschen mehr Respekt zeigen.»

Danielle hielt Filou wie ein Schutzschild vor sich. Ihre Haut fühlte sich elektrisiert an. Sie schaute tief in Mathis' dunkle Augen. Dank ihrer High Heels war sie genauso groß wie er, aber während sie aufgrund ständiger Diäten nur Haut und Knochen war, besaß er eine wundervoll ausgewogene Masse an Muskeln.

Aufmüpfig, jedoch schon verhaltener, erwiderte sie: «Ich kann es mir in meiner Position erlauben, ehrlich meine Meinung zu äußern.»

«Sie sind nicht ehrlich, sondern gemein und gehässig.» Warnend stützte er sich mit einer Hand neben ihrem Kopf an der Fensterscheibe ab. «Ein richtiges, kleines Biest. Attraktiv und durchtrieben.»

Filou zappelte auf ihrem Arm, weil er sich zwischen den beiden Körpern eingeklemmt fühlte. Er fauchte und Danielle ließ ihn einfach fallen, bevor er noch ihre Arme zerkratzte. Filou landete auf seinen vier Pfoten und preschte davon.

«Wollen Sie mir drohen?», fragte sie provozierend. «Dazu haben Sie nicht den Schneid.»

«Woher wollen Sie das wissen? Sie kennen mich nicht. Es könnte ein Serienmörder, nennen wir ihn den ‚Schlächter von Paris', hinter der Fassade des

Gärtners stecken, der sein nächstes Opfer genau in diesem Moment auserkoren hat.»

Danielle wurde nervös. Langsam machte Mathis ihr wirklich Angst. Um ihre Unruhe zu überspielen, zischte sie: «Das ist doch alles nur heiße Luft. Sie wagen es nicht, mich anzufassen. Mein Kater ist hier nicht derjenige mit dem kleinsten Schwanz.»

Plötzlich holte Mathis aus, und Danielle dachte schon, er würde ihr eine Ohrfeige geben, doch er schlug nur wütend gegen das Fenster. Danielle schrie auf und schaute über ihre Schulter, aber die Glasscheibe brach wider Erwarten nicht. Mathis wusste seine Kraft zu dosieren.

Er legte seine Hand unter ihr Kinn und zwang sie, ihn anzusehen. «Ich rate Ihnen, künftig Ihre Zunge im Zaum zu halten, denn Sie könnten an den Falschen geraten, Madame.»

Diesmal traute sie sich nicht, etwas Keckes zu erwidern, sondern schwieg. Ihr Herz pochte aufgeregt. Sie hielt erschrocken den Atem an und spürte, dass ihr Slip nass war. Dieser Mathis war ein roher Kerl! Jeder andere Mann, den sie kannte, hätte beleidigt das Weite gesucht, aber Mathis stand kurz davor, sie in ihre Schranken zu weisen. Sie wollte jedoch nicht erfahren, wie das aussehen würde, denn nun verließ sie die Courage.

Danielle war froh, als seine beiden Kollegen mit der Trauerweide zurückkehrten. Dennoch schaute sie Mathis ein wenig wehmütig hinterher, der zurück an seine Arbeit ging und sie keines Blickes mehr würdigte.

Sie stahl eine Handschaufel mit Holzgriff aus der Werkzeugkiste der Gärtner und zog sich in ihr Loft zurück, um sich im Schutz ihres Badezimmers mithilfe des Griffs bis zum Höhepunkt zu reiben.

Die Tage waren schon schlimm, aber die Nächte am Wochenende waren die Hölle. Einsam tigerte Danielle im cremefarbenen Seidenneglige durch ihre Wohnung, die nur vom Mond und den Lichtern der Stadt erhellte wurde. Sie ließ die Jalousien nie herunter, weil sie sich dann wie in einem finsteren Kokon vorkam. Die Geräusche der Großstadt verringerten ihre Einsamkeit, wenn auch nur ein wenig.

Eine Weile saß sie auf ihrer Dachterrasse, gab sich beim Anblick ihres unfertigen Gartens den erregenden Erinnerungen an den wütenden Mathis hin und ging dann zur Balustrade, um ihren Blick über die Dächer von Montmartre schweifen zu lassen. Sie dachte an all die Menschen, die auf irgendwelchen Partys waren, mit ihren Familien zusammensaßen oder irgendjemanden vögelten. Ganz Paris schien Spaß zu haben, nur sie nicht.

Als die Einsamkeit sie zu erdrücken drohte, flüchtete Danielle in ihr Loft. Leichte Kopfschmerzen machten sich bemerkbar, weil sie zu viel Champagner getrunken hatte. Unschlüssig stand sie im Korridor und wusste nicht, was sie tun sollte. Lesen war ihr zu fade, im Fernsehen lief nichts Vernünftiges, und es gab niemanden, den sie hätte anrufen können.

Bevor sie eine Entscheidung treffen konnte, legte sich plötzlich eine Hand auf ihren Mund. Jemand drückte sie an sich, jemand, der verdammt stark war.

Danielle war bis ins Mark erschrocken und wehrte sich aus Leibeskräften. Sie schrie und zappelte, aber der Mann hielt sie nur umso fester, je mehr sie gegen ihn ankämpfte. So fest sie konnte, trat sie gegen sein Schienbein, doch er lachte sie nur hämisch aus.

Wütend und ängstlich zugleich hob sie ihre Arme und versuchte mit ihren Schlägen seinen Kopf zu treffen. Als er sie wie von Sinnen durch die Luft wirbelte, vergaß sie ihr Vorhaben und hielt sich an seinen Armen fest. Er besaß kräftige Arme, die sich so eng um ihre Taille legten, als wollte er alle Luft aus ihr herauspressen.

Danielle japste. Sie bemühte sich, ihren Mund zu öffnen und in seine Finger zu beißen, aber seine Hand presste sich so hart auf ihre Lippen, dass sie chancenlos war.

Was wollte dieser Kerl? War er ein Einbrecher? Suchte er nach Geld und Schmuck? Oder nutzte er die Tatsache aus, dass sie eine alleinstehende Frau war, die es immer wieder aufgeschoben hatte, eine Alarmanlage einbauen zu lassen?

Der Mann zerrte sie grob durch den Korridor. Sobald sie auch nur die geringste Gegenwehr zeigte, schleuderte er sie hin und her, sodass sie sich wie eine Puppe vorkam.

Als er sie zum Spiegel schleppte, der über einem antiken Sekretär hing, und sie sich und den Fremden sah, erschauerte sie. Die schwarze Sturmmaske, die er trug, ließ nur Augen, Nase und Mund frei. Es gruselte Danielle.

Was sie sah, erschreckte und faszinierte sie gleichermaßen.

War sie wirklich diese Frau im Spiegel, die nur ein kurzes, dünnes Nachthemd trug und die Augen aufgerissen hatte? Ihre blonden Haare standen ihr wirr vom Kopf ab.

Der Einbrecher drückte sie eng an seinen Körper, und sein Blick strahlte eine Entschlossenheit aus, die sie bang machte.

Danielle bekam eine Gänsehaut. Was sie jedoch weitaus mehr bestürzte, war, dass sie erregt war. Du bist krank, schimpfte sie mit sich selbst.

Bevor sie ihn daran hindern konnte, schob er den Saum ihres Negligés hoch. Im Spiegelbild tauchte ihre rasierte Möse auf. Vor Schreck erstarrte Danielle. Sie hielt sich an seinem Arm fest, als würde sie gleich ohnmächtig werden.

«Wie ich sehe, bist du bereit für mich.» Er hatte eine dunkle Stimme und sprach ruhig, doch genau in dieser Ruhe lag eine Bedrohung, die Danielle erstarren ließ.

Mathis! Der stolze Gärtner. Sie riss ihre Augen noch ein Stück weiter auf und schenkte ihm einen flehenden Blick. Da sie sich kannten, musste er doch Mitleid mit ihr haben. Das war ihr erster Gedanke. Der zweite war, dass er genau aus diesem Grund bei ihr war: weil sie keine Unbekannte für ihn war. Sie war fies zu ihm gewesen und hatte ihn gereizt.

Nun war er gekommen. Um es ihr heimzuzahlen.

«Glatt und schutzlos, wie das Fötzchen einer Jungfrau.» Er strich mit der flachen Hand über ihren Schamhügel.

Aufgebracht schlug Danielle seine Hand weg. Was weiß der schon, dachte sie bitter. Sie hatte noch nicht viele Liebhaber gehabt und das letzte Mal vor zwei Jahren einen Schwanz in sich gespürt. Die Männer trauten sich entweder nicht an sie, die erfolgreiche Businessfrau, heran oder sie betrachteten sie als Trophäe und da spielte Danielle nicht mit.

Aber in dieser Situation hatte sie keine Wahl. Mathis schreckte nicht vor ihrem Status zurück, er nahm sich einfach, was er wollte, und was das war, daran ließ er keinen Zweifel aufkommen. Denn er drang mit seinem Knie zwischen ihre Beine, zwang diese auseinander und hielt wieder den Saum ihres Negligés hoch.

Danielles Möse klaffte auf. Ihre kleinen Schamlippen standen hervor. Ihr Fötzchen sah aus wie eine Wunde zwischen ihren Schenkeln. Sie war rot, weil das Blut zunehmend in ihre Muschi strömte, denn die Tatsache, dass es Mathis war, der sie hier überfiel, ließ sie erschreckenderweise nicht kalt. Die Sturmmaske machte sie geil, ebenso die Härte, mit der er seine Hand auf ihren Mund presste, und seine Grobheit.

Wie kannst du nur so etwas denken, fragte sie sich. Nicht nur, dass sie sich in Gefahr befand. Er verhielt sich respektlos, schamlos – und er würde sie vergewaltigen. Warum nur machte sie diese Aussicht an?

Mathis legte eine Hand auf ihre Möse und packte kräftig zu. «Du bist ein Biest, Danielle d'Allonville, eine Kratzbürste, aber das werde ich dir heute

Nacht austreiben. Ich bin gekommen, um dich Demut zu lehren.»

Ängstlich schüttelte sie den Kopf, soweit das durch seine Hand auf ihrem Mund möglich war. Seine Finger auf ihrem Fötzchen zuckten und Lust rieselte durch ihren Körper. Sein Händedruck war so kraftvoll. Er ließ sie seine Macht spüren und schürte durch seine Worte ihre Furcht.

«Du bist so gefangen in deiner Welt aus Luxus und Autorität, dass es ein einschneidendes Erlebnis braucht, um dich wachzurütteln und dir begreiflich zu machen, was wirklich wichtig ist im Leben. Heute Nacht werde ich über dich bestimmen, werde dich durch Himmel und Hölle schicken, bis du dich an deine niederen Instinkte erinnerst. Und vielleicht wirst du morgen ein neuer Mensch sein.» Auf einmal stockte Mathis. Er zog seine Hand durch ihr Fötzchen und hielt sie hoch. «Merde, du bist feucht.»

Danielle war selbst erstaunt. Sie hatte zwar ein gewisses Maß an Erregung gespürt, war sich aber nicht bewusst gewesen, dass die Angst sie derart nass machte. Beschämt senkte sie den Blick, weil Hitze in ihre Wangen schoss. Eben noch war die Geilheit nur in ihrem Kopf gewesen, nun war sie auch für Mathis offensichtlich.

Blitzschnell nahm er seine Hand von ihrem Mund und schmierte ihr den eigenen Mösensaft ins Gesicht. Sie versuchte, ihren Kopf wegzudrehen und schlug nach seinem Arm, aber er war stärker und geschickter. Immer wieder tauchte er in ihr Fötzchen ab. Ihre Wangen, ihr Kinn und ihre Stirn waren schon bald mit ihrem Saft besudelt.

Sie roch ihre Lust und kam sich schmutzig vor. Es war widerlich und erregend zugleich.

Mathis legte einen Arm um ihre Taille und den anderen um ihren Hals. «Du bist eine geile Schlampe.»

«Nein, das bin ich nicht», protestierte sie und wagte nicht, ihn im Spiegel anzusehen. Wenn sie nur seine Stimme hörte, erinnerte sie sich an den Gärtner, dem sie dank ihrer High Heels auf gleicher Höhe in die Augen hatte schauen können. Doch das Spiegelbild zeigte einen anderen Mann, der durch die Maske bedrohlich aussah und sie, die barfuß war, fast einen halben Kopf überragte.

Wie ein Hund schnüffelte er an ihrer Wange. «Ich rieche deine Geilheit.»

«Das ist deine Schuld.»

«Oh ja, ich bringe dein perfektes Leben durcheinander. Schau dich nur an, wie jämmerlich du aussiehst. Du bist nicht mehr das Püppchen, das von oben bis unten durchgestylt ist, sondern ein Häufchen Elend, das vor Angst zittert.

Oder vor Geilheit? Sag es mir, Danielle.»

Sie nahm erst jetzt wahr, dass sie zitterte. Ob vor Erregung oder Furcht konnte sie nicht genau bestimmen. Sie befand sich in einem Taumel aus beidem, einer Achterbahnfahrt, die von Mathis gelenkt wurde – dem wütenden Mathis, nicht dem Gärtner, der sich unter Kontrolle hatte.

Und sie war ihm hilflos ausgeliefert.

«Zieh dein Seidennachthemd aus», befahl er und ließ sie los, blieb jedoch so nah hinter ihr stehen, dass er sie jeden Moment wieder packen konnte. «Es passt nicht zu der Danielle, die ich aus dir machen werde.»

Bebend schlang sie beide Arme um ihren Körper. «Niemals!»

«Ich übernehme diese Aufgabe nur allzu gerne.»

Kaum hatte er das ausgesprochen, wirbelte er sie herum. Sie stieß gegen die gegenüberliegende Korridorwand und wollte sich an einem antiken Stuhl festhalten, doch Mathis stieß ihn um, sodass sie samt Stuhl zu Boden fiel. Der weiche Teppichläufer dämpfte ihren Sturz, aber nicht das Gefühl der Demütigung.

Als wäre es noch nicht schlimm genug, Mathis zu Füßen zu liegen, zerrte er grob an ihrem Negligé. Danielle versuchte aufzustehen, doch er stellte einen Fuß auf ihren Rücken und riss ihr Nachthemd Stück für Stück kaputt. Sie versuchte, sich auf die Seite zu drehen und schlug nach ihm, aber sie würde nicht betteln. Ein bisschen Würde wollte sie sich bewahren.

Du musst stark sein, redete sie sich gut zu. Doch das war gar nicht so einfach, nun, da er sie auf die Füße stellte und zurück zum Spiegel schleifte. Er fasste ihr Kinn und zwang sie, ihr Spiegelbild anzuschauen. Die Frau, die sie sah, blickte furchtsam zurück. Ihr Augen-Make-up war verwischt. Ihre Haare waren am Ansatz verklebt, durch Schweiß und ihren Mösensaft.

Wo war die Chefredakteurin, die viele Angestellte delegierte, einen Haufen Geld scheffelte und sich ein Luxusappartement leisten konnte? Wo war die Geschäftsfrau, die selbstbewusst ihren Mann im Berufsleben stand und sich aufgrund ihres Status so manche Dreistigkeit und Unverschämtheit leisten durfte?

Diese Frau im Spiegel, nein, das war sie nicht, denn sie wirkte wie ein verschrecktes Mädchen, viel jünger, unreifer und aus der Bahn geworfen, verwirrt und unsicher.

Danielle senkte ihren Blick. «Was hast du mit mir vor? Was willst du aus mir machen?»

«Eine Frau, die freundlicher zu ihren Mitmenschen ist, weil sie gelernt hat, dass sie an den Falschen geraten könnte, der sie für ihre Gemeinheiten büßen lässt. Eine Frau, die ihre Lust schamlos auslebt, anstatt sich einen Kick dabei zu holen, andere fertigzumachen. Eine Frau, die weiß, was wichtig ist im Leben. Nicht Geld und Karriere, sondern Geilheit. Nicht Aussehen und Attraktivität, sondern Hemmungslosigkeit.»

Plötzlich spürte Danielle einen Schmerz in ihrer Brust. Er hatte sie gekratzt! Sie konnte es nicht fassen. Ein dicker Kratzer trat rot auf ihrem Tittchen hervor. Er verlief von ihrem Brustansatz bis zu ihrem Warzenhof. Ihr Nippel stellte sich auf. Er wurde eine Nuance dunkler als der andere.

«Wieso hast du das getan?» Instinktiv wollte sie den Kratzer bedecken, als würde die Berührung das Brennen lindern.

«Um das Bild, das du von dir hast, zu erschüttern. Du bist nicht länger die perfekte Barbie, sondern eine verkommene Hure.»

«Nein, das bin nicht ich», erwiderte sie schockiert und schämte sich für das lustvolle Prickeln, das durch sie hindurchfloss, weil er obszön mit ihr sprach.

«Doch, du hast es nur vergessen. Hast deinen Kopf zum Zentrum deines Körpers gemacht, aber ich werde dich neu justieren und dein Fötzchen zum Mittelpunkt machen.»

Nun wehrte sich Danielle wieder. Sie wollte weg, wollte ihm und seinem Spiel aus Angst und Lust entfliehen, weil sie sich vor dem, was er mit ihr vorhatte, fürchtete, aber noch mehr fürchtete sie sich davor, dass er recht haben könnte.

Sein Griff verstärkte sich wieder. Er presste seinen Arm so fest auf ihren Bauch, dass es wehtat und sie kaum noch Luft bekam. «Ich werde nicht mit dir darüber diskutieren. Worte bringen bei deiner Verbohrtheit gar nichts. Wie ich schon sagte, es braucht eine tiefgehende Erfahrung, um dich wachzurütteln. Aber keine Sorge, ich werde dir den Kopf waschen.»

Er vergrub seine Hand in ihrem Haar und zerrte sie daran ins Badezimmer. Bevor Danielle wusste, wie ihr geschah, hatte er auch schon die Handbrause der Badewanne aufgedreht und hielt ihr den Strahl ins Gesicht.

Das Wasser traf sie hart und kalt. Entsetzt hielt sie die Hände vor ihre Augen, aber Mathis schüttelte sie durch, sodass sie ihre Deckung aufgab und nach seiner Hand auf ihrem Kopf tastete, weil ihre Haarwurzeln höllisch brannten. Durch den Wasserdruck konnte sie kaum atmen. Sie japste nach Luft, versuchte ihr Gesicht zur Seite zu drehen und die Brause wegzuschieben, jedoch nutzte all dies wenig.

Binnen kürzester Zeit war ihr Kopf patschnass. Das Wasser lief an ihrem nackten Körper herab. Sie fröstelte ein wenig. Ihre Augen wurden feucht, weil

Mathis nicht von ihr abließ und sie weiter mit dem Wasserstrahl folterte. Bizarrerweise war sie sogar ein wenig froh über das viele Nass, denn sie wollte ihm nicht die Freude bereiten, sie heulen zu sehen.

Aber dazu kam es nicht, denn er stellte die Brause ab, bevor die ersten Tränen über Danielles Wangen liefen.

Sie atmete tief ein und füllte ihre Lungen gierig mit Luft. Ihr Brustkorb hob und senkte sich rasch. Um besser sehen zu können, wischte sie sich mit den Handflächen durchs Gesicht. Sie wollte nach einem Handtuch greifen, das auf dem Handtuchwärmer hing, aber Mathis zerrte sie an den Haaren zurück in den Korridor.

Erneut zwang er sie, ihr Spiegelbild zu betrachten, und jetzt sah sie wirklich ramponiert aus. Von ihrem Make-up war nichts mehr übrig. Ihre Frisur war endgültig ruiniert. Ihre Haut wirkte blasser als sonst, wodurch der Kratzer noch mehr ins Auge stach. Sie keuchte und schlotterte.

«Jetzt endlich kommt die wahre Danielle zum Vorschein», stellte er zufrieden fest und seine Stimme klang gefühlvoll, sie passte so gar nicht zu der Erbarmungslosigkeit, die er eben im Bad gezeigt hatte.

«Das bin ich nicht.»

«Doch, ich schäle das Essentielle heraus.»

«Nein, die da», sie zeigte auf ihr Spiegelbild, «lebt in der Vorstadt und sieht ihre Mutter kaum, weil *maman* gleich drei Jobs hat, um ihr Mädchen und sich durchzubringen. Trotzdem reichen die Franc nicht, um am Schulausflug teilzunehmen. Also fängt das Mädchen auch an zu arbeiten ...»

Was plapperte sie da? Die Worte sprudelten aus ihr heraus, weil sie sich in diesem Moment genauso armselig und verzweifelt vorkam wie damals.

«Und sie vergisst, wie es ist, Spaß zu haben. Jetzt wird mir einiges klar. Aber glaub nicht, dass ich deshalb Mitleid mit dir habe. Ich werde dir den Dorn aus dem Fleisch ziehen, egal, wie schmerzhaft diese Prozedur sein wird.»

Schwungvoll drehte Mathis Danielle herum. Er legte sie über seine Schulter, ignorierte, dass sie mit den Fäusten auf seinen Rücken hämmerte, und stapfte zielstrebig in ihr Schlafzimmer. Dort warf er sie aufs Bett. Rasch drehte sie sich auf den Bauch, um davonzukriechen, doch er legte sich auf sie und drückte sie mit seinem Gewicht in die Laken.

«Was willst du von mir?», schrie sie.

«Dir eine Lektion erteilen», antwortete er gelassen und schob ihre Schenkel mithilfe seiner Beine auseinander. «Und dir helfen.»

«Helfen?» Das klang so grotesk, dass Danielle auflachte, doch ihr Lachen klang bitter.

Wehrlos lag sie unter Mathis. Sie fühlte sich fürchterlich verletzlich, weil ihre Möse weit geöffnet war. Er konnte ihr schreckliche Dinge antun und sie würde nichts dagegen unternehmen können. Die verschiedensten Horrorszenarien kamen ihr in den Sinn.

«Bist du tatsächlich der Schlächter von Paris? War das nicht nur ein Scherz von dir?», fragte sie zaghaft.

«Ich werde dich nicht töten, sondern ficken, so hart, wie du noch nie in deinem Leben gefickt worden bist. Dir wird Hören und Sehen vergehen.» Ein einziges Mal strich er durch ihr Fötzchen und entlockte ihr dadurch ein lustvolles Zucken. «Aber erst spielen wir noch ein bisschen. Ich möchte mich noch ein wenig an deiner Verzweiflung aufgeilen.»

Verdammt, warum erregt es dich, wenn er so erniedrigend und obszön mit dir spricht, fragte sie sich verlegen. Das war sie nicht gewohnt. Alle in ihrem Umfeld drückten sich gewählt aus und zollten ihr Respekt.

Es hatte schon lange keinen Mann mehr gegeben, der ihr deutliche Avancen gemacht hatte. Sie kannte nur den Typ Mann, der ein Rosenkavalier war, der vorsichtig um sie buhlte und den sie abservierte, weil er sie maßlos langweilte.

Aber Mathis war frech. Dreist bediente er sich, fiel über sie her und unterwarf sie gewaltsam. Das machte sie an, obwohl es sie nicht anmachen durfte. Sie hatte Angst vor ihm, aber diese Angst ließ das Feuer in ihrer Möse auflodern.

Sie wollte weg von ihm und gleichzeitig zog es sie zu ihm hin. Wie eine Motte zum Licht. Das Licht, das sie töten würde. Das war die Crux.

«Ich werde mit diabolischer Freude deine harte Schale knacken und du wirst mir dankbar sein. Du triefst doch jetzt schon vor Geilheit.»

Heftig schüttelte sie den Kopf. «Nein, ich ...»

«Lüg mich nicht an», schrie er auf einmal und schlug mit der Faust auf die Bettdecke.

Danielle schrak zusammen. In seiner geballten Faust sah Danielle ein Jagdmesser mit zweischneidiger Klinge. «Mathis, bitte, du gehst zu weit. Tu nichts, was du später bereust.»

«Lektion Nummer eins», sagte er nun wieder ruhiger, «sei stets aufrichtig. Also, bist du nun geil oder nicht? Überleg dir genau, was du antwortest.»

Im nächsten Moment spürte sie das Messer an ihrem Oberschenkel. Die Klinge befand sich nah an ihrer Möse. Danielle begann zu schwitzen. Ihr war unerträglich heiß, obwohl sie nackt und nass von der Handbrause war.

«Nun? Wenn ich warten muss, werde ich ungenießbar. Ich rate dir, reiz mich nicht.» Er drückte die Breitseite des Jagdmessers kurz vor ihrer Schamlippe in ihr Fleisch.

Sie war sich bewusst, dass das Messer sie schneiden würde, wenn sie sich bewegte, daher blieb sie stocksteif liegen. Das Blut rauschte durch ihre Muschi. Widerwillig brachte sie hervor: «Ja, ich bin erregt.»

«Erregt? Lautete so meine Frage?» Mathis lachte, er lachte sie aus. «Sag, dass du geil bist, meine kleine unfreiwillige Hure. Ich will das Wort von dir hören.»

Danielle spürte, wie er das Messer um wenige Zentimeter verlagerte und mit der Spitze über ihre Haut kratzte. Ängstlich hielt sie die Luft an. Als seine Hand wieder ruhte, stieß sie geräuschvoll den Atem aus.

«Ich bin geil», sagte sie so leise, dass sie sich selbst kaum hören konnte.

«Sag, dass deine Fotze vor Geilheit trieft.» Seine Stimme klang rau vor Lust.

Diese Lust machte ihn noch gefährlicher, weil seine Triebhaftigkeit ihn unberechenbar machte. Mittlerweile rieb er seinen Schwanz an ihrem Bein, und sie befürchtete, dass er an das Messer stoßen könnte.

«Meine ... meine ...» Nein, sie brachte es nicht über ihre Lippen, obwohl es nur ein Wort war, ein lächerliches Wort. Es tat nicht weh, es auszusprechen, und niemand außer Mathis würde hören, wie ordinär sie sich gab.

Aber es war erniedrigend. Sie war keine Hure, die auf ihre Muschi reduziert war.

Doch belog sie sich nicht selbst? Sie konnte nicht leugnen, dass sie nass zwischen den Beinen war, dass ihr Körper vor Lust bebte und sie sich nach weiteren Unverschämtheiten von Mathis sehnte. Er hatte ihr bereits ihren Mösensaft ins Gesicht geschmiert und festgestellt, wie feucht sie war.

«Du weißt das doch bereits. Warum soll ich es aussprechen?», jammerte sie und ärgerte sich über ihren flehenden Ton.

«Ich will hören, dass du deine Gier nach Sex eingestehst. Außerdem macht es mich an, dich zu demütigen.» Er biss in ihr Schulterblatt. Dann in ihren Nacken. Stück für Stück arbeitete er sich über ihren Rücken vor und seine Bisse wurden immer kräftiger.

Danielle gab einen spitzen Schrei von sich. Sie wand sich unter ihm, hatte aber kaum Bewegungsfreiheit und dachte mit Schrecken an die Klinge an ihrem Oberschenkel. Sie erschauerte und bekam eine Gänsehaut.

Mathis ließ nicht von ihr ab. Er schlug unbarmherzig seine Zähne in ihre Haut, bis sie schließlich sagte: «In Ordnung, ist ja gut. Hör auf, bitte.» Aber er tat ihr den Gefallen nicht. «Ich flehe dich an. Komm schon, willst du, dass ich bettele?»

«Das hat durchaus seinen Reiz», entgegnete er kühl, «aber du weißt, was ich von dir verlange.»

Danielle versuchte sich vorzustellen, sie wäre jemand anderes, um die Situation einfacher zu machen, aber dieser Trick funktionierte nicht, denn Mathis riss ihren Kopf an den Haaren zurück. Der Schmerz holte sie in die Wirklichkeit zurück.

Mühsam brachte sie hervor: «Meine ... meine Fotze trieft vor Geilheit.» Sie spürte ihren Herzschlag in ihrer Möse. Ihre Schamlippen schwollen weiter an und der Saft lief aus ihr heraus, weil sie sich wie ein billiges Flittchen verhielt.

«Deine Maske ist gefallen. Nun siehst du, dass du nicht besser bist als all die anderen Menschen, die du so herablassend behandelst. Du bist genauso schamlos und triebhaft, machst deine Beine breit für einen Fremden, für mich, und willst, dass ich dich ficke. Ist es nicht so?» Er ließ ihre Haare los, nahm auch das Messer von ihrem Schenkel, und sie atmete erleichtert aus.

Bestürzt bemerkte Danielle, dass er mit jedem Geständnis, das er erzwang, mehr Macht über sie erlangte, weil sie immer erregter wurde.

Unerwartet drang etwas in sie ein, nicht weit. Im ersten Moment befürchtete sie, dass es die Klinge sein konnte. Aber nach einer Schrecksekunde wurde ihr klar, es war der Griff des Messers. Mathis stieß ihn in ihr feuchtes Fötzchen und zog ihn jedes Mal wieder bedächtig aus ihr heraus. Bei jedem Stoß zuckte sie zusammen und beim Herausziehen stöhnte sie leise. Als ihr das bewusst wurde, presste sie ihre Lippen fest aufeinander. Er durfte nicht über sie triumphieren. Mit Niederlagen konnte sie noch nie gut umgehen.

Aber war es für vornehme Zurückhaltung nicht längst zu spät?

Nasser kann ich wohl kaum werden, scherzte sie in Gedanken und lächelte bitter.

Mathis hörte auf, sie mit dem Griff zu ficken. Stattdessen hielt er das Jagdmesser vor ihr Gesicht. Er hatte es an der Klinge gepackt und führte den Griff, der von ihrem Saft glänzte, an ihren Mund. «Öffnen und lecken!»

Angewidert schüttelte sie den Kopf und presste ihre Lippen noch fester zusammen.

«Danielle, ich erwarte Gehorsam von dir!» Er machte eine unheilschwangere Pause. «Ich werde meinen Befehl ein zweites Mal aussprechen und solltest du dich immer noch weigern, werde ich dich bestrafen. Diese Strafe wird dich nicht nur dazu bringen, meinen Befehl doch noch auszuführen, sondern dich auch lehren, beim nächsten Mal meinen Anweisungen sofort Folge zu leisten.»

Sie drehte ihren Mund vom Messer weg und ignorierte das Kribbeln, das ihren Körper erfasste, weil Mathis sprach, wie er mit ihr sprach. Er war unnachgiebig. Er war hart und grausam. Er machte sie verrückt, weil er sie nicht einfach vögelte.

Auf keinen Fall würde sie ihre eigene Nässe ablecken. Der Gedanke war abstoßend. Es ekelte sie davor, sich selbst zu schmecken. Aber war da nicht auch eine gewisse Neugier?

Nein, nein, der Überfall brachte sie gehörig durcheinander, er brachte die verquertesten Hirngespinste zum Vorschein. Ihre Gefühlswelt war völlig aus dem Gleichgewicht, denn sie spürte, dass seine Drohungen sie anmachten und die Aussicht, dazu gezwungen zu werden, ihren Saft abzulecken, sie noch feuchter machten.

Danielle erkannte sich selbst kaum wieder. Diese Frau, die durch Mathis geil wurde, das war nicht sie, nicht die Alltags-Danielle, sondern die Hure in ihr.

Bisher habe ich nicht einmal gewusst, dass es dich gibt, sagte sie zu sich selbst und fühlte sich erschöpft.

«Öffne deinen Mund und leck den Griff sauber», wiederholte Mathis und wedelte mit dem Messer vor ihrem Gesicht herum. «Ich will deinen Schmutz nicht an den Händen haben, wenn ich es wieder in mein Beinholster stecke.»

Sie konnte nicht. Ihre Lippen wollten sich nicht öffnen. Es tobte ein Kampf in ihrem Inneren, weil sie einer Bestrafung entgehen wollte, aber sie brachte es nicht fertig, über ihren Schatten zu springen.

«Du hast es nicht anders gewollt», knurrte er missbilligend.

Was hatte er vor? Würde er sie schlagen oder mit dem Messer ihre Haut aufritzen? «Bitte, nicht, Mathis. Ich schaffe es einfach nicht.»

«Dein Jammern wird dir nichts helfen.» Er legte seinen Arm um ihren Hals und drückte zu.

Instinktiv fasste Danielle seinen Arm und versuchte vergeblich, ihn von ihrer Kehle wegzuziehen, doch Mathis war viel zu stark. Er würgte sie. Damit hätte sie niemals gerechnet. Sie war völlig schockiert. Hilflos japste sie nach Luft.

Da ließ er auch schon von ihr ab. Erleichtert füllten sich ihre Lungen mit Luft.

Doch kaum hatte sie ein einziges Mal eingeatmet, würgte er sie erneut. Diesmal drückte er fester zu, sodass sie augenblicklich panisch um sich schlug. Sie tastete nach seinen Haaren, um daran zu reißen, war aber seltsam desorientiert und gab ihre Bemühung auf.

Wieder gab er ihren Hals frei und diesmal empfand sie Dankbarkeit. Ihre Augen waren feucht, aber sie war stolz auf sich, weil sie die Tortur überstanden hatte.

Dass diese Annahme falsch war, wusste sie schon im nächsten Moment, denn Mathis würgte sie ein drittes Mal. Diesmal schien er nicht von ihr ablassen zu wollen. Das Leiden war endlos. Danielle schloss verzweifelt ihre Augen. Sie hatte nicht einmal mehr die Kraft, gegen ihn anzukämpfen, sondern sie fiel in eine seltsame Trance. Bald war die Qual vorbei. Für immer ...

Plötzlich war der Arm weg. Sie konnte wieder frei durchatmen. Gierig sog sie die Luft in ihre Lungen. Sie atmete so tief ein, wie sie konnte. Langsam wachte sie aus dem Trancezustand auf und spürte, dass sie stark zitterte. Ihre Wangen waren tränenfeucht und ihre Möse nass. Triefnass vor Geilheit.

Was geschieht mit mir, fragte sie sich aufgelöst. Ihr Kopf signalisierte Verzweiflung, während ihr Fötzchen mit Geilheit reagierte. Es war ihr, als würde sie ihren eigenen Körper nicht kennen ... als würde Mathis ihn durch seine Folterungen umpolen.

«Ich werde dich ein viertes Mal würgen», kündigte er an, «damit du nicht nur diesen Befehl ausführst, sondern sich meine Lektion in dein Gedächtnis einbrennt und du für die Zukunft lernst, dass ich immer bekomme, was ich will, und ich dich mit Freude leiden lasse, um deinen Gehorsam zu erzwingen, solltest du wieder einmal bockig sein.»

«Nein, nein.» Wild schüttelte sie ihren Kopf und versuchte, unter Mathis herauszukriechen, doch er legte sich einfach mit seinem Körpergewicht auf sie und schlang seinen Arm wieder um ihren Hals.

Grausam, wie er war, wartete er einige Sekunden, bis Panik und Verzweiflung sie erfasst hatten. Dann drückte er seinen Arm auf ihre Kehle. Zuerst wehrte sich Danielle, sie zappelte und strampelte und hämmerte mit ihren Fäusten gegen Mathis' Unterarm. Doch schon bald verließ sie die Kraft. Tränen rannen über ihre Wangen. Sie winselte.

Auf einmal wurde es seltsam ruhig in ihr, als würde sie sich im Auge eines Tornados befinden. War sie in der Zwischenwelt? Zwischen den Lebenden und den Toten?

Alles trat in den Hintergrund. Sie hörte nichts mehr, sie sah nichts mehr. Da war nur dieses Vakuum. Ein friedlicher Hohlraum zwischen den Welten. Ein Nichts.

Nach einer halben Ewigkeit ließ Mathis sie los. Danielle legte sich flach auf das Bett, krallte ihre Hände in die Bettdecke und schluchzte. Leise heulte sie. Sie befand sich in einem Dämmerzustand. Sie hatte eine höllische Angst davor, er könnte sie noch einmal würgen, und gleichzeitig sehnte sie sich zurück in dieses friedvolle Vakuum.

Ihre Beine waren noch immer weit gespreizt. Mathis tauchte den Griff in ihre Muschi ein, um ihn mit frischer Nässe zu glasieren und hielt ihn vor ihren Mund.

Danielle hatte ihr Gesicht auf die linke Wange gebettet und hob ihren Oberkörper nicht einmal an, sondern öffnete ihre Lippen und streckte ihre Zunge heraus. Sie leckte über den Messergriff und empfand seltsamerweise keinen Ekel mehr. Hatte Mathis ihn ihr abtrainiert? Oder hallte das friedliche Nichts in ihr nach und half ihr dabei, ihre Abneigung zu überwinden?

Egal, was es war, sie leckte und schleckte ihren eigenen Mösensaft vom Griff, nuckelte an ihm und lutschte ihn ab. Doch je mehr Zeit verging, desto mehr kehrte sie in die Realität zurück. Und je wacher sie wurde, desto intensiver nahm sie den Geschmack wahr. Die Abscheu war wieder da, aber kein wirklicher Ekel mehr. Sie fügte sich in ihr Schicksal, folgte gehorsam Mathis' Befehl und säuberte den Griff artig.

«Dreh dich um, ich will dich schmecken», flüsterte Mathis von hinten in ihr Ohr.

Dankbar, dass er den Griff nicht noch einmal in ihr versenkte und sie ihn ein zweites Mal reinigen musste, drehte sie sich auf den Rücken. Danielle war erstaunt, als Mathis sie küsste. Sie hatte erwartet, dass er ihre Muschi ausschlecken würde, doch er leckte über ihre Lippen und küsste sie.

Dann legte er ihr die Klinge an die Kehle. «Wehe, du beißt mich!»

Furchtsam hob sie ihr Kinn an, aber es gab kein Entkommen. Also hieß sie seine Zunge in ihrem Mund willkommen, züngelte mit ihm und wunderte sich über die Sanftheit seines Kusses, der im harten Gegensatz zur scharfen Klinge an ihrem Hals stand.

Wie konnte ein Mann, der sie eben fast bis zur Ohnmacht gewürgt hatte, jetzt auf einmal so sinnlich sein?

Zuckerbrot und Peitsche. Machte man damit nicht eine Frau gefügig? Trotzig schob sie seine Zunge aus ihrem Mund, weil sich ein Opfer einem Vergewaltiger niemals hingab, und tat so, als hätte sie den Kuss nur gelöst, weil sie keine Luft mehr bekam.

Aber Mathis durchschaute sie. Zornig kniff er seine Augen zusammen und legte das Messer mit der Breitseite auf ihre Möse. Es lag nur oberflächlich auf und schnitt sie nicht, aber die scharfen Kanten waren gefährlich nah an ihren Schamlippen. Eine winzige Bewegung und die Klinge würde in ihr Fötzchen schneiden.

«Bitte, nimm das Messer weg, Mathis», bettelte Danielle, und in diesem Moment war es ihr egal, dass sie sich erniedrigte. Es ging allein darum, sich zu schützen. Vor der Klinge. Vor ihm. «Ich flehe dich an. Nimm es weg.»

Er lächelte stumm.

«Bitte ...» Danielle rang nach Worten. Sie konnte kaum klar denken. Das Würgen hatte sie mürbegemacht. «Halt es wieder an meine Kehle, wie eben. Würdest du das machen? Nur weg von meiner ... meiner ... Fotze.»

Mathis gab ein zufriedenes Brummen von sich. «Du lernst schnell.»

Doch anstatt ihrem Wunsch nachzukommen, zog er das Messer federleicht über ihre feuchte Muschi. Er streichelte ihre Schamlippen mit der Spitze, so sanft, dass Danielle eine Gänsehaut bekam und erschauerte. Nun hatte sie sich doch bewegt, wenn auch nicht absichtlich.

Sofort schaute sie alarmiert zwischen ihre Beine. Hatte sie sich geschnitten?

Erleichtert atmete sie aus. Ihre Möse war unversehrt. Aber sie war extrem geschwollen und signalrot. Ihr Saft klebte an ihrer Muschi und ihren Oberschenkeln.

Als Mathis dann auch noch ihre Schamlippen auseinanderdrückte und die Breitseite des Messers auf ihren Kitzler legte, war es um Danielle geschehen. Sie erbebte vor Lust. Die Gefahr machte sie offensichtlich mehr an, als sie vermutet hatte.

Behutsam schob Mathis die Klinge über ihre Klitoris, vor und zurück, immer wieder, ohne ihre Schamlippen loszulassen.

Quälte Danielle auch die Angst, er könne sie schneiden, ob nun absichtlich oder aus Versehen, so war ihre Geilheit doch größer und mächtiger. Sie zitterte vor Erregung und bemühte sich, ihren Körper ruhig zu halten, weil sie ihr Glück nicht ausreizen wollte. Aber je mehr sie gegen ihre Geilheit ankämpfte, desto geiler wurde sie. Es war ein Kampf, den sie nur verlieren konnte.

Als Mathis auf einmal eilig das Messer in das Holster steckte, seinen Schwanz aus der Hose holte und kräftig in sie hineinstieß, bäumte sich Danielle auf. Die Reibung der Klinge war nicht kräftig genug gewesen, um sie zum Höhepunkt zu bringen, deshalb nahm sie Mathis' Schwanz willig auf. Er hatte sie überfallen, er war ein Verbrecher. Aber konnte jemand, der so bereitwillig von seinem Opfer empfangen wurde, ein Vergewaltiger sein?

Keinesfalls, schlussfolgerte Danielle, denn in diesem Moment wollte sie nichts sehnlicher, als von ihm gevögelt zu werden.

Sein Schwanz war wundervoll hart und groß. Die Nacht hatte ihn genauso geil gemacht wie sie, und nun erntete er, was er gesät hatte. Er strich seinen Lohn ein für seine Zurückhaltung und sie für ihre Tapferkeit, weil sie durchgehalten hatte. Sie hatte ertragen, was er ihr angetan hatte, und war vor Lust förmlich zerflossen. Der Duft ihrer Möse war intensiv und Danielle schmeckte ihre eigene Nässe noch, aber auch Mathis' Geschmack lag noch auf ihrer Zunge.

Mathis, der sie gewaltsam unterworfen hatte.

Der Gedanke und die starke Reibung erregten Danielle so sehr, dass sie kam. Der Orgasmus war fast schmerzhaft, weil Mathis ihre Erregung lange, ausdauernd und auf grausame Weise angefacht hatte. Er wollte sie gar nicht mehr loslassen. Ihr ganzer Körper war sekundenlang aufs Äußerste angespannt und schwebte in diesem friedlichen Nichts, das dem, das sie beim Würgen erlebt hatte, so verdammt ähnlich war. Dann krampfte sie. Sie zuckte so stark unter Mathis, dass er ihre Handgelenke griff und über ihrem Kopf in die Laken drückte.

Trotz des Orgasmus nahm sie wahr, dass er sie beobachtete, und es war ihr unendlich peinlich. Er stieß sie langsamer und sah, wie die Geilheit ihr jegliche Kontrolle über ihren Körper raubte, sah die Anspannung in ihrem Gesicht, lachte über ihr ekstatisches Zucken, und als er den Ausdruck der Glückseligkeit bemerkte, fickte er sie wieder kraftvoller.

Immer härter stieß er in sie hinein. Er presste mit seinem Schwanz ihren Mösensaft heraus, der überall klebte. An ihm. An ihr. Danielle konnte sich nicht daran erinnern, jemals so nass gewesen zu sein. Mittlerweile stöhnte Mathis laut. Seine Stöße wurden brutaler. Er rammte sie so heftig, dass er sie über das Bett schob.

Irgendwann packte er ihre Beine und zog sie an den Rand zurück. Er hob ihre Beine an, sodass sie mit der Rückseite gegen seinen Oberkörper lagen, drückte sie auseinander und hielt ihre Oberschenkel fest.

Rücksichtslos fickte er sie.

Durch seine groben Stöße drückte er ihre Schenkel mittlerweile herunter und gegen ihren Bauch. Die Stellung war unbequem für Danielle, aber ihre Erregung schwoll schon wieder an. Was war nur mit ihr los? Sie war unersättlich. Gierig schob sie Mathis ihr Becken entgegen.

So hatte sie es noch nie getrieben. Ihr Kitzler fühlte sich schon ganz wund an. Das Vögeln mit Mathis war nicht zu vergleichen mit dem Blümchensex, den sie bisher gehabt hatte. Der hatte nur an der Oberfläche gekratzt, aber Sex mit Mathis drang bis tief unter ihre Haut; er erfasste jede Pore, jede Zelle.

Sie konzentrierte sich auf ihre Geilheit, die stetig anwuchs. Mathis hatte ihre Möse zum Zentrum ihres Körpers gemacht, wie er es angekündigt hatte. Und sie war ihm dankbar, anstatt wütend auf ihn zu sein, weil er sie ohne ihr Einverständnis fickte, denn ein zweiter Orgasmus brach über sie herein.

Danielle gab einen Schrei von sich. Dann raubte der Höhepunkt ihr den Atem. Sie bekam keine Luft mehr, auch ohne dass Mathis sie gewürgt hatte, jetzt strangulierte er sie mit Geilheit.

Wie aus weiter Ferne hörte sie ihn laut aufstöhnen. Er brach über ihr zusammen.

Sie atmete tief ein, erschlaffte unter ihm und schloss die Augen, weil sie viel zu erschöpft war, um sie länger offen zu halten. Mathis' Gesicht war neben ihrem. Sein Mund lag dicht an ihrem Ohr. Sie spürte seinen Atem an ihrem Hals, ein sanftes Streicheln nach den derben Stößen.

«Ich habe dich geerdet. Überleg dir in Zukunft, wie du dich anderen gegenüber verhältst. Das Spiel mit der Erniedrigung ist ein gefährliches», sprach er leise drohend. «Du könntest eines Tages an den Falschen geraten.»

«Ich habe dich auf dem Dachgarten nicht gereizt, um dich zu demütigen, sondern weil mich dein Zorn erregt hat.» Sie klang atemlos.

Danielle spürte, dass sein Körper sich versteifte, und glaubte, dass er sich aufgerichtet hatte, um in ihr Gesicht zu sehen und ihre Aufrichtigkeit zu prüfen. Aber sie war zu müde, um ihre Augen zu öffnen und seinem Blick zu begegnen.

«Ist das wahr?», fragte er schließlich. Er zog seinen erschlafften Schwanz aus ihr heraus und ließ ihre Beine fallen.

«Ist die Reaktion meines Körpers nicht Antwort genug?», brachte sie gerade noch über ihre Lippen, bevor die Müdigkeit sie übermannte. Selig schlief sie ein und bekam nicht einmal mehr mit, wie Mathis ihr Loft verließ.

Mit angewinkelten Beinen saß Danielle, eingewickelt in ihren weißen Morgenmantel, auf dem Küchenstuhl und starrte ihren Milchkaffee an. Er musste mittlerweile kalt sein. Sie hatte sich nicht einmal ein frisches Croissant von der Boulangerie geholt, die sich auf der gegenüberliegenden Straßenseite befand, so wie sie es eigentlich an jedem Sonntag tat. Es war bereits halb zwölf, aber der Appetit hatte sich noch immer nicht eingestellt. Nicht einmal den Kaffee bekam sie herunter.

Hatte sie die Tatsache, dass sie überfallen, gedemütigt und zum Sex gezwungen worden war, derart schockiert?

Nein, erschüttert hatte Danielle nur die Heftigkeit, mit der ihr Körper auf die Angst, die Klinge und das Würgen reagiert hatte. Das hatte sie aus der Bahn geworfen.

«Ich bin nicht mehr dieselbe wie gestern», sagte sie zu Filou, der neben seinem Fressnapf stand und darauf hoffte, einen Snack zu bekommen. «Das klingt übertrieben, ich weiß, aber so fühle ich mich.» Sie seufzte.

Letzte Nacht waren zu viele Eindrücke auf sie eingeprasselt, aber nun spürte sie eine Leere in ihrem Inneren, die sie erstaunte.

Warum war sie nicht froh, dass sie bis auf einen Kratzer keine Wunden davongetragen hatte? Weshalb spürte sie keine Erleichterung darüber, endlich wieder mit ihrem Kater allein in ihrem Loft zu sein? Stattdessen war da ein Ziehen und Zerren, zwischen ihren Beinen und in ihrer Seele, als hätte Mathis etwas in ihr entfesselt. Eine düstere Sehnsucht war erwacht, die sie daran hinderte, ihren Kaffee auf der Dachterrasse einzunehmen wie sonst auch immer. Der Aprilmorgen war ihr zu hell.

Sie sehnte sich nicht nach Sonne und Wärme, sondern nach finsterer Begierde.

«Du musst die letzte Nacht vergessen», redete sich Danielle ein.

Anzeigen konnte sie Mathis nicht, und das nicht nur, weil das Einzige, was er als Beweis für seine Schandtat hinterlassen hatte, seine Samenflüssigkeit in ihr war. Sperma, das sie mit der gründlichen Morgendusche herausgespült hatte, wohl wissend, was sie damit anrichtete. Außerdem hatte Mathis ihr zerfetztes Negligé mitgenommen. Als Trophäe?

Als das Telefon klingelte, schreckte sie zusammen. Zuerst wollte sie den Anruf nicht annehmen. Aber das nervtötende Klingeln hörte nicht auf, es schrillte durch ihre Wohnung. Schließlich ging sie doch ins Wohnzimmer, wo das tragbare Telefon auf dem Couchtisch lag, und ließ sich auf die Relaxliege fallen.

«Danielle d'Allonville», meldete sie sich, bereit, den Anrufer schnell abzuwimmeln.

«Ich möchte von dir nur ein klares Ja oder Nein hören. Kein Nachfragen oder Diskussionen, kein Wenn und Aber, nur eine sofortige und endgültige Entscheidung auf die Frage, die ich dir gleich stellen werden.»

Mathis! Danielle horchte auf. Ihr Herz schlug einen Takt schneller. Bei seinen Worten wurde ihr angst und bange, aber gleichzeitig begann es wie antrainiert in ihrer Möse zu pochen. Allein das dunkle, unheilschwangere Timbre seiner Stimme machte sie geil.

«Bist du bereit, dich auf mein Spiel einzulassen?», fragte er ernst.

Und sie wusste genau, dass er von der bittersüßen Mischung aus Lust und Leid sprach, die sie in der letzten Nacht gekostet hatte.

«Überleg dir deine Antwort gut», ermahnte er sie. «Solltest du jetzt dein d'accord geben, werde ich dich kein zweites Mal fragen, sondern mir ohne Rücksicht nehmen, nach was mich gelüstet. Du müsstest damit rechnen, dass ich dir überall auflauern, über dich herfallen, dich niederzwingen, demütigen und gewaltsam nehmen könnte. Wirst du meine Grausamkeiten für ein kleines bisschen Lust ertragen?»

Ein kleines bisschen Lust, das war eine maßlose Untertreibung, fand Danielle. Ohne lange zu überlegen, hauchte sie ein «Ja» in den Hörer und triefte schon wieder vor banger Vorfreude.

Eigensinniger Eignungstest (Den Haag)

Marit Teuwe brauchte diesen Job. Dringend! Nach ihrer Ausbildung zur Einzelhandelskauffrau war sie nicht übernommen worden und lag nun ihrer Schwester Femke auf der Tasche. Seit elf Monaten wohnte sie schon bei ihr und ihrem Ehemann Thijs. Die beiden hatten sie mit offenen Armen empfangen, als sie von Texel nach Den Haag zu ihnen gezogen war, um in der Großstadt ihr Glück zu versuchen. Auf der Insel hatte sie keine Anstellung finden können.

«Selbstverständlich kannst du weiterhin bei uns bleiben. Das Gästezimmer ist deins, solange du es brauchst», hatte Femke ihr versichert, als Marit sie gefragt hatte, ob sie ihr nicht langsam auf die Nerven ging.

Aber Marit wusste es besser. Sie spürte eine zunehmende Unruhe. Ihre ältere Schwester war mittlerweile seit drei Jahren mit Thijs verheiratet, und die beiden wünschten sich sehnlichst Nachwuchs. Dafür benötigten sie jedoch das Gästezimmer ... als Kinderzimmer. Doch Marit blockierte es.

Sie musste ausziehen, so schnell wie möglich. Und das wollte sie ja auch. Aber sie fand einfach keine Arbeit.

Das sollte sich an diesem Nachmittag endlich ändern. Sie zog ihren einzigen Blazer an, schlüpfte in den ebenfalls braunen Rock, der ihr bis zu den Knien reichte, und entschied sich für ein beigefarbenes, ärmelloses Trägertop, denn es war brütend heiß. Das Thermometer zeigte 32 °C. Darum verzichtete sie auf eine Nylonstrumpfhose, auch wenn Femke das nicht gut fand.

«Du stellst dich in einem Möbelgeschäft vor», ermahnte sie Marit. «In den Läden, die ich kenne, sind die Verkäufer immer recht konservativ gekleidet.»

Aber Marit hatte ihren Kopf durchgesetzt. Es war ihr wichtiger, sich wohlzufühlen, als perfekt zu sein, denn nur dann trat sie selbstbewusst auf. Die Hitze jedoch machte es ihr nicht leicht. Schon in der Tram, die sie in den Stadtbezirk Haagse Hout brachte, zog sie ihren Blazer aus, da ihr heiß war und sie schwitzte. Erst als sie vor dem Ladenlokal in Benoordenhout stand, schlüpfte sie wieder hinein.

Tot uw Dienst – Gern geschehen – stand in einer außergewöhnlichen Schrift über der Eingangstür und dem Schaufenster des Möbelgeschäfts.

Die Schrift bestand aus Tisch- und Stuhlbeinen, die geschickt miteinander verbunden worden waren, um Buchstaben zu formen. Vielleicht war dieser Laden gar nicht so konservativ, wie Femke befürchtete. Zumindest lag er im Grünen, am Hubertuspark. Etwas seltsam war, dass das Schaufenster mit Sonnenschutzfolie beklebt war, sodass der Blick ins Innere beeinträchtigt war.

Sie atmete tief durch und trat ein. Erst als sie im Geschäft stand, erkannte sie, dass der Vorraum eher einem Büro ähnelte und dazu diente, die Gäste willkommen zu heißen. Nicht mehr und nicht weniger. Zu ihrer Linken befand sich eine Sitzecke mit drei Metallstühlen, deren Sitze mit schwarzem Leder bezogen waren, davor ein kleiner, viereckiger Glastisch und daneben eine Getränkebar mit Mineralwasser und Kaffeespender.

«Goede Dag, Sie müssen Vrouw Teuwe sein», begrüßte sie eine Frau, die an einem Schreibtisch gegenüber der Eingangstür saß.

«Ja, ich habe einen Termin.»

«Sie sind pünktlich, das ist gut. Herr de Vries schätzt die genaue Ausführung seiner Anweisungen. Ich sage ihm Bescheid, dass Sie eingetroffen sind.» Sie stand auf, strich ihren gewagt engen hellgrauen Minirock glatt und zupfte an ihrer weißen, fast durchscheinenden Bluse. Dann verschwand sie in einem angrenzenden Raum.

Kurze Zeit später wurde Marit ins Büro des Inhabers gerufen. Sie gab ihm artig die Hand und zeigte ihr schönstes Zahnpastalächeln. «Herzlichen Dank, dass Sie mich eingeladen haben.»

«Mal sehen, ob Sie das immer noch sagen, nachdem ich Sie auf Herz und Nieren geprüft habe», sagte er augenzwinkernd und bat sie, auf dem Stuhl vor seinem Schreibtisch Platz zu nehmen.

Marit musterte ihn verstohlen. Eigentlich stand sie auf Typen mit dunklen Haaren und er war blond. Aber seine langen Koteletten und der Henriquatre-Bart – beides akkurat kurz geschnittenen – gaben ihm einen Hauch von Verwegenheit. Er sah nach Abenteuer aus. Bestimmt steckte unter dem Nadelstreifenanzug ein lebenslustiger Mann.

Luuk de Vries holte eine Mappe aus der obersten Schreibtischschublade und Marit erkannte ihre Bewerbungsunterlagen wieder. In aller Seelenruhe klappte er die Mappe auf und las eine Weile, was Marit die Chance gab, ihn eingehender zu betrachten.

Es lag etwas in seiner Art, das Marits Aufmerksamkeit auf sich zog. Jede noch so kleine Bewegung von ihm war würdevoll. Seine gesamte Präsenz strahlte Erhabenheit aus. Es lag eine charmante Arroganz in seinen Augen, die Marit gefiel.

Solch eine besondere Aura hat man oder man hat sie nicht, dachte Marit fasziniert und lächelte in sich hinein.

Schließlich schaute er auf. «Ihre Noten sind nicht die besten.»

Marit räusperte sich verlegen. Ihr schlechtes Abgangszeugnis war bestimmt der Hauptgrund, weshalb sie so selten zu Vorstellungsgesprächen eingeladen wurde. Meist bekam sie ihre Unterlagen innerhalb einer Woche mit einer Absage zurück. Das war frustrierend.

Darum sagte sie kämpferisch: «Nein, sind sie leider nicht, aber ich bin eine engagierte Mitarbeiterin, das müssen Sie mir bitte glauben. Ich will arbeiten.»

«Dann sind Sie bereit, hohen Einsatz zu zeigen?», fragte er und neigte sich vor, als könne er von ihrem Gesicht ablesen, ob sie log oder die Wahrheit sprach.

Sie nickte. «Ganz bestimmt. Sie müssen mir bitte eine Chance geben, das zu beweisen.»

Grüblerisch trommelte er auf ihrer Bewerbungsmappe herum. Schließlich schaute er auf und sah sie eindringlich an. «Ich duze alle meine Mitarbeiter, aber Ihnen erlaube ich das nicht, sondern ich fordere Respekt und verlange, dass Sie mich siezen. Könnten Sie damit klarkommen, Vrouw Teuwe.»

Das fand sie komisch, aber nun gut, wenn er das so wollte, war es okay für sie, wenn sie nur diese Anstellung bekam ... und er sie weiterhin so durchdringend anschaute wie in diesem Moment. «Ja, Mijnheer.»

«Schon die Anrede soll das Machtgefälle verdeutlichen. Ich bin ein strenger, aber dennoch gerechter Chef.» Selbstzufrieden lehnte er sich zurück und verschränkte die Arme vor dem Oberkörper. «Ich habe dich nicht wegen deines Zeugnisses zu diesem Bewerbungsgespräch eingeladen, sondern weil mir dein Foto gefallen hat.»

Überrascht krauste sie ihre Stirn.

«Deine schulterlangen, blonden Locken, deine unschuldigen, großen Augen, das alles hilft zu verkaufen.» Er erhob sich und kam um den Schreibtisch herum. «Steh mal auf.»

Einige Sekunden lang zögerte sie, dann tat sie ihm den Gefallen, wenn ihr auch etwas mulmig zumute war. Männer wie er spielten in einer anderen Liga. Sie hatte Angst, dass ihm ihr Foto gefallen hatte, er aber vom Original enttäuscht sein könnte. Verflixt, sie wollte ihm gefallen. Hier geht es um den Job und nicht um ihn, ermahnte sie sich.

«Zieh deinen Blazer aus und zeig dich her», wies er sie freundlich, aber bestimmt an.

Sie war verdutzt. So etwas hatte noch niemand bei einem Vorstellungstermin von ihr verlangt, aber ihr letzter lag acht Wochen zurück und ihr war sowieso heiß, daher legte sie ihren Blazer ab und drehte sich einmal auf der Stelle. Ein Prickeln floss durch sie hindurch, weil Luuk de Vries sie ungeniert musterte und eine gewisse Lüsternheit in seinem Blick lag.

Er war attraktiv, allerdings auch ein wenig absonderlich, irgendwie anders als andere Arbeitgeber. Was würde er noch von ihr verlangen?

«Du wirst deinen Körper gebrauchen müssen, um unsere Möbel zu verkaufen. Ich erwarte vollen Einsatz.» Mit einem Mal klang er strenger. «Sollte ich dich einstellen, werden deine Titten und dein Arsch während der Arbeitszeit mir gehören.»

Marit erschrak über den scharfen Ton und seine Wortwahl. Wie erstarrt blieb sie stehen.

«So steif, wie du jetzt bist, wirst du nichts verkaufen können.» Nachdenklich kraulte er sein Kinn und betrachtete sie eingehend. «Du musst lächeln, und zwar ein wenig anzüglich. Räkel dich mal, damit ich sehe, ob das was werden könnte. Momentan bin ich mir da noch nicht so sicher. Schüchternheit wird dich in diesem Business nicht weit bringen.»

Unsicher streckte sie ihre Arme nach vorne und presste damit ihren Busen zusammen. Ihr fiel das jedoch erst auf, als de Vries draufstarrte. Sofort gab sie die Haltung auf und reckte sich. Dabei fiel ihr Blick auf ihre Brüste. Diesmal wurden sie zwar nicht gequetscht, aber ihre Nippel zeichneten sich deutlich auf ihrem Seidentop ab. Diese Show erregte sie, doch das durfte sie nicht. Sie sollte nur ihre Vorzüge zur Geltung bringen, damit er beurteilen konnte, ob sie Ausstrahlung besaß. Zumindest redete sie sich das ein.

«Stütz dich auf dem Stuhl ab und präsentiere deine Kehrseite, Marit.»

«Okay.»

Scharf korrigierte er sie: «Das heißt: Ja, Mijnheer. Ich erwarte immer und überall Respekt und unbedingten Gehorsam.» Sanfter fügte er hinzu: «Dieser Laden ist mein Reich. Ich bin dein Herrscher und du meine Untertanin, hast du das verstanden?»

«Ja, Mijnheer», sagte sie kleinlaut. Selbstbewusste Menschen hatten sie schon immer eingeschüchtert.

Tausend Gedanken schwirrten ihr durch den Kopf. Was tat sie hier nur? Wieso ließ sie das mit sich machen? Ging ein Arbeitgeber so mit seinen Angestellten um? Wahrscheinlich war es besser, einfach zu gehen. Aber was sollte sie Femke sagen? Marit musste es wenigstens versuchen. Und dieser Einstellungstest war wenigstens einfacher, als drei Stunden lang Fragebögen auszufüllen. Sie sollte doch nur vorführen, was sie zu bieten hatte.

Du regst dich auf wegen nichts, schimpfte sie mit sich selbst und neigte sich über den Stuhl. Sie wackelte sogar ein wenig keck mit ihrem Hintern. Vielleicht stand de Vries ja auf sie. Das wäre doch nur ihr Vorteil, ein Bonuspunkt, um den Vertrag zu bekommen. Und es hätte ihr gefallen.

Er schritt um sie herum, abschätzend und arrogant. Marit kam sich vor wie eine Stute, die auf einem Pferdemarkt begutachtet wurde. Durch die vorgebeugte Haltung hing ihr Trägertop herab und gab mehr von ihrem Dekolleté frei, als Marit recht war. Ihre Tittchen waren zu sehen. Beschämt bemühte sie sich, dies zu ignorieren.

Doch de Vries nahm einen Kugelschreiber von seinem Schreibtisch und zog ihr Seidentop noch weiter herunter, damit er einen tieferen Einblick bekam. «Ein beigefarbener Spitzen-BH. Das hat Stil und er passt farblich zu dem, was du darüber trägst. Gut.»

Warum hatte sie ihn nicht daran gehindert? Das beschäftigte Marit sehr. Sie war sprachlos über das, was geschah, und überrascht, wie ihr Körper darauf reagierte. Ihr Puls beschleunigte sich, sie spürte ihr Herz heftig in ihrem Brustkorb schlagen. Es machte sie tatsächlich an, wie eine Ware behandelt zu werden, die geprüft wurde. Diese Erfahrung war ihr neu, sie war völlig durcheinander. Sie wusste nicht, wie sie sich verhalten sollte. De Vries eine scheuern? Sich wie eine Furie auf ihn stürzen? Es genießen? Weil sie keinen blassen Schimmer hatte, was zu tun das Richtige war, tat sie einfach gar nichts und wartete ab.

Er ging weiter, stand schließlich hinter ihr und hob mit dem Stift ihren Rock an. Auch ohne sich umzudrehen, wusste Marit, dass er gerade darunterschaute. «Es ist löblich, dass du keine Strumpfhose trägst, weil sie nur hinderlich ist. Aber dass du keine Strapse anhast, ist unverzeihlich, ein absolutes No-go in meinem Laden.»

Er machte eine Pause. Da sie nicht reagierte, schlug er ihr plötzlich auf den Hintern. «Bitte mich gefälligst um Verzeihung!»

Marit rang nach Atem. Sie konnte ihre Gedanken kaum ordnen, daher plapperte sie ihm nach: «Ich bitte Sie um Verzeihung, Mijnheer.»

«Brav.» Er klang beinahe einschmeichelnd. Beruhigend strich er über ihre Arschbacke. «Du wirst dir noch heute Abend Strapse und halterlose Strümpfe kaufen. Habe ich mich klar ausgedrückt?»

«Ja, Mijnheer.» Das war eine kleine Investition, die vertretbar war, wenn sie nur die Stelle bekäme.

«Ich erlaube dir, dich wieder aufzurichten», sagte er großmütig. «Jetzt zeige ich dir unseren Ausstellungsraum, in dem die Kunden alle unsere Möbel anschauen und testen können. Den Blazer lass hier liegen. Es ist heiß genug heute, und ohne kann ich deine Brüste besser betrachten. Geh mal ein Stück, damit ich sehen kann, ob sie beim Laufen wackeln.»

Marit hatte das Gefühl, dass ihr Busen mit einem Mal viel schwerer war, weil Luuk de Vries ihn anstarrte. Besaß er keinen Anstand? Sein Maßanzug täuschte Distanz vor, doch in Wahrheit war er anzüglich und unverschämt. Warum gefiel ihr das nur? Das fragte sie sich, als sie vor ihm auf- und abging.

«Schneller!» Sie lief fast, nur damit ihre Tittchen auf und ab wogten. Derart auf ihren Körper und ihre Reize reduziert worden, war sie noch nie.

«Du musst darauf achten, dass dein Gang immer federnd ist. Mit Speck fängt man Mäuse und mit Sexappeal ködert man Kunden. Folge mir.» Er schritt voraus, zurück in den Vorraum und durch eine Seitentür in einen langen Flur, der in eine kleine Halle führte, die hinter dem Ladenlokal lag, sodass man sie von der Straße aus nicht sehen konnte.

Dort staunte Marit nicht schlecht. Sie ärgerte sich, weil sie zu faul gewesen war, sich über dieses Geschäft genauer zu erkundigen. Ihr hatte es genügt zu wissen, dass es sich um Möbel handelte. Welcher Art war ihr egal gewesen.

Nun bereute sie es und fragte sich, ob sie die Einladung zu dem Vorstellungstermin auch angenommen hätte, wenn sie gewusst hätte, dass dieser Laden SM-Möbel vertrieb. Wohl eher nicht. Nicht aus Abneigung, sondern aus Angst vor der eigenen Courage.

Im Internet hatte sie schon einige BDSM-Kurzgeschichten gelesen und war auf die Homepages einschlägiger Magazine gesurft, aber eigene Erfahrungen hatte sie noch nicht gemacht. Vor dem heimischen PC fand sie es in Ordnung, sich damit zu beschäftigen. Die Distanz als Sicherheit. Doch nun wurde sie unmittelbar damit konfrontiert.

Allein der Anblick der Strafböcke, Andreaskreuze und Sklavensitze – die Bezeichnungen standen auf kleinen weißen Schildern – trieb ihr die Schamesröte ins Gesicht. Alles ergab plötzlich einen Sinn. Der Name des Ladens Tot uw Dienst bedeutete nicht ‚Gern geschehen', sondern war wortwörtlich gemeint: Zu Ihren Diensten. Der neutrale Eingangsbereich, die Unbefangenheit des Inhabers bei der Begutachtung ihrer körperlichen Vorzüge ...

«Selbstverständlich stellen wir auch Möbel nach Sonderwünschen her.» Er machte eine ausladende Geste. «Das ist nur unser Standardprogramm. Kennst du dich damit aus?»

Sie schluckte den Kloß in ihrem Hals hinunter. «Nein.»

«Leg dich mal auf den Strafbock», forderte er sie auf und zeigte auf ein Möbelstück, das rechts vor ihr stand. Die kurze Bank war komplett in Schwarz gehalten und besaß Lederschlaufen an den vier Beinen.

«Das kann ich nicht», brachte Marit entsetzt hervor. Bei dem Gedanken wurden ihre Beine weich. Das Möbelstück übte schon einen gewissen Reiz auf sie aus, aber ebenso fürchtete sie sich davor – dabei handelte es sich nur um ein Möbel.

Unnachgiebig drängte de Vries sie vorwärts. «Wie willst du etwas verkaufen, von dem du keine Ahnung hast? Außerdem wirst du mit mir Präsentationen machen müssen, um den Kunden zu demonstrieren, was man alles damit anfangen kann.»

Das leuchtete ihr ein. Es war ja nur ein Test, nur kurz drauflegen und so tun, als wäre sie ganz locker. Aber das war gar nicht so leicht, wenn man innerlich angespannt war. Unbeholfen legte sie sich mit dem Bauch auf die Liegefläche. Ihre Beine baumelten herunter, ebenso ihre Arme, und es war mühsam, den Kopf hochzuhalten.

Auf einmal wurden ihre Beine auseinandergerissen. Sie spürte, wie sich die Ledermanschetten um ihre Fußgelenke schmiegten und festgezurrt wurden, noch bevor sie sich wehren konnte. «Was machen Sie denn da?!»

Anstatt zu antworten, packte de Vries sie im Nacken und drückte ihren Kopf nach unten. Blitzschnell schnallte er ihre Handgelenke fest, sodass sie wie ein erlegtes Reh auf dem Strafbock lag. Wehrlos. Ausgeliefert.

«Ich sagte doch eben, dass du erst mit den Möbeln vertraut werden musst, bevor du sie anpreisen kannst», meinte er, und es lag eine gewisse Lüsternheit in seiner Stimme. Er griff in ihre Locken, zog ihren Kopf zurück und flüsterte drohend in ihr Ohr: «Und du hast schon wieder das demütige ‚Mijnheer' vergessen. Damit es dir in Fleisch und Blut übergeht, werde ich es dir nun auf meine Art eintrichtern.»

«Bitte nicht, Mijnheer.» Sie versuchte, ihn über ihre Schulter hinweg anzuschauen. «Machen Sie mich bitte los, ich beschwöre Sie.»

«Das mit dem Betteln ist schon mal ein guter Anfang. Ich wusste, dass du eine gelehrige Schülerin sein wirst. Du trägst ein devotes Herz in dir. Es braucht nur eine starke Hand, um dir den Weg zu weisen.» Gelassen schlenderte Luuk de Vries aus der Halle und kehrte mit einer Digital-Kamera zurück. Er richtete sie auf Marits Gesicht.

Entsetzt wandte sie ihren Kopf ab, soweit das möglich war. Ihr Puls stieg wieder an. Ein seltsames Gefühl erfasste ihren Körper, das sie verwirrte. Sie fühlte sich schrecklich, weil de Vries sie hereingelegt hatte. Aber er schien nicht über sie herfallen zu wollen, sondern betrachtete sie mit einer Begierde, die ihr fremd war. Noch nie hatte ein Mann ihrem Körper so viel Aufmerksamkeit geschenkt. Er filmte ihre Kurven, als wäre Marit eine kostbare Statue. Marit gefiel der Gedanke, er könne Interesse an ihr haben. Nur gefesselt zu sein passte ihr ganz und gar nicht.

«Hab keine Angst und hör auf zu kämpfen.» Seine Fingerspitzen strichen über ihren Hintern. «Sobald du dich gefügt hast, wird es dir besser gehen. Je mehr du dich mir hingibst und mir vertraust, desto freier wirst du dich fühlen, glaub mir.»

Ging es hier noch darum, ihr zu demonstrieren, wie ein Strafbock einzusetzen war? «Mijnheer, bitte, binden Sie mich los. Ich bin nicht die Richtige für den Job.»

De Vries schob langsam ihren Rock hoch. Sie wehrte sich, zumindest versuchte sie es, doch die Lederriemen hielten ihre Beine gespreizt. Ihre Arschbacken lagen mittlerweile halb frei, weil de Vries den Rockstoff bis zu ihren Hüften hochgeschoben hatte. Nur das Hüftpanty schützte ihre Möse noch vor seinen Blicken. Sie wusste, auch ohne es sehen zu können, dass de Vries mit der DigiCam ihre Kehrseite abfilmte. Hatte er vor, die Aufnahmen zu veröffentlichen? Was würde er von ihr verlangen, damit er es nicht tat? Und warum befürchtete sie, dass er einen feuchten Fleck auf ihrem Höschen ausmachen könnte?

«Was haben Sie mit dem Film vor, Mijnheer?», fragte sie zaghaft.

Er ging um den Strafbock herum und stellte die Kamera auf den Sklavenstuhl, der unmittelbar danebenstand, sodass sie Marit von der Seite aufnahm. «Er kommt in mein Archiv und ist Teil des Vorstellungsgesprächs. Hast du noch nie Rollenspiele machen müssen?»

Schweigend schüttelte sie den Kopf.

«Ich möchte testen, wie du dich verhältst, wenn ein Kunde von dir verlangt, den Bock vorzuführen.»

«Aber er wird mich doch nicht ...»

«Benutzen dürfen?» Amüsiert hob er seine Augenbrauen. «Wir sind ein Möbelgeschäft und kein Bordell. Ausschließlich meinen engsten Freunden biete ich diesen Service an.»

Wieder zog sie kräftig an ihren Fesseln.

«Scht», machte er und streichelte ihre Wange, bis sie sich beruhigte. «Probier es einfach mal aus. Dies ist zwar ein Einstellungstest, aber du prüfst dich auch selbst. Und vielleicht gefällt es dir, rein zufällig.»

Daraufhin ging er zu einem Metallschrank, der neben der Eingangstür stand. Er öffnete ihn und zum Vorschein kamen einige Bestrafungsinstrumente, die ordentlich auf Haken nebeneinander hingen.

Marit riss ängstlich die Augen auf. Sie erkannte Peitschen, Gerten und Rohrstöcke, auch ohne Erfahrungen mit SM zu haben. Er hatte vor, sie zu schlagen. Marit konnte es kaum fassen! Und sie konnte rein gar nichts dagegen machen.

De Vries kehrte mit einem schwarzen Gerät zurück, das für Marit wie ein Teppichklopfer aussah: ein langer Stil, an dessen Ende ein Stück Leder angebracht war, das so groß wie eine männliche Handfläche war.

«Du wirst auf jede Arschbacke drei Schläge mit dem Lederpaddel erhalten», kündigte de Vries an. Vorfreude spiegelte sich auf seinem Gesicht. «Als Strafe, weil du trotz meiner Ermahnung das ‚Mijnheer' vergessen hast und um dich an deine devote Rolle heranzuführen.»

Marit wusste nicht, wie ihr geschah. Ein fremder Mann stand mit einem Folterinstrument vor ihr, sie war gefesselt und musste erdulden, was er ihr antun würde. Ihre Augen wurden feucht. Das Gefühl von Hilflosigkeit fraß sie innerlich auf. Und dennoch schwieg sie. Sie sah ihn einfach nur an.

«Egal, ob du heulen, betteln oder schreien wirst, es wird geschehen. Hast du das verstanden?», fragte er und drehte provozierend das Paddel in seiner Hand.

Marit nickte. Sie schluckte ihre Tränen runter. Weinen würde ihr auch nicht helfen. Sie musste die Schläge überstehen. Sobald de Vries sie losband, würde sie weglaufen.

Er zog das Lederpaddel das erste Mal über ihre rechte Arschbacke. Marit war nicht nur erstaunt, dass er nicht wild auf sie eindrosch, sondern seine Kraft wohldosierte und sie behutsam an den Schmerz heranführte, sondern auch darüber, dass eine bittersüße Hitze in ihrer Arschbacke entstand, die in ihre Spalte floss und auf ihr Fötzchen übersprang.

Der zweite Schlag traf genau dorthin, wo schon der erste sie getroffen hatte, und war somit schmerzhafter, aber immer noch zu ertragen. Sie biss die Zähne zusammen, spannte ihren Hintern an und hätte am liebsten ihre Schenkel aneinandergepresst, weil die Hitze ihre Möse entflammte und Marit die Flammen am liebsten erstickt hätte. Doch ihre Beine waren immer noch gespreizt und fixiert. Nun erkannte sie, dass sie nicht nur Luuk de Vries, sondern auch ihrer Geilheit hilflos ausgeliefert war.

Der Klopfer traf sie ein drittes Mal auf dieselbe Stelle. Marit gab ein leises «Autsch» von sich. Ihre Arschbacke brannte, aber es war ein angenehmes Feuer, etwas, was sie sehr erstaunte.

De Vries begann, ihre linke Gesäßhälfte zu bearbeiten, doch im Gegensatz zur rechten Seite, schlug er nun dreimal hart und kurz hintereinander. «Damit du spürst, dass ich dir auch wehtun könnte, richtig wehtun. Diese Schläge sind nur ein Vorgeschmack.»

Marit sog hörbar Luft in ihre Lungen. Erst nach einigen Sekunden atmete sie wieder aus. Die Hitze in ihrem Hintern war jetzt unerträglich. Doch mit Schrecken stellte sie fest, dass ihre Geilheit wuchs, je fester er zuschlug. Das war eine völlig neue Erfahrung für sie.

«Das war deine Strafe. Nun kommen wir zum Rollenspiel.» Er legte das Lederpaddel neben die Digi-Cam und stellte sich vor Marits Gesicht. Bedächtig öffnete er den Reißverschluss seiner Hose. Er langte in den Schlitz und holte seinen Schwanz und seine Hoden heraus. «Stell dir vor, wir zeigen einem befreundeten Pärchen von mir, was man alles mit dem Strafbock anstellen könnte, als Anreiz für sie, es zu Hause nachzuahmen – nachdem sie ihn gekauft haben, selbstverständlich. Na, komm schon, verwöhn mich mit deinem hübschen Mund.»

Perplex sah Marit zuerst Glied und Hoden an, die zu ihrer Überraschung rasiert waren, etwas, was sie noch nie bei einem Mann gesehen hatte und das sie erfreute. Dann schaute sie zu de Vries auf, der seinen halb erigierten Penis anhob, sodass seine Eichel auf ihren Mund zeigte. Anstatt zu antworten, presste sie demonstrativ ihre Lippen aufeinander, obwohl ihr das Wasser im Mund zusammenlief, denn sein Schwanz war glatt und groß. Doch sie konnte sich nicht eingestehen, dass sie ihn gerne gekostet hätte. Sie war eine Bewerberin, kein Flittchen.

Aber wenn du es dir doch selbst wünschst, hörte sie ihre innere Stimme, vielleicht solltest du alle Bedenken über Bord werfen und ihn so geil machen, dass er dich vögelt.

Den Job würde sie eh nicht annehmen, also konnte sie wenigstens einen geilen Fick mitnehmen. Wäre sie älter gewesen, hätte sie eventuell den Mut aufgebracht, den Mund zu öffnen, doch so gewann ihre Scheu.

De Vries murrte. «Nun gut, ich werde dir deine Bockigkeit schon austreiben. Mit ein wenig Nachdruck klappen viele Dinge. Du wirst sehen, wie leicht dir das Blasen fallen wird, wenn ich dir erst Schmerzen zufüge, die du kaum wirst ertragen können.»

Angst erfasste Marit. Sie zitterte leicht. Die Ankündigung allein reichte schon, um ihr den Schweiß auf die Stirn zu treiben. Aber sie konnte doch nicht den Schwanz eines wildfremden Mannes lutschen, oder? Besonders nicht, da die Kamera dies aufnehmen würde. Warum prickelte ihre Muschi dann so nervtötend?

Sei endlich ruhig, schrie Marit ihr Fötzchen in Gedanken an.

Nervös beobachtete sie de Vries, der das Lederpaddel geholt hatte und sich nun neben sie stellte. Er holte weit aus, sodass Marit schon die Zähne zusammenbiss, aber der Schlag blieb aus. De Vries hatte nur den Schwung geübt. Und sie reingelegt, um ihr noch mehr Angst zu machen.

Einige Male wiederholte er die Prozedur. Als er das Paddel über die rechte Arschbacke zog, tat es so weh, dass Marit aufschrie. Damit hatte sie nicht gerechnet. Auch der zweite Schlag war so ganz anders als die ersten sechs, die sie vor dem Rollenspiel erhalten hatte. Da hatte sich Luuk de Vries noch zurückgehalten.

Aber du musstest ihn ja unbedingt wütend machen, schimpfte sie mit sich selbst und schrie und jammerte, weil ihr Peiniger das Paddel ein drittes Mal auf ihre Arschbacke drosch.

Dann wechselte er die Seite und bereitete sich auf die Folter der linken Arschbacke vor. Wieder übte er die Schläge.

Obwohl Marit dies bewusst war, zerrte sie an ihren Fesseln und versuchte, ihren Hintern wegzuschieben, was natürlich nicht funktionierte.

«Bitte, nicht auch noch die andere Seite!», flehte sie. Es war erniedrigend zu betteln, aber in dieser Situation blieb ihr nichts anderes übrig. «Mijnheer, verschonen Sie mich!»

«Es ist zu spät für diese Einsicht», sagte er hart und schlug unnachgiebig auf ihre linke Gesäßhälfte. Er gab ihr keine Zeit, sich von den Schlägen zu erholen, sondern zog das Paddel kurz und präzise über ihre Arschbacke, sodass Marit nicht einmal zum Schreien kam. Ihr blieb schlichtweg die Luft weg.

Als er fertig war, atmete sie tief durch und wimmerte leise. Ihre Kehrseite brannte wie Feuer. Der Schmerz war flächendeckend. Die Hitze flutete ihre Möse, die immer weiter anschwoll. Marit spürte ihr Panty, das über ihre Schamlippen rieb, wenn sie sich bewegte. Es war geil! Die Glut hatte ihr Fötzchen sensibilisiert.

Schmerz – Hitze – Geilheit. Bittersüße neue Erfahrungen.

Luuk de Vries riss sie aus ihren Gedanken. Er stand längst wieder vor ihr und hielt ihr seinen Schwanz hin, der nun steif von seinen Lenden abstand.

Aber Marit konnte ihn nicht lecken. Sie war zwar offen erzogen worden, hatte jedoch noch nie einen One-Night-Stand gehabt. Außerdem nötigte de Vries sie. Sie durfte sich ihm nicht hingeben.

«Bleib ruhig bockig, das legitimiert mich nur, dich weiter zu quälen, bis ich dich so weit habe, und glaube mir, ich werde dich dazu bringen zu betteln, es mir oral besorgen zu dürfen.» Belustigt grinste er und kraulte seinen Henriquatre-Bart, als würde er über neue Folterungen sinnieren. Er ging um sie herum und blieb hinter ihr stehen. Dann tat er nichts. Er stand einfach nur da und begaffte ihre roten Arschbacken.

Was hatte er vor? Durch die Drohung wurde Marit zappelig. Sie rutschte mit ihrem Becken mal nach rechts, dann wieder nach links, versuchte immer wieder ihren Kopf so weit wie möglich zu drehen, doch sie sah nichts.

Luuk de Vries griff nach ihrem Hüftpanty. Er zog daran, sodass es sich fest auf ihre Möse drückte, und rieb mit seinem Handballen über ihre Arschritze. Das gefiel Marit besser, als es ihr hätte gefallen dürfen. Sie spannte ihre Muskeln an, diesmal nicht vor Furcht, sondern vor wachsender Erregung.

Plötzlich erschrak sie. Er hatte ihr einfach ihr Höschen vom Leib gerissen. Jetzt lag sie mit nackter Muschi vor ihm, die Schenkel gespreizt wie eine Hure; eine stumme Einladung sie zu ficken.

Doch de Vries war anders als andere Männer, beherrschter. Er rammte seinen Schwanz nicht in sie hinein, nur weil sich ihm gerade die Gelegenheit dazu bot, sondern befingerte sie behutsam. Sanft tastete er über ihre Möse.

Er zog seine Fingerspitzen über ihre Schamlippen, vor und zurück und wieder nach vorne, die rechte Schamlippe hoch, die linke wieder zurück, bis es intensiv in ihrem Fötzchen kribbelte, so als würde ein ganzer Armeisenstaat über ihre Muschi krabbeln.

Sie spürte, wie der Saft aus ihr herausquoll. Kurz schaute sie zur Kamera und wandte dann ihr Gesicht verlegen ab. Bestimmt war ihr Teint genauso rot wie ihre Kehrseite.

Hoffentlich zeigt de Vries das Einstellungsvideo nicht bei internen Schulungen, unkte sie.

Ihren Humor hatte sie offensichtlich noch nicht verloren, was auch daran lag, dass de Vries' Finger nun vorsichtig in sie eindrang und ihre Erregung damit anstachelte. Wäre sie nicht gefesselt gewesen, hätte sie ihm die Augen ausgekratzt. Aber durch die Fesselung musste sie alles ertragen, Schläge ebenso wie Liebkosungen, und in diesem Moment fand sie das gar nicht so übel.

Sie schämte sich lediglich dafür, dass er ihr ansah, wie geil sie war. Keine Regung konnte sie vor ihm verstecken, und er hatte ihre feuchte Möse direkt vor seinen Augen. Sie war durchschaubar. Und seiner Führung unterworfen. Auf Gedeih und Verderb ausgeliefert. Das war fürchterlich und gleichzeitig steigerte es ihre Lust. Sie konnte sich nicht dagegen wehren, nicht gegen ihn und nicht gegen ihre Erregung. Daher gab sie sich seinen Berührungen hin.

Was blieb ihr anderes übrig?

Und da sie den inneren Kampf aufgegeben hatte, strömten die wundervollsten Gefühle durch sie hindurch. Es war berauschend, von seinen Fingern gefickt zu werden, immer mehr stopfte er in ihr feuchtes Loch, bis er sie leicht dehnte. Sie stöhnte jedes Mal, wenn er in sie hineinstieß, und seufzte enttäuscht, sobald er aus ihr herausglitt. Als ihr dies bewusst wurde, presste sie ihre Lippen aufeinander, aber es war schwer, sich zurückzuhalten. Wenn wenigstens die Digi-Cam nicht wäre. Dann hätte sie sich gehen lassen und im Zweifelsfall später behaupten können, dass der Sex mit Luuk de Vries nie stattgefunden hatte. Doch die Aufzeichnung war der Beweis.

Sie musste sich beherrschen. Doch im Gegensatz zu de Vries entglitt ihr die Kontrolle immer mehr.

Er verteilte ihren Mösensaft auf ihrem Unterleib, rieb die zähe Flüssigkeit in jede Pore ihrer Möse ein und verschmierte sie auch auf ihren Oberschenkeln. Sogar auf ihrer Rosette zog er sanfte Kreise, er balsamierte sie förmlich damit ein. Minutenlang widmete er sich ihrem Ringmuskel, der von der Liebkosung zu Marits Leidwesen nicht unbeeindruckt blieb. So peinlich es ihr auch war, aber sie konnte nicht verhindern, dass er sich öffnete und wieder zusammenzog, als wollte er mit de Vries kommunizieren.

Als sein Finger in ihr enges Loch eindrang, hielt Marit erschrocken die Luft an, doch es tat nicht weh, daher entspannte sie sich rasch wieder. Er nahm einen zweiten Finger hinzu und dehnte ihren Anus. Trotz seiner Sanftheit befürchtete Marit, der Schmerz könne jeden Moment kommen, doch ihr After gewöhnte sich an die Dehnung. Obwohl noch nie jemand dort eingedrungen war, tat es gut. Es war eine Art Reiz, der ihr bis dahin unbekannt gewesen war, der ihr aber gefiel.

De Vries steckte einen dritten Finger in ihren After. Er zwängte ihn mit leichtem Druck in sie hinein, hielt kurz inne und zog alle Finger heraus, nur um sie sofort wieder hineinzudrücken.

Marit jammerte leise, brachte aber kein Wort heraus, weil er fortfuhr, sie mit seinen Fingern zu ficken. Ihr waren drei zu viel. Die Dehnung ihres Ringmuskels war stark. Es war gerade noch so erträglich, wenn nur die Fingerkuppen in ihrem Anus steckten. Presste er jedoch seine Finger tief in sie hinein, weitete er durch seine Fingerwurzeln ihren faltigen Ring so sehr, dass Marit die Luft anhielt, weil der Druck zu viel für sie war.

Doch der Schmerz kam erst mit dem vierten Finger.

Er musste doch spüren, dass er zu weit ging. Es schien ihn nicht zu interessieren, denn er steckte seine Finger mit Nachdruck in ihr enges Loch. Er ignorierte das Zittern ihres Beckens, ihre verkrampften Arschbacken und ihr Hecheln, mit dem sie versuchte, sich zu entspannen, was ihr aber nur mäßig gelang.

«Wenn du locker bleibst, wird deiner Rosette nichts passieren.» In seiner Stimme lag deutliche Belustigung. Es machte ihm Spaß, sie zu quälen.

Marit schwitzte vor Anstrengung. Sie hatte die Augen fest geschlossen und bemühte sich, nicht panisch zu reagieren. Ihr Ringmuskel tat weh, aber der Schmerz war erträglich.

Die ersehnte Entspannung kam jedoch erst mit der Ablenkung. De Vries begann, ihren Kitzler zu massieren. Die Lust schwoll mit einem Mal so heftig an, dass Marit ihren schmerzenden After glatt vergaß, zumindest für einen Moment. Sie warf den Kopf in den Nacken und riss den Mund auf, um nach Luft zu schnappen, doch stattdessen stöhnte sie laut.

Wieder glitt ihr Blick zur Kamera, doch diesmal war es ihr nicht möglich, sich zusammenzureißen oder den Kopf abzuwenden, denn de Vries ließ nicht von ihrer Klitoris ab, sondern rieb sie immer kräftiger, sodass Marit Hören und Sehen verging.

Zuerst merkte sie kaum, wie er sie anal fickte. Die Geilheit lenkte sie zu sehr ab. Dann spürte sie immer stärker, dass ihr After penetriert wurde. Die vier dicken Männerfinger dehnten ihren faltigen Ring bis aufs Äußerste, während ihre Klit stimuliert wurde. Schmerz wurde zu Lust. Zu Lustschmerz. Diese Mischung aus Dehnung und Erregung war bittersüß und brachte sie fast um den Verstand. Sie war kurz davor zu kommen, als de Vries aufhörte und seine Finger aus ihr herauszog.

Ein scheußliches Gefühl der Leere blieb zurück. Marit fiel in sich zusammen. Wie ein Häufchen Elend lag sie auf dem Strafbock. Geil, unbefriedigt, bebend.

«So nett könnte ich zu dir sein, wenn du nur demütiger wärst», sagte Luuk de Vries. «Aber du ziehst es ja vor, bockig zu bleiben. Daher steht dir nur die andere Seite der Medaille zu, und zwar diese.»

Jäh bohrte er seinen Fingernagel in ihre empfindliche Schamlippe. Marit schrie erschrocken auf und wand sich unter seinem schmerzenden Griff. Er rutschte ab. Weil sie sich gegen ihn wehrte. Weil sie triefnass war. Oder einfach nur, weil er ihr wehtun wollte.

Er setzte erneut an und stach seinen Fingernagel in ihr heißes, geschwollenes Fleisch. Immer wieder piekte er in ihre Möse. Mit zwei Nägeln zupfte er an ihren Falten und kratzte sie. Es fühlte sich an, als hätte er seine Nägel absichtlich spitz zugefeilt.

Marit schrie und wehklagte. Sie versuchte seine Hand mit ihrem Hintern wegzudrängen, riss an den Lederfesseln und winselte schließlich, weil ihre sinnlosen Bemühungen nur dazu führten, dass er fester zustach, um ihre Schamlippen nicht loszulassen.

Als er seine Fingernägel an ihre Klitoris führte, aber noch nicht hineinbohrte, erzitterte sie.

«Wirst du mich jetzt darum bitten, es mir mit deinem Mund besorgen zu dürfen?», fragte er herausfordernd.

Er hatte Marit richtig eingeschätzt, denn sie bettelte: «Bitte, ich tue es. Ich werde Sie verwöhnen, Mijnheer, und alles geben, um Sie zufriedenzustellen. Ich habe eine flinke Zunge und geschickte Lippen. Ich kann eine richtige kleine Slet sein, lassen Sie es mich beweisen ...»

«Ist ja schon gut.» Er zog seine Hand zwischen ihren Schenkeln zurück und streichelte ihre Arschbacken. Dann nahm er die Kamera und stellte sich vor ihr Gesicht. Er vergrub seine Hände in ihren Haaren, zog ihren Kopf grob nach oben und stieß mit seiner Eichel gegen ihre Lippen.

Bereitwillig öffnete sie ihren Mund. Warum nur hatte sie sich so geziert? Ihr war doch das Wasser im Mund zusammengelaufen, als sie den rasierten Schwanz und die blanken Hoden gesehen hatte. Die ganze Tortur hätte sie sich sparen können, denn nun würde sie ihn doch oral befriedigen. Aber dann hätte sie diese Erfahrungen nicht gemacht. Aus irgendeinem Grund wollte Marit sie nicht missen. Weil sie die Qual geil machte? Sie schämte sich für ihre Erregung, aber so war es nun mal.

Sie leckte über die Eichel, nahm sie zwischen ihre Lippen und saugte behutsam daran. Er richtete die Digital-Kamera auf sie. Und nahm alles auf.

«Und du willst eine Schlampe sein», machte er sich über sie lustig.

Hitze schoss ihr in die Wangen. Marit legte sich mehr ins Zeug. Sie sammelte Speichel, seifte das steife Glied gehörig ein und nahm es so tief in ihren Mund auf, wie sie konnte. Eifrig leckte sie über den harten Schaft, bis ihr die Spucke aus den Mundwinkeln lief. Sie schob mit ihren Lippen seine Vorhaut noch weiter zurück, sodass sein Penis knüppelhart wurde.

Doch das war Luuk de Vries immer noch nicht gut genug. Er gab ihr eine Ohrfeige. «Hör mit deinen lächerlichen Bemühungen auf und press deine Lippen auf meinen Schwanz. Ich will dich in den Mund ficken.»

Marit empfand eine Erniedrigung, die ihr durch und durch ging, als er begann, sein Glied in ihren Mund zu stoßen, als wäre es ihr Fötzchen. Sie war noch nie so herabgewürdigt worden. Nie zuvor hatte ein Mann sie auf eine so beschämende Art genommen. Sie konnte gar nicht genau benennen, weshalb es ihr einen Stich ins Herz versetzte. Vielleicht weil das Gesicht ein empfindlicher Teil des Körpers war oder weil es sich in diesem Moment so nah an seinem Unterleib befand, mit dem er nicht nur vögelte.

Sie blickte nach unten und beobachtete, wie der Schwanz in ihrem Mund verschwand und sich daraus wieder entfernte. Wie ein Kolben stieß er in sie hinein, nicht so, dass es ihr wehtat, aber auch nicht gerade mit Feingefühl. Es war anstrengend, die Lippen auf das Glied zu pressen. Sie befürchtete, die Eichel könnte an ihren Rachen stoßen und sie zum Würgen bringen, doch de Vries passte auf. Obwohl es den Anschein hatte, als würde er die ganze Arbeit machen, war es für Marit ebenso anstrengend.

Ungeniert richtete er die Kamera auf ihr Gesicht, das vor Konzentration und Verlegenheit hochrot war. Er nahm auf, wie sein Schwanz ihre Mundhöhle vögelte. In Nahaufnahme hielt er fest, dass sich eine Träne aus Marits Augenwinkel löste. Aus Erniedrigung? Aus Verschämtheit oder vor Anstrengung? Sie konnte es selbst nicht sagen.

Aus irgendeinem Grund erregte die Situation sie aber auch. De Vries benutzte sie einfach. Er ließ sie leiden und schenkte ihr dann wieder Lust, wie sie sie in ihrem jungen Leben bisher selten empfunden hatte. Ein Teil von ihr wollte sogar missbraucht werden, der verdorbene Teil. Natürlich stand sie auf hemmungsloses Ficken. Sie durfte nur nicht daran denken, dass sie sich in einem Bewerbungsgespräch befand. Tat sie das überhaupt noch? War die Situation nicht längst ausgeufert?

Sie wurde durch das starke Pumpen des Schwanzes aus ihren Gedanken gerissen. De Vries fickte ihren Mund heftiger. Sein Atem beschleunigte sich. Ein herber Tropfen quoll aus seiner Penisspitze hervor und zerging auf Marits Zunge. Sie stöhnte, weil sich ein Krampf in ihrer Kiefermuskulatur ankündigte.

De Vries bemerkte es und zog sein Glied aus ihr heraus. Lobend tätschelte er ihre Wange und wischte ihr mit dem Ärmel seines teuren Anzugjacketts den Schweiß von der Stirn.

«Nun warst du am Ende doch noch artig, wenn es auch ein wenig Nachdruck benötigt hat.» Er lächelte milde. «Damit du siehst, dass ich kein Monster bin, und lernst, dass Gehorsam sich auszahlt, wirst du nun eine Belohnung erhalten.»

Er stellte die Kamera auf die Fensterbank und richtete sie auf Marit. Dann ging er um den Bock herum, stellte sich hinter Marit und drang ohne Umschweife in sie ein, bis er tief in ihr steckte. So blieb er eine Weile. Währenddessen fingerte er an ihrer Möse herum. Er betastete seinen Penis, der in ihr verschwand, streichelte den Eingang ihrer Muschi und verteilte ihren Saft auf ihren Schamlippen.

Der pralle Schwanz, der in ihr ruhte, und die sanften Berührungen heizten Marit gehörig ein. Sie wurde unruhig, da sie nach mehr gierte. Nun hatte sie schon so viel durchmachen müssen, da wollte sie auch ihren Sold einstreichen.

Nur die Kamera irritierte sie weiterhin. Mittlerweile hatte Marit sie halbwegs akzeptiert, ja, langsam bekam es sogar einen gewissen Reiz, beim Sex gefilmt zu werden. Allerdings nicht von einem Fremden. Wäre sie mit einem Liebhaber zusammen gewesen, der sie vorher um ihr Einverständnis gebeten hätte, hätte sie eventuell ihr Okay gegeben.

Aber Luuk de Vries fragte nicht. Er nahm sich einfach, worauf er Lust hatte. Und das war im Moment sie.

Eigentlich sollte ich das wohl als Kompliment auffassen, kam ihr plötzlich in den Sinn. Er war attraktiv, besaß ein eigenes Geschäft – da konnte er bestimmt jede Frau haben.

Das erste Mal ließ sie sich gehen, denn verdammt, sie hatte es sich verdient, verwöhnt zu werden. Sie stöhnte und seufzte, während er sich Stück für Stück ihrem Kitzler näherte, der nach Berührung schrie. Als es dann so weit war und de Vries ihre Klitoris hauchzart mit einer Fingerkuppe massierte, vergaß sie sogar die Digi-Cam.

Marit warf den Kopf in den Nacken und bewegte ihr Becken, soweit die Fesselung nachgab, um ihn intensiver zu spüren. Doch die Ledermanschetten und de Vries ließen das nicht zu. Er quälte sie mit Sanftheit. Ihre Geilheit steigerte sich so kriechend langsam, dass es eine Tortur war. Sie hätte schreien können. Stattdessen jammerte sie leise.

Das Blut pulsierte durch ihr Fötzchen. Gemächlich kreiste der Finger über ihre Klitoris. Sie spürte ihn kaum, gerade so viel, dass der Orgasmus sich schleppend aufbaute. Niemals hätte sie gedacht, dass Sex so eine lustvolle Qual sein konnte. Die Bedächtigkeit war ebenso eine Folter wie die Schläge mit dem Lederpaddel.

Luuk de Vries war ihr Folterknecht. Vor ihm lag Marit auf dem Strafbock und musste über sich ergehen lassen, was er ihr antat, egal ob Schmerz oder bittersüße Lust.

In diesem Augenblick des lustvollen Leidens begehrte sie ihn wie keinen Mann zuvor.

Sie wollte genau hier auf dem Folterinstrument liegen, mit weitgespreizten Schenkeln, an Hand- und Fußgelenken fixiert, triefnass wie eine läufige Hündin und zerschmelzend vor Lust.

«Ficken Sie mich bitte, Mijnheer», hörte sie sich selbst flehen und war erstaunt über ihre Unterwürfigkeit.

«Du brauchst es wohl sehr.» Er lachte leise, fuhr jedoch genauso langsam und sanft fort, ihren hochsensiblen Kitzler zu streicheln. «Ihr jungen Dinger habt es immer so eilig. Ihr müsst erst noch lernen, eure Bedürfnisse hinten anzustellen, denn euer Herr bestimmt über euren Körper, eure Lust ...»

«Bitte, ich brauche es!», bettelte sie, beschämt über ihre Geilheit. «Ich brauche es so sehr.»

«Sollte ich dich einstellen, werde ich während deiner Arbeitszeit dein Herr sein. Ich werde dich immer wieder prüfen, werde dir Aufgaben stellen und dich erziehen, damit du meinen Laden hervorragend repräsentierst.» Auf einmal drückte er seine Fingerspitze fest auf ihre Klitoris, hörte jedoch damit auf, sie zu bewegen. «Und solltest du Kunden verärgern oder nicht genug Möbel verkaufen, werde ich dich bestrafen. Nicht umsonst läuft mein Geschäft gut. Ich weiß meine Mitarbeiter zu führen. Hast du mich verstanden?»

Marit wurde von ihrer Lust überwältigt. Es war, als würde der Orgasmus in ihr feststecken. Der Druck war ganz wundervoll, aber nun fehlte die Bewegung. De Vries war ein Barbar. Seine Worte drangen wie aus weiter Ferne zu ihr. Sie fühlte sich wie unter einer Glocke, in Watte gehüllt durch ihre Erregung, die nicht weiter anwuchs, jedoch auch nicht abschwoll. Gleichbleibend geil, kein Auf und Ab, kein Vor und Zurück. Wie benebelt, als hätte sie Alkohol getrunken.

«Ja, Mijnheer», brachte sie in ihrem Lust-Delirium irgendwie heraus. Sie konnte sich selbst kaum hören.

«Gut.» Er nahm seinen Finger von ihrem Kitzler und begann, sie kurz und hart zu stoßen. Er rammte seinen Schwanz in sie hinein, ein rhythmisches Stakkato. Rücksichtslos vögelte er sie und kommentierte ihre ekstatischen Schreie mit kräftigen Schlägen auf ihre Arschbacken.

Sein Rhythmus wurde immer schneller. Er ritt sie hemmungslos, ritt sie ein für sein Möbelgeschäft, damit sie später als seine Angestellte wusste, worüber sie bei Verkaufsgesprächen redete.

Und Marit war wie berauscht. Ihre Lust schoss in die Höhe, ihr ganzer Unterleib – vom Kitzler über die Schamlippen bis zu ihrem Poloch – war wie elektrisiert. Sie liebte es, wie de Vries pumpte, und dass er sie vögelte, als gäbe es kein Morgen. Noch nie war sie so hart rangenommen worden. Sie stöhnte genauso laut wie er.

Als sie kurz davor war zu kommen, griff er in ihre Haare und riss ihren Kopf hoch. Somit war sie jeglicher Bewegungsfreiheit beraubt. Seltsamerweise gefiel es ihr. Sie riss an den Fesseln, doch sie gaben nicht nach. Dadurch baute sich die Spannung in ihrem Körper noch intensiver auf, als es ohnehin beim Sex der Fall war. Die Energie konnte nicht entweichen, alles in ihr konzentrierte sich auf den Orgasmus, der heranrauschte und über ihr hereinbrach wie ein Orkan. Er erschütterte sie, wirbelte ihr Inneres durcheinander, bis sie zitternd wie ein Aal auf dem Strafbock lag.

Ihr Hals war überstreckt, ihr Becken zuckte unkontrolliert. Noch immer stieß Luuk de Vries in ihre Möse. Er presste ihren Saft heraus und gönnte ihr keine Ruhe, bis auch er endlich kam. Geschwind zog er seinen Schwanz aus ihrem feuchten Loch und spritzte auf ihre Beine ab. Zäh lief sein Sperma ihre Schenkel herab. Sein Aufschrei hatte etwas Animalisches, das so gar nicht zu seinem akkuraten, geschäftsmäßigen Erscheinungsbild passte.

Doch irgendwie hatte er es geschafft, dass sein Anzug akkurat blieb, denn es war kein Fleck darauf zu sehen und die Knitterfalten hielten sich in Grenzen. Nachdem er sich angezogen hatte, schnallte er Marit los.

Er half ihr beim Aufstehen. «Langsam, damit dir nicht schwindelig wird.»

Ihre Beine knickten ein, daher setzte sie sich auf den Strafbock. Sie fühlte sich schwach durch den Höhepunkt. Ihre Beine waren ganz zittrig.

«Bleib sitzen», wies er sie an, doch nun klang seine Stimme nicht mehr barsch, sondern fürsorglich. «Ich hole dir ein Glas Wasser. Nachdem du was getrunken hast, kannst du unsere Firmendusche benutzen.» Luuk de Vries verließ die kleine Halle.

Marit würde einen Teufel tun! In Windeseile zog sie sich an, rannte aus der Halle, vorbei an der verdutzten Sekretärin und floh aus dem Geschäft. Sie hörte gerade noch, wie de Vries ihr hinterherrief: «Ich melde mich bei dir und gebe dir Bescheid, ob du den Job hast oder nicht.»

Was für ein überheblicher Teufelskerl, dachte Marit und stolperte noch immer lusttrunken in den Hubertuspark. Beim Laufen rieben ihre geschwollenen Schamlippen aneinander. Sie wischte sich in einem Gebüsch Sperma und Mösensaft vom Unterleib und eilte nach Hause, wo sie als Erstes duschte. Den Geruch konnte sie entfernen, aber nicht die lustvolle Erinnerung an dieses Erlebnis.

In den nächsten Tagen konnte sie an nichts anderes denken. Sie war ständig feucht und masturbierte zwei-, dreimal am Tag. Luuk de Vries hatte sie genötigt und missbraucht, und sie empfand bizarrerweise Wehmut, weil sie so etwas nie wieder erleben würde. Wie war das möglich?

Keine Sekunde dachte Marit daran, ihrer Schwester davon zu berichten oder gar zur Politie zu gehen. Immerhin hatte sie selbst einen höllischen Orgasmus gehabt und de Vries besaß eine Videoaufzeichnung, die er im Zweifelsfall auf diese Szene kürzen konnte. Ein Prozess wäre Marit viel zu unangenehm gewesen.

Aber das war nicht der ausschlaggebende Punkt, weshalb sie rein gar nichts unternahm, sondern zu Hause saß und ihren Tagträumen nachhing.

Es hatte ihr gefallen, das war die Wahrheit. Wenn sie ihre Augen schloss, konnte sie Luuk de Vries riechen. Er besaß einen maskulinen Duft, kein Parfüm, sondern Gerüche, die seine Haut und sein Geschlecht verströmten. Sie schmeckte noch seinen salzigen Spermatropfen, fühlte seine Finger in ihrem After und das Pumpen seines Schwanzes. Wäre sie ihm unter anderen Umständen begegnet, hätte sie glatt einen Narren an ihm fressen können.

Marit konnte de Vries nicht vergessen, so sehr sie sich auch bemühte. Und auch nicht den bizarren Sex, den sie mit ihm gehabt hatte.

Sollte sie sich mies fühlen deswegen oder ein schlechtes Gewissen haben? War sie deshalb eine Schlampe? Nein. Sie kam zu dem Schluss, dass sie eine junge Frau mit Bedürfnissen war, die schon lange nicht mehr befriedigt worden waren und erst recht nicht auf so konsequente Art und Weise.

Als sie eines Mittags darüber nachdachte, wo sie Männer wie Luuk de Vries treffen konnte – denn sie lagen weiß Gott nicht auf der Straße und umsonst konnte man sie auch nicht haben, denn sie waren anspruchsvoll –, da flatterte ein Brief ins Haus. Ein roter Stempel von Tot uw Dienst leuchtete von der Rückseite des weißen DIN-A4-Umschlags.

Hatte de Vries ihr ihre Bewerbungsunterlagen zurückgeschickt? Sie betastete den Brief. Nein, er war zu dünn.

Sie saß am Esstisch und wartete, bis Femke die Küche verlassen hatte, um die Waschmaschine zu füllen. Erst dann öffnete sie den Umschlag. Was sie herauszog, schockierte sie zuerst. Doch dann begann ihre Möse zu prickeln. Es war ein Foto. Im DIN-A4-Format, sodass die Frau auf dem Bild gut zu sehen war. Die ganze Aufmerksamkeit wurde auf ihr Gesicht gelenkt. Denn es war vor Ekstase verzerrt. Es war offensichtlich, dass sie gerade einen Orgasmus hatte. Sie sah angespannt und erlöst zugleich aus, ihr Mund stand offen und ihre Augen waren geschlossen. Ihr Kinn glänzte, weil ihr Speichel aus dem

Mund lief, und ihre Wangen waren gerötet.

Marit hatte sich noch nie beim Höhepunkt gesehen.

Es war ihr peinlich. Es erregte sie. Sie sah auf dem Foto ramponiert aus, aber auch irgendwie wunderschön. Glücklich.

Als sie es herumdrehte, entdeckte sie eine Nachricht von Luuk de Vries auf der Rückseite. «Du hast den Job. Montag, neun Uhr. Pünktlich!», hatte er mit einem roten Filzstift geschrieben. Nicht mehr und nicht weniger. Aber in dem Ausrufezeichen lag eine subtile Drohung, die Marits Herz höher schlagen ließ – sie war selbst erstaunt über ihre Reaktion.

Femke kam zurück in die Küche. «Und?», fragte sie, während sie den Kühlschrank öffnete und prüfte, was er für das Mittagessen hergab.

«Eine Zusage», stammelte Marit. Rasch steckte sie das Foto zurück in den Umschlag und hielt sich an ihm fest. «Aber ich weiß noch nicht, ob ich das Angebot annehme.»

Femke flog herum und runzelte die Stirn. «Bist du verrückt?»

«Der Inhaber ist irgendwie komisch», druckste Marit herum und presste ihre Schenkel aneinander, um das vermaledeite Kribbeln zu stoppen.

Unverständnis spiegelte sich in Femkes Miene. Sie zuckte mit den Achseln. «Das sind alle Chefs. Du musst dir einfach ein dickeres Fell zulegen. Jetzt, wo du endlich eine Zusage hast, musst du sie annehmen. Da gibt es gar kein Wenn und Aber.»

«Ja», sagte Marit kleinlaut und spürte, dass sie feucht war.

Es gab keine andere Möglichkeit. Das war die Chance, auf die sie seit elf Monaten gewartet hatte. Sie wollte Femke und Thijs nicht länger auf der Tasche liegen, damit die beiden sich um Nachwuchs kümmern konnten. Hochmut durfte sich Marit in ihrer Situation sowieso nicht leisten. Die unzähligen Absagen hatten sie mürbegemacht und sie wollte unter keinen Umständen zu einer Langzeitarbeitslosen werden. Sie war jung, motiviert und wollte arbeiten, um sich endlich ein eigenes Leben aufbauen zu können. Außerdem befürchtete sie, dass Luuk de Vries, dieser skrupellose Schuft, ein Zurückziehen ihrer Bewerbung nicht dulden würde und notfalls das Video zu benutzen wusste.

Das sind einfach zu viele gute Ausreden, um den Job abzulehnen, dachte Marit schmunzelnd. Sie sprang unter die Dusche, angeblich weil die Mittagshitze sie umbrachte, doch es war die Vorfreude auf den Job, die sie dazu veranlasste, den harten Duschstrahl auf ihr Fötzchen zu halten, bis sie kam.

Die Lehre der Disziplin (Tokyo)

Disziplin wurde Michiko schon als Kind eingetrichtert. Nach der Schule fuhr ihre Mutter sie erst zum Ju-Jutsu-Unterricht und dann zum Kaligraphie-Kurs. Abends erlaubte ihr Vater ihr erst zu Abend zu essen und sich schlafen zu legen, wenn sie vorher zwanzig Minuten meditiert hatte. Für ein Kind war es eine wahre Strafe, ruhig sitzen zu bleiben. Aber meist war Michiko so müde, dass sie sogar einschlief, worauf ihr Vater sie weckte, indem er ihr mit einem Reisigbündel auf den Rücken schlug.

Aber Michiko war ihren Eltern dankbar. Sie hatte zwar kaum Freunde, schaffte es jedoch mit sechzehn, in die Malklasse der ehrenwerten Lehrerin Samsu-sama aufgenommen zu werden. Alleine zog sie von Kyoto nach Tokyo. Weg von ihren strengen Eltern hin zu noch mehr Disziplin. In der Zeichenschule wurde sie Tag und Nacht gedrillt, um ihren Malstil zu perfektionieren. Auch mithilfe von Birkenreisig, das ihren Rücken zeichnete. Michiko war eine der besten Schülerinnen.

Jedoch wurde ihre Aufmerksamkeit mehr und mehr abgelenkt, als sie die Shunga entdeckte. Frühlingsbilder, Kopfkissenbilder, Spiegelbilder, Bilder zum Lachen, Kopulationsbilder, wollüstige Bücher, gefühlvolle Drucke, geheime Bilder ... sie besaßen tausend verschiedene Namen.

Aber darauf zu sehen war immer nur das eine: Sex.

Egal ob sie Michiko in Form von Gemälden, Holzdrucken oder Tuschezeichnungen begegneten, sie starrte wie gebannt darauf. Erotische Träume verfolgten sie nachts, sodass sie schweißgebadet aufwachte. Ständig masturbierte sie, um sich auf das Malen konzentrieren zu können. Die Geilheit lenkte sie ab. So konnte es nicht weitergehen. Sie verlor alles, was sie besaß: ihre Disziplin.

Dann hörte sie von Sensei Masatoshi. Er war ein Altmeister der Shunga und lebte zurückgezogen am anderen Ende Tokyos. Heimlich stellte sie Nachforschungen über ihn an. Er nahm nur noch hin und wieder einen Privatschüler an, ansonsten lebte er für die Kunst. Sie rechnete sich keine großen Chancen aus.

Aber an ihrem einundzwanzigsten Geburtstag machte sie sich selbst ein besonderes Geschenk: Sie nahm all ihren Mut zusammen und suchte Meister Masatoshi auf.

Seine Wohnung war enttäuschend. Kein großes Atelier. Keine hellen Räume mit gutem Licht zum Malen und Zeichnen. Er lebte in einer kleinen dunklen Wohnung im obersten Stockwerk eines alten Hochhauses. Sonnenstrahlen hatten es schwer, in das Apartment zu dringen, weil er alle Fenster mit großen Pflanzen zugestellt hatte. Überall lagen Malutensilien herum, Bücher stapelten sich auf den Kommoden und Wollmäuse bevölkerten die Ecken.

Wenig einladend, fand Michiko, wären die Wände nicht mit Shunga tapeziert gewesen.

Fasziniert blieb sie im Eingangsbereich stehen und schaute sich um. Überall hingen erotische Bilder. Masatoshi-sama war umgeben von Riesenschwänzen, Mösen und Tittchen, wild kopulierenden Paaren, Heteros, aber auch Frauen, die es mit Frauen trieben, und Männer, die es mit Männern taten. Michiko wurde ganz schummrig, als sie die private Ausstellung betrachtete, die Anhäufung erotischer Kunst, die kaum jemand mehr zu sehen bekam, da Sensei Masatoshi keinen Wert auf ein Sozialleben legte.

«Ich nehme keine Schüler mehr an», wies er sie ab.

Michiko verneigte sich vor ihm so tief, wie sie nur konnte. Ihr streng zusammengebundener schwarzer Haarzopf fiel ihr über die Schulter nach vorne. «Bitte, verehrter Meister. Ich bin sehr an der Shunga-Kunst interessiert und würde alles dafür tun, um von Ihnen unterrichtet zu werden.»

Er beäugte sie kritisch. «Alles?»

Schüchtern nickte sie. «Es würde mir viel bedeuten, Ihre Schülerin zu werden. Sie sind der beste Maler dieser Kunstrichtung.»

«Ich habe keine Lust mehr, mich mit euch jungen Dingern rumzuärgern.» Übellaunig winkte er ab. «Ihr kommt und geht, wann es euch passt, und interessiert euch heute für dies und morgen für jenes.»

Erneut verbeugte sie sich tief. Sie erzählte ihm von ihrem Leben, der Disziplin, die sich wie ein roter Faden durch ihr Leben zog, und sah ihm an, dass er nicht unbeeindruckt blieb. «Prüfen Sie mich eine Weile, Masatoshi-sama. Sie können mich doch später immer noch wegschicken.» Dann holte sie einige Bilder, die sie angefertigt hatte, aus ihrer Mappe hervor und zeigte sie ihm.

Er betrachtete die Bilder und runzelte die Stirn, was sein Gesicht noch faltiger machte, als es ohnehin schon war. Seine Arme hatte er vor seinem grauen Yukata verschränkt. Vielmehr als einen Sommerkimono und schwarze Zori, Hauspantoffeln, trug er nicht. Seine weiß-grauen Haare waren nicht gekämmt. Auf den ersten Blick hatte es den Anschein, als würde er sich nicht um sein Aussehen kümmern, doch er roch nach herbem Duschgel und sein Gesicht war glatt rasiert.

«Folge mir», sagte er schließlich.

Michikos Herz machte einen freudigen Sprung. Scheu folgte sie ihm in die

Küche und beobachtete, wie er einen Futternapf vom Boden nahm, ihn mit Milch füllte und wieder abstellte. «Haben Sie einen Hund, Masatoshi-sensei?»

«Mein Shiba-Inu ist leider verstorben, aber vielleicht bekomme ich ja bald einen neuen.» Dann deutete er auf den Napf. «Prüfung Nummer eins: Trinken wie Shiba.»

Fassungslos riss sie die Augen auf. Hatte sie sich verhört?

Das erste Mal, seit Michiko seine Wohnung betreten hatte, lächelte er. «Du hast doch gesagt, du würdest alles tun, um meine Schülerin zu werden. Eine leere Behauptung, es sei denn, du lässt ihr Taten folgen.»

Ungläubig blickte sie auf den Milchnapf. Die Situation erinnerte sie an ein Kopfkissenbild, das sie einmal in einem Museumskatalog gesehen hatte: eine blutjunge Frau, die auf allen vieren kniete und Milch aus der Hand einer Älteren schlürfte, während ein alter Mann hinter der Jungen hockte und seine Hand in ihr enges Loch steckte. Das Bild erweckte den Anschein, als hätte die ältere Frau die junge angelockt, damit ihr Ehemann über sie herfallen konnte. Höchst unanständig – gerade deshalb hatte es sich in Michikos Gedächtnis eingebrannt.

Sie ließ sich langsam auf die Knie nieder. Sie konnte kaum glauben, dass sie sich so erniedrigte. Aber Sensei Masatoshi war es wert! Außerdem war sie es gewohnt, Befehle zu befolgen. Nur hatten diese bisher nie bewirkt, dass ihr Fötzchen plötzlich wie verrückt anfing zu kribbeln. Am liebsten hätte sie sich gekratzt. So lange, bis sie von dem Kribbeln erlöst worden wäre.

Stattdessen neigte sie ihren Oberkörper und führte ihr Gesicht nah an den Napf heran. Sie war sich bewusst, dass sich ihre Kehrseite Masatoshi auf anzügliche Weise präsentierte. Eng spannte sich ihre blaue Stoffhose um ihre Arschbacken. Ihre weiße Tunikabluse hing bis auf die alten Dielen herab. Ihre Oberarme zitterten leicht, als sie ihre Zunge herausstreckte und das erste Mal Milch leckte.

Im Augenwinkel sah sie Masatoshi. Er stützte die Arme auf seinen Oberschenkeln ab und beugte sich ein wenig herunter, damit er besser sehen konnte.

Es war beschämend. Michiko erniedrigte sich selbst. Es fühlte sich schlimm und gut zugleich an. Erneut schleckte sie Milch. Ihr Puls beschleunigte sich. Dort, wo vor einiger Zeit der Hund gefressen und getrunken hatte, kniete nun sie und trank aus dem Napf.

Was tust du hier, fragte sie sich. Stellst die Shunga nach, wie ein naives Dummchen.

Aber Masatoshi-sensei fiel nicht über sie her. Er berührte sie nicht einmal mit dem kleinen Finger. Das beruhigte sie, seltsamerweise spürte sie jedoch auch eine gewisse Enttäuschung.

Eifrig leckte sie die Milch. Immer wieder tauchte ihre Zunge in den Napf. Milch lief über ihr Kinn und tropfte auf den Boden.

«Wirst du das wohl aufwischen!», zischte der Meister aufgebracht. Bevor sich Michiko erheben konnte, zeigte er auf die Flecken. «Mit deiner Zunge natürlich.»

Hitze stieg in Michiko auf. Sie schwitzte und schämte sich dafür. Demut und Gehorsam hatte man sie von Kindesbeinen an gelehrt, aber nun fiel es ihr trotzdem schwer, sich so weit nach unten zu neigen, dass ihr Mund beinahe die Dielen berührte. Ihr Atem beschleunigte sich. Sie starrte auf die weißen Tropfen – und dachte an Sperma.

Du bist verdorben, schimpfte sie sich. Die Situation machte sie an. Dabei stellte Masatoshi sie auf die gleiche Stufe mit seinem verstorbenen Hund. Aber war der Shiba-Inu nicht sein treuster Gefährte gewesen, so zurückgezogen, wie der Sensei lebte?

Zaghaft leckte sie den ersten Milchspritzer vom Boden. Es war gar nicht so schlimm, wie sie gedacht hatte. Es schmeckte nicht komisch, sondern kostete lediglich Überwindung. Sie fasste sich ein Herz und wischte alles mit ihrer Zunge auf, um dem Sensei ein für alle Mal zu beweisen, dass sie es ernst meinte. Unter allen Umständen wollte sie seine Schülerin werden. Davon hatte sie seit Jahren geträumt.

«Ich bin beeindruckt», sagte er anerkennend und half ihr beim Aufstehen. Er gab ihr ein Glas Wasser, wischte ihr die Milch vom Kinn und musterte sie von oben bis unten. «Du wirst bei mir einziehen müssen. Mein Unterricht dauert den ganzen Tag. An- und Abreise sind Zeitverschwendung. Du wirst kaum zum Schlafen kommen. Bist du dazu bereit?»

«Hai, Sensei!», antwortete sie rasch.

«Was kannst du zahlen?»

Betreten schaute sie auf ihre Schuhe. «Ich habe nicht viel Geld, und wenn ich den ganzen Tag Unterricht habe, werde ich nicht arbeiten gehen können. Vielleicht schicken mir meine Eltern ein paar Yen.» Sie durfte nur nicht erwähnen, dass es um die Kunst des Shungamalens ging.

Unwirsch winkte er ab. «Drei Jahre dauert das Basisstudium. In dieser Zeit wirst du deine Eltern und auch sonst kaum jemanden sehen. Du wirst dich auf mich konzentrieren, auf das Malen von Kopulationsbildern. Ich will nicht, dass du von deinen Eltern abhängig bist.» Er grübelte. «Du wirst meinen

Haushalt führen. Und mir Modell stehen. Gut, das wird als Bezahlung ausreichen.»

Michiko lächelte überglücklich. Sie warf sich auf den Boden und verneigte sich so tief, dass ihre Stirn den Boden vor seinen Füßen berührte. Das hatte sie noch vor niemandem getan. Jetzt war der richtige Moment dazu, es fühlte sich gut an.

«Aber sei dir bewusst, dass ich dich erst nach drei Jahren gehen lassen werde und keinen Tag früher. Unter Umständen werde ich dich auch mit Gewalt gefügig machen», kündigte er drohend an. «Ich bin alt und sehe nicht ein, meine kostbare Zeit damit zu verschwenden, mich mit dir abzumühen, und dann brichst du das Studium aus einer Laune heraus ab. Solltest du heute einwilligen, gehörst du mir für die nächsten drei Jahre. Hast du das verstanden?»

Nun wurde ihr angst und bange. Das Studium bei Meister Masatoshi würde anstrengender werden, als sie es sich vorgestellt hatte. Wie anstrengend, das erfuhr sie schon sehr bald.

Sie zog bei ihm ein. Schon am ersten Tag nahm er ihr alles weg, was sie mitgebracht hatte, und sperrte ihre Kleidung in einem Schrank ein, damit Michiko von nichts abgelenkt wurde. Lediglich einen Yukata gestand er ihr zu. Darunter war sie nackt.

Am Anfang prüfte er sie. «Zeig mir, was du kannst», sagte er zu ihr und ermahnte sie: «Und gib dir Mühe, sonst werde ich einen Weg finden, dich zu motivieren.»

Michiko war hoch motiviert! Sie malte ein wollüstiges Bild nach dem anderen, doch Meister Masatoshi zerriss jedes einzelne.

«Das kannst du besser. Fang von vorne an.» Er holte eine Kerze und entzündete den Docht. «Du bist mit deinen Gedanken nicht hundertprozentig bei den Shunga. Konzentriere dich, stell dir vor deinem geistigen Auge vor, wie das Bild aussehen wird, und dann zeichne es. Lass deine Fantasie lebendig werden.»

«Hai, Sensei», antwortete sie artig und verneigte sich so tief, dass sie beinahe die Tatami-Matte, auf der sie vor der kleinen Staffelei kniete, küsste. Ihre Knie schmerzten bereits, weil die Reisstrohmatte nicht nur so alt war, dass sie sich schon gelb-braun verfärbt hatte, sondern auch aufgeraut war, als hätten schon viele Schüler darauf gesessen.

«Ja, Meister», äffte er sie nach. «Das kommt dir leicht über die Lippen. Aber ich werde deine Konzentration testen. Solltest du versagen, werde ich dich bestrafen, damit du dich beim nächsten Bild intensiver bemühst.»

Dankbar verneigte sie sich, doch sie war nervös. Würde sie diese Prüfung bestehen? Sie schielte ängstlich zu der Kerze in Masatoshis Hand. Dann schloss sie ihre Augen, um sich das Kopfkissenbild, das sie malen wollte, vorzustellen. Dem Meister würde es sicherlich besser gefallen, wenn darauf eine Frau zu sehen sein würde. Möglicherweise würde ihn das milde stimmen.

Als Michiko ihre Augen öffnete, begann sie sofort zu malen. Ohne zu zögern, setzte sie einen Pinselstrich nach dem anderen und zauberte Strich für Strich eine Geisha in einem kunstvoll verzierten, geöffneten Kimono auf das Papier. Die Frau hatte ihre Schenkel gespreizt und schob gerade den Griff ihres Fächers in ihre Möse. Sie hatte rote, geschwollene Schamlippen; die kleinen und großen wurden mit jeweils sechs Klammern zusammengehalten, damit sie ihr nicht im Weg waren und sich das Blut auf köstliche Weise staute. Ihr Fötzchen in Großaufnahme!

Plötzlich tropfte Masatoshi etwas Kerzenwachs auf Michikos Dekolleté. Das Wachs floss zwischen ihren Tittchen hindurch unter ihren Yukata und erkaltete erst auf ihrem Bauch.

Erschrocken gab Michiko einen Schrei von sich. Ihre Hand krampfte sich um den Pinsel.

«Nicht schreien! Du musst dich auf das Malen konzentrieren. Alles andere zählt nicht.» Der Meister zeigte auf das Bild. «Weiter!»

Michiko sah, dass sie vor Schreck einen falschen Pinselstrich gezogen hatte und korrigierte ihn rasch. Ihr Atem beschleunigte sich, als Masatoshi ihren Yukata ein Stück beiseiteschob, sodass ihre Brüste zu sehen waren. Ihre Nippel lugten hervor. Erigiert standen sie ab. Michiko schämte sich für die Reaktion ihres Körpers und tauchte gedanklich wieder in das Shunga ein.

Zumindest bemühte sie sich. Aber der Meister machte es ihr nicht leicht.

Er goss einen ganzen Schwall Kerzenwachs über ihre linke Brust. Zuerst hatte er die Kerze hochgehalten, war dann jedoch immer näher an ihre Haut herangekommen. Nur weil die unterste Wachsschicht bereits stockte, konnte Michiko den Schmerz ertragen.

Fest biss sie ihre Zähne zusammen, um nicht zu schreien. Sie redete sich ein, dass das heiße Wachs gar nicht so arg wehtat und sie durch die Tortur eine bessere Malerin werden würde.

Ihre Tittchen wogten auf und ab. Das milchige Wachs erinnerte sie an die Muschi der Geisha auf ihrem Bild, und sie malte rasch etwas Mösensaft, der zwischen den Schamlippen hervorsickerte und den Fächer besudelte.

«Wie ich sehe, inspirieren dich meine Lehrmethoden. Das ist gut.» Masatoshi klang beeindruckt. Er schob Michiko den Yukata von ihren Schultern.

Nun war ihr Oberkörper entblößt. Sie tat so, als würde sie es gar nicht bemerken, aber es machte sie an, nackt vor ihm zu sitzen und der Geisha dezente rote Striemen auf die Tittchen zu zeichnen, als hätte sie sich mit dem Fächer selbst geschlagen.

Die nächsten Wachstropfen trafen ihren rechten Nippel.

Michiko sog hörbar die Luft zwischen ihren geschlossenen Zähnen ein. Leise winselte sie, schwieg jedoch rasch wieder und versuchte, sich weiterhin zu konzentrieren. Das war nicht einfach. Schließlich malte sie gerade eine Frau, die es sich selbst besorgte, während ihr Sensei versuchte, sie mit dem Schmerz abzulenken. Ihre eigene Geilheit erwachte.

Sie war es gewohnt, diszipliniert zu sein. Hatte schon früh erfahren, dass Schmerz motiviert, härter an sich zu arbeiten. Doch nun malte sie lustvolle Bilder. Das machte einen großen Unterschied für sie, denn die Shunga erregten sie. Die Lust verschmolz mit dem Schmerz.

Das Kerzenwachs, das Masatoshi jetzt langsam über ihr rechtes Tittchen laufen ließ, entfachte ein Feuer zwischen Michikos Schenkeln, das ihr den Atem raubte. Das heiße Wachs war es nicht, was sie vom Malen ablenkte. Sondern ihre Geilheit.

Sie stöhnte – vor Erregung.

Doch ihr Meister verstand es nicht. Er dachte wohl, die Grenze ihrer Belastbarkeit wäre erreicht, denn er stellte die Kerze weg. Dann nahm er das Frühlingsbild und zerriss es. «Das ist katastrophal. Wie von einer Anfängerin. Du musst dich konzentrieren.»

«Ja, Meister», sagte sie und sah auf das leere Blatt Papier vor ihr. In Gedanken malte sie ein neues geheimes Bild. Diesmal versuchte sie es mit einer klassischen Variante.

Allerdings machte der Rohrstock, den Masatoshi auf einmal in der Hand hielt, sie nervös.

Weil ihre Hand zitterte, malte sie zuerst in groben Zügen eine Frau, die weiche Rundungen besaß und auf dem Rücken lag. Während ihr Oberkörper von Sand umschmeichelt wurde, den eine laue Brise aufwirbelte, umspülte ihren Unterkörper Wasser. Ihre Kleidung lag auf dem Strand, Kleidung, die ein riesiger Oktopus ihr vom Leib gerissen hatte, um sie zu besteigen. Seine Tentakeln glitten über ihren Körper, seine Saugnäpfe hielten sich an ihren Nippeln fest und sein großer, breiter Mund saugte an ihrer Klitoris. Mit einem Arm drang er in ihre Möse, mit einem anderen in ihr enges Loch ein, um ihre beiden Öffnungen gleichzeitig zu nehmen.

Masatoshi legte das Ende des Rohrstocks auf Michikos linke Brust. «Zeichne mit ruhiger Hand.»

Doch durch den Stock und die Warnung konnte sie keinen geraden Strich mehr zeichnen.

Die füllige Frau auf dem Bild schwankte zwischen Entsetzen und Geilheit. Der Kraken saugte und fickte sie und schob sogar einen Tentakel in ihren geöffneten Mund. Ob dieser offen stand, weil die Rubensfrau um Hilfe schrie oder weil sie stöhnte, überließ Michiko dem Betrachter. Gerade diese Provokation machte Michiko an.

In diesem Moment schlug Masatoshi zu. Der Rohrstock verursachte einen starken Schmerz in Michikos Tittchen, sodass sie sich einige Sekunden zusammenkrümmte. Das Wachs bröckelte ab, dort, wo der Stock sie getroffen hatte. Es fiel auf den Boden vor ihren Knien, aber sie beachtete es nicht, sondern malte weiter.

Michiko verfluchte das vermaledeite Pochen in ihrer Möse, weil es eine zusätzliche Ablenkung war. Sie riss sich am Riemen, richtete ihren Oberkörper wieder gerade auf und malte kleine rote Kreise auf die blasse Haut der Frau – Abdrücke der Saugnäpfe. Einige Fangarme hielten die Beine der Überfallenen weit gespreizt, damit sie sich nicht wehren konnte.

Als der Rohrstock Michiko das zweite Mal traf, gab sie einen unterdrückten Schrei von sich. Sie spürte, dass Mösensaft aus ihr herausfloss. Hitze stieg in ihre Wangen. Schwer atmend vervollständigte sie das wollüstige Bild, indem sie einen Tentakel malte, der sich um den Hals der Frau schlang. Würgte der Oktopus sie? Hinderte er sie daran, zu schreien? Oder war der Griff sanft, nur eine sachte Warnung, die bizarre Vergewaltigung ohne Gegenwehr zu ertragen?

Mit dem nächsten Schlag zielte Masatoshi genau auf Michikos Nippel.

Sie schrie auf, presste dann die Lippen aufeinander und schluchzte. Ihre Brustwarze tat höllisch weh, das Blut rauschte hindurch und sie pochte.

Aber der Schmerz erzeugte Geilheit, und die Geilheit beflügelte ihre Fantasie, die sie dazu antrieb, das Shunga auszuschmücken.

Je mehr der Sensei Michiko quälte, desto stärker ließ Michiko die rundliche Frau in ihrem Bild leiden.

«Nicht übel», sagte Meister Masatoshi. Trotzdem warf er das frisch entstandene Werk in den Mülleimer. «Aber du hast zwei Kopfkissenbilder gemalt, die es so oder so ähnlich schon Millionen Mal gibt. Ein guter Maler bringt seine eigenen Visionen zu Papier.»

Er verließ das Malzimmer, kehrte nach kurzer Zeit zurück und reichte Michiko etwas. «Wir müssen deine Fantasie beflügeln, und das können wir nur durch Geilheit. Nur ein erregter Maler kann erregte Menschen zeichnen. Hier, das hilft dir, in die Szenen einzutauchen.»

Michiko konnte nicht glauben, was sie in der Hand hielt. Es war eine Kette mit zwei weißen Vaginalkugeln. Ungläubig schaute sie zu ihrem Lehrer hoch.

«Führ sie ein.» Er nickte ihr aufmunternd zu. «Ab sofort wirst du sie immer tragen. Ständige Geilheit führt zu hoher Produktivität.»

Michiko wollte sich ins Badezimmer entschuldigen, aber er hielt dies für Zeitverschwendung. Daher öffnete sie im Knien ihre Beine. Sie legte die Kugeln dazwischen und richtete ihren Yukata, damit Masatoshi nichts sehen konnte. Dennoch fachte es ihre Lust an, sich die Kugeln eine nach der anderen in die Möse zu schieben, bis nur noch das Bändchen zum Herausziehen aus ihrem Loch hing, während er ihr zusah.

Chikushou kuso, verdammte Scheiße, fluchte sie heimlich, bist du nass. Die Innenseite ihrer Schenkel und sogar die Reisstrohmatte waren feucht von ihrem Saft. Als sie ihre Position etwas verlagerte, bewegten sich die kleinen Stahlkugeln, die sich in den hohlen Vaginalkugeln befanden. Es war, als würde Michiko von innen berührt werden.

«Bleib ruhig sitzen und sammle deine Konzentration. Ich habe noch andere Dinge zu erledigen und kann nicht immer neben dir sitzen, um dich zu überwachen.»

Er öffnete seine Hand. Auf seiner Handfläche lagen zwei Glöckchen, die an Klammern befestigt waren. Masatoshi kam zu Michiko. Mit dem Fingernagel kratzte er das Wachs von ihren Nippeln und legte ihr die beiden Klammern an.

Sie verzog ihr Gesicht, gab aber keinen Laut von sich.

Der Meister stieß die Glöckchen mit dem Zeigefinger an. «Du wirst dich nicht bewegen, sondern den ganzen Tag über hier sitzen bleiben und Shunga zeichnen. Üben, üben, üben. Solltest du dich rühren, werden dich die Glöckchen verraten, und ich werde kommen, um dich zu bestrafen.» Mit diesen Worten stand er auf und ging.

Michiko war verzweifelt. Sie wusste, dass sie sich würde bewegen müssen, allein schon um ein neues Papier zu nehmen oder um nach den Farben zu greifen. Die Aussicht auf die Strafe machte ihr Angst, aber sie erregte sie auch. Dann die Strafe selbst, denn Masatoshi kam oft, um sie mit dem Rohrstock zu schlagen. Auf ihre Tittchen, ihren Nacken und ihren Rücken.

Als er Michiko endlich erlöste, betrachtete sie ihren nackten Körper vor dem Ganzkörperspiegel in der Schranktür. Zahlreiche rote Striemen zeichneten ihre Alabasterhaut. Das Muster inspirierte sie. Genau diese bizarre Landschaft würde sie auf ihrem nächsten Kopfkissenbild verewigen.

Doch ihre Arbeit war noch nicht beendet. Sie musste erst noch den Haushalt machen und kochen. Bei jeder Bewegung spürte sie die Vaginalkugeln, wie sie in ihr rührten. Die Glöckchen klingelten. Die Klammern bissen in ihre erigierten Nippel. Ihr Körper litt Höllenqualen, während sie die Wohnung putzte und das Essen zubereitete. Sie war völlig benommen von ihrer eigenen Lust.

Meister Masatoshi bemerkte ihre Erregung. Er schob nach dem Essen seinen Teller beiseite und befahl Michiko, sich auf den Futon in ihrem Zimmer zu setzen. «Dein Tag war anstrengend, das sehe ich dir an. Ein Künstler muss erst damit zurechtkommen, wollüstige Bilder zu malen. Alle denken, dass es Spaß macht, mehr Spaß, als Obstschalen zu malen, und sie haben recht. Allerdings baut sich ein großer Druck auf, besonders am Anfang. Dieser Druck muss ein Ventil finden, sonst ist das nicht gut für Leib und Seele.»

Michiko schaute zu ihm auf und runzelte ihre Stirn.

«Besorg es dir, Michiko-san.» Er schob ihren Yukata über ihre Schultern. «Das ist keine Bitte, sondern eine Anweisung, und ich erwarte, dass meine Schüler mir bedingungslos gehorchen.»

Noch immer wagte sie nicht, sich zu rühren.

Da neigte er sich zu ihr hinunter, lockerte den Gürtel ihres Sommerkimonos und richtete sich wieder auf. «Masturbiere! Jetzt sofort. Sonst wirst du diese Nacht keine Ruhe finden, morgen hundemüde sein und keine Leistung bringen können.»

«Aber doch nicht, wenn Sie zusehen, Sensei», flüsterte sie leise. Er war ihr ehrenwerter Lehrer und ein alter Mann.

Er murrte. «Ich werde dich dabei beobachten müssen, um sicher zu gehen, dass du meinen Befehl auch befolgst.»

Michiko errötete. Masatoshi war eine Respektsperson, der sie unbedingt Gehorsam gegenüber zeigen musste. Aber sie schämte sich so schrecklich. Ihre Tittchen hatte er ja schon gesehen, den Rest jedoch nicht. Außerdem hatte sie sich noch nie vor einem Mann gefingert.

«Soll ich den Rohrstock holen?», fragte er mit harter Stimme. Seine Miene wurde noch grimmiger.

Nein, vom Rohrstock hatte Michiko an diesem Tag wahrlich genug. Ihre Haut brannte immer noch, aber sie genoss das Brennen, weil es sie an die lustvollen Stunden des Malens erinnerte. Trotzdem konnte sie sich nicht überwinden, sich auszuziehen und es sich selbst zu besorgen. Obwohl ihr der Gedanke durchaus gefiel. Aber es sollte eine Fantasie bleiben. Genauso wie das Kopfkissenbild mit dem Oktopus.

«Nun gut», murrte Masatoshi und verließ das Zimmer.

Er kehrte mit dem Rohrstock zurück und legte Michiko ohne Umschweife das Hundehalsband an, das er in der anderen Hand hielt. Er wickelte die Leine um seine Hand und zog Michiko mit einem Ruck vom Futon. Die Glöckchen an den Nippelklemmen klingelten. Es passierte alles so schnell, dass sie ihren Yukata nicht festhalten konnte. Er glitt von ihrem Körper, sodass sie nackt und auf allen vieren vor dem Meister kniete und nicht wusste, wie ihr geschah. Sie wusste nur eins: Sie trug gerade das Halsband seines verstorbenen Shiba-Inus. Er degradierte sie zum Hund, den er nach seinen Vorstellungen erziehen und abrichten konnte.

Ohne Rücksichtnahme zog er sie aus dem Zimmer heraus, begleitet vom Bimmeln der Glöckchen. Er zerrte an der Leine. Alles ging so schnell, dass sie nicht aufstehen konnte, sondern auf Händen und Knien hinter ihm herlief, als würde er sie Gassi führen.

Er brachte sie ins Badezimmer und zeigte mit dem Rohrstock auf ein Katzenklo, das mit Streu gefüllt war. «Das hat mein Shiba benutzt, als es mit ihm zu Ende ging. Er konnte kaum noch laufen, deshalb habe ich es für ihn gekauft. Nun ist es deins. Keine Sorge, ich habe es gereinigt und desinfiziert, das Streu ist neu. Du wirst es benutzen, es sei denn, du tust, was ich dir befehle, ganz egal, was es ist.»

Michiko versuchte aufzustehen, doch er packte ihren Nacken und drückte sie hinunter.

«Ist es nicht das, was du wolltest?», fragte er. «Eine strenge Hand, die dich zum Erfolg führt?»

«Ja, aber –»

Barsch unterbrach er sie. «Du wirst lernen, Vertrauen in deinen Sensei zu haben. Ohne eine Vertrauensbasis kann es kein gutes Studium geben. Bist du dazu bereit?»

«Natürlich», schoss es aus ihr heraus. Er war schließlich der beste Shunga-Maler in Japan. Sie wollte bei ihm lernen. Von ganzem Herzen. Nur waren seine Methoden recht eigenwillig.

Er zerrte sie zum Katzenklo. «Um dir meinen Großmut zu beweisen, überlasse ich dir die Wahl der Strafe. Entweder wirst du den Rohrstock spüren oder in das Katzenklo steigen und pissen wie eine Töle.»

Mit weit aufgerissenem Mund starrte sie ihn an. Sie hatte noch nie die Art einer Bestrafung wählen dürfen, nicht bei ihren Eltern und nicht bei ihren bisherigen Lehrern. Das war eine völlig neue Erfahrung für sie. Dennoch haderte sie mit ihrem Schicksal. Was war das für eine Wahl, wenn beide Möglichkeiten grausam waren?

«Schmerz oder Erniedrigung, für was entscheidest du dich?», fragte er und lächelte freundlich dabei.

Unsicher schaute sie auf den Rohrstock in seiner Hand, dann zu den Striemen auf ihren Tittchen, die lüstern herabhingen. Nein, den Stock würde sie heute nicht noch einmal ertragen können.

Sie biss auf ihre Unterlippe, damit der Schmerz sie aus ihrer Erstarrung riss. Zaghaft krabbelte sie auf das Katzenklo zu. Ihre Knie taten weh. Sie war fassungslos darüber, was sie gleich tun würde. Ein Gefühlschaos tobte in ihr.

Michiko streckte ihre Hand aus, doch bevor diese das Streu berührte, zuckte sie zurück. Im Augenwinkel sah sie Masatoshi, der drohend näher kam. Daher stieg sie eilig in die Katzentoilette. Das grobe Streu bohrte sich in ihre Handflächen und Knie. Sie hielt den Blick gesenkt, weil es ihr peinlich war, wie sie sich aufführte. Sie verhielt sich wie ein Tier, kroch hinter ihrem Meister her, ließ sich von ihm dressieren und hob sogar das Bein für ihn.

Etwas kitzelte an ihrer Schamlippe. Sie schaute nach, was es war, und erschrak. Das Bändchen der Vaginalkugeln! Michiko hatte die Kugeln ganz vergessen.

«Wag es ja nicht, das Bein herunterzunehmen», warnte er sie.

Er nahm das Bändchen, das aus ihrer Möse hing, und zog behutsam daran. Langsam kam die erste Kugel aus ihrem Loch. Sie strich quälend sanft über die Innenseiten von Michikos Muschi. Schmatzend gab ihr Fötzchen sie frei. Michiko konnte gerade noch einen Seufzer unterdrücken. Und Masatoshi zog weiter. Langsam rutschte auch die zweite Kugel heraus. Zurück blieb ein Gefühl der Leere.

«Du bist unverschämt nass, Michiko-san», stellte er fest. «Das Bändchen ist glitschig, auf den Kugeln glänzt dein Saft. Es wird Zeit, dass du masturbierst. Ich meine es nur gut mit dir.»

Michiko schwieg und wünschte sich, die Kugeln fest über ihren Kitzler zu reiben.

«Nun pinkel, wie mein Hund es getan hat», wies er sie an.

Sein Blick war auf ihre Muschi gerichtet. Michiko hatte zwar immer noch das Bein gehoben, brachte es jedoch nicht zustande, ihren Natursekt fließen zu lassen. Sie hatte noch nie vor jemandem gepisst, zumindest nicht als Erwachsene.

Was ist so schlimm daran, fragte sie sich, als Kind hast du es auch gekonnt.

Aber in dieser Situation besaß das Urinieren eine sexuelle Komponente.

Plötzlich stieß der Meister gegen ihre Brustklammern. Heftig ließ er die Glöckchen klingeln. Ein starker Schmerz zuckte durch Michikos Tittchen. Dieser lenkte sie ab. Sie ließ ihre Unterleibsmuskulatur locker und der Urin schoss von alleine aus ihr heraus. Der warme, gelbe Nektar floss zuerst in einem kräftigen Strahl, wurde dann immer weniger und versiegte schließlich ganz.

«Schüttel die letzten Tropfen ab.» Masatoshis Stimme klang rau vor Erregung.

Doch er fasste Michiko nicht an, sondern ergötzte sich nur an dem Anblick der letzten Tropfen, die von ihrem Fötzchen herabfielen, als seine Schülerin mit dem Hintern wackelte. Ein dunkler Fleck war im Katzenstreu zu sehen, dort, wo es den Urin aufgesaugt hatte.

Der Sensei holte Toilettenpapier und wischte von hinten ihre Möse sauber. Michiko ließ alles über sich ergehen, weil seine Fürsorge ihr guttat.

«Brav», lobte er sie. Nachdem er sie an der Hundeleine aus dem Tierklo gezogen hatte, entfernte er das Streu, das an ihren Handflächen und Knien klebte. Dann strich er ihr mehrfach über das Haar, als wäre es Fell.

«Und jetzt wirst du es dir besorgen, Michiko-san», sagte er unnachgiebig. «Du brauchst es. Die Shunga sind dein Aufputschmittel. Das Malen, wenn man es mit Leidenschaft betreibt, ist vergleichbar mit einem Trip. Und der Orgasmus bringt dich wieder runter.»

Er hatte recht. Sie war erschöpft, aber innerlich aufgewühlt. Folgsam trottete sie auf allen vieren hinter ihm her zurück in ihr kleines Zimmer.

«Setz dich auf den Boden, Michiko-san, und spreiz deine Beine so weit, dass deine Füße den Sockel des Kleiderschranks berühren.»

Kurz ließ er sie alleine. Als er mit zwei Peitschen zurückkehrte, nahm sie rasch die befohlene Position ein. Doch er schlug sie nicht, sondern fesselte mit den geflochtenen Lederriemen der Peitschen ihre Fußgelenke an den Sockel des Kleiderschranks. Eine unausgesprochene Mahnung, gehorsam zu sein oder ausgepeitscht zu werden. Nun konnte Michiko ihre Beine nicht mehr schließen.

«Damit du es dir nicht noch anders überlegst.» Er rieb die Handflächen aneinander, drückte ihre Schultern runter, bis Michiko flach auf dem Boden lag, und stellte sich seitlich neben sie. «Es ist schon spät. Ein alter Mann braucht seinen Schlaf. Nun mach endlich! Du strapazierst meine Geduld, und wenn du zu weit gehst, wird das üble Folgen für dich haben.»

Zögerlich glitt ihre Hand zwischen ihre Beine. Sie ertastete das weiche, warme Fleisch ihrer Möse. Kaum spürte sie ihre Fingerspitzen auf ihren Schamlippen, wuchs das Prickeln an. Einen Augenblick lang guckte sie Meister Masatoshi an. Er beobachtete sie. Mal ihr Gesicht, mal das Spiel ihrer Finger. Beschämt drehte sie den Kopf zur Seite.

Doch er neigte sich zu ihr und drehte ihn wieder in seine Richtung. «Du solltest mir danken, dass ich dich nicht zwinge, mich anzuschauen, aber ich verlange, jede Regung auf deinem Gesicht zu sehen. Nur so kann ich prüfen, ob du auch wirklich kommst und mir nichts vorspielst.»

Das leuchtete ihr ein. Einfacher machte es das Masturbieren jedoch nicht. Sie schämte sich sehr. Seltsamerweise steigerte diese Verschämtheit jedoch ihre Geilheit, aber sie war zu müde, um darüber nachzudenken, weshalb das so war.

«Danke, Sensei», antwortete sie und entschloss sich, auf seine Schuhe zu starren, um nicht instinktiv wieder ihr Gesicht abzuwenden.

Ihre Finger verteilten ihren Mösensaft auf ihrem Fötzchen. Das Blut rauschte durch ihre Schamlippen. Ihr Kitzler pochte vor Erwartung, weil er gleich Erlösung finden würde. Michiko war wie elektrisiert. Ihr ganzer Körper war angespannt, als sie sich ein wenig aufsetzte, um zwei Finger in sich hineinzuschieben. Sie fickte sich selbst, wühlte in ihrer Muschi und holte ihren Saft heraus. Mit den beiden glitschigen Fingerspitzen begann sie, ihre Klitoris zu massieren. Einen kurzen Moment lang wurde sie sich wieder Masatoshis Aufmerksamkeit bewusst. Hitze stieg in ihre Wangen. Und in ihre Klit.

Beobachtet zu werden ist gar nicht so schlimm, wenn man die erste Hürde des Schamgefühls überwunden hat, dachte sie verzückt und öffnete den Mund, um ihre Finger abzulecken. Es geschah wie von selbst, als hätte sie sich nicht mehr unter Kontrolle. Sie schmeckte sich selbst und fragte sich, ob sie den Meister geil machte.

Doch der blieb stehen, wo er stand, beherrscht, wie immer, ein Voyeur, distanziert und doch Teil des lustvollen Spiels, indem er sie beobachtete und damit ihre Erregung anheizte.

Michikos eigener Saft zerschmolz auf ihrer Zunge, während sie mit den Fingern ihre Klitoris bearbeitete. Ihre Beine zuckten vor Lust und Michiko spürte die Lederriemen der Peitschen, die ihre Fußgelenke fixierten. Sie hätte es niemals vermutet, aber die eingeschränkte Bewegung machte sie an. Ihre Schenkel nicht schließen zu können war erregend, weil ihre Möse ungeschützt war. Michiko hatte die Eigenart, ihre Beine aneinanderzupressen, wenn die Geilheit zu groß wurde. Das war ihr nun verwehrt, und sie musste die anschwellende Lust ertragen.

Unruhig verlagerte sie immer wieder ihre Position. Sie drückte ihren Rücken durch, als wolle sie Masatoshi ihre Tittchen anpreisen, sich anbiedern wie ein leichtes Mädchen im Vergnügungsviertel Shinjuku. Ein wenig war sie enttäuscht, dass er ihren Reizen nicht erlag, denn sie sehnte sich nach einem Schwanz, doch es war besser so.

Als der Orgasmus sich ankündigte, zerrte sie an ihren Fesseln. Sie hielt die Geilheit kaum aus, die sich zwischen ihren Schenkeln aufbaute. Alles in ihrem Unterleib zog sich zusammen. Ein Taifun zog auf. Michiko rieb schneller. Wie eine Irre bearbeitete sie ihren Kitzler. Schließlich drückte sie ihren Handballen fest auf ihre Klitoris, legte ihre Finger auf ihre Schamlippen und rieb wild vor und zurück, als würde ein Schwanz sie vögeln, ohne in sie einzudringen. Sogleich entlud sich das Unwetter. Der Taifun toste durch ihren Körper. Noch immer stimulierte sie sich. Die Geilheit wirbelte durch ihren Körper, raubte ihr den Atem, tobte in ihrem Kopf, ihrem Brustkorb und ihrem Fötzchen.

Michiko verließ die Kraft. Sie hörte auf, sich zu reiben, und lag einfach nur erschöpft auf dem Boden. Wie ein Sturmopfer, das vom Taifun durchgeschüttelt worden war, ihn jedoch überlebt hatte. Müde und glücklich.

Sie nahm nur entfernt wahr, wie Masatoshi ihre Fußgelenke losband, die Nippelklammern löste und Michiko hochhob. Er bettete sie auf ihren Futon und deckte sie zu. Sie spürte noch, wie er ihr die Haare aus der verschwitzten Stirn strich.

Im nächsten Moment war sie bereits eingeschlafen.

Die Tage, Wochen und Monate vergingen schnell. Michiko lernte viel, weil Meister Masatoshi seine ganz eigenen Methoden hatte, um sie zu mehr Disziplin anzuhalten. Er schlug sie. Er demütigte sie. Und er hatte Erfolg. Die erotischen Szenen, die sie malte, wurden immer ausgefallener. Seine Art des Studiums beflügelte ihre Fantasie. Nur mit den Nahaufnahmen war er immer noch nicht zufrieden.

«Deine Schwänze sehen erbärmlich aus», schimpfte er immer wieder, «und die Mösen wie Shar-Pei, chinesische Faltenhunde.»

Jeden Abend musste sie masturbieren, doch mit der Zeit änderte er seine Anweisungen leicht ab. Zuerst musste Michiko es sich im Sitzen besorgen und ihr Mienenspiel im Spiegel des Kleiderschranks beobachten. Bei den ersten Malen wäre sie am liebsten vor Scham im Boden versunken. Das war es also, was Masatoshi die ganze Zeit gesehen hatte!

Sie fingerte sich und sah dabei gequält aus. Ihre Stirn krauste sich. Ihre Mundwinkel zuckten. Und ihr Teint bekam rote Flecken. Während des Höhepunkts verzerrte sich ihre Miene, als hätte sie Schmerzen. Schweiß perlte von ihrer Stirn. Sie hatte große Mühe, ihre Augen offen zu halten. Nachdem der Höhepunkt sie überwältigt hatte und langsam abklang, sah sie endlich glücklich aus, verzückt und gelöst. Alle Last der Welt fiel von ihr ab. Nun wusste sie, wie sie die Gesichter der Damen in den Shunga zu zeichnen hatte.

Als Nächstes musste Michiko ihr Fötzchen betrachten, von der ersten Berührung bis nach dem Orgasmus. Keine Veränderung entging ihr. Nicht das Anschwellen der Schamlippen, die zunehmende Rötung, der Mösensaft, der aus ihr herauslief, zuerst nur ein wenig und zähflüssig, dann immer mehr und mehr, bis er zwischen ihren Arschbacken hindurch auf den Boden tropfte und noch lange nach dem Höhepunkt aus ihrem Loch heraussickerte. Dann versiegte der Fluss, ihre Muschi schwoll ab und wurde wieder blass. Zurück blieb ein intensiver Duft, der sich nur durch das Schnüffeln des Sexpartners auf einem Shunga verewigen ließ.

Michiko war nun in der Lage, ihre wollüstigen Bilder detailgetreuer zu gestalten. Zumindest was die Mösen betraf.

Sie war glücklich in ihrer kleinen Welt und verließ die Wohnung ihres Lehrmeisters nur zum Einkaufen. Ansonsten war sie umgeben von Lust und Leid. Tagein, tagaus verbrachte sie mit dem Studieren ihres Körpers, dem Zeichnen der Kopfkissenbilder und lebte mit ihrem Sensei in trauter Zweisamkeit.

Doch eines Tages wurde das harmonische Gleichgewicht gestört. Als Michiko morgens die Küche betrat, kniete ein junger Mann vor Meister Masatoshi und reichte ihm seine Frühlingsbilder. Milch rann aus seinen Mundwinkeln. Vor ihm stand der Napf von Masatoshis verstorbenem Hund – er war leer.

Sofort kochte Eifersucht in Michiko hoch. Sie blieb in der Tür stehen und schaute abfällig auf den jungen Kerl, der gar nicht so übel aussah. Aber in seinem Gesicht spiegelte sich eine Leichtigkeit, die sie selbst nicht besaß. Seine Augen leuchteten, locker hockte er dort und hielt nicht einmal seinen Oberkörper gerade, sondern machte einen Buckel.

Masatoshi deutete auf ihn. «Yasuo-san wird ab heute ebenfalls mein Schüler sein.»

«Aber Sie wollten doch keine Schüler mehr aufnehmen, Sensei.» War sie nicht die große Ausnahme gewesen?

«Dein Malen stagniert, Michiko-san», sagte er hart. «Du kannst Mösen zeichnen, aber keine Schwänze. Nun wirst du Yasuos Körper studieren und er deinen, sonst wirst du deine Fertigkeiten nicht perfektionieren können.»

Das sah sie ein. Aber sie hätte lieber von seinem nackten Körper gelernt als von dem eines jungen Spunds, dem es eindeutig an Disziplin fehlte und der ihr einen Teil von Masatoshis Aufmerksamkeit stehlen würde.

«Ich will ihn nicht studieren!», protestierte sie. Es war das erste Mal, dass sie ihre Stimme gegen ihren Meister erhob.

Masatoshis Miene verfinsterte sich. «Ich habe dich nicht nach deiner Meinung gefragt. Du wirst tun, was ich dir sage!»

«Eher gehe ich!», sagte sie trotzig und erschrak über ihre eigenen Worte. «Er hat es nicht verdient, Ihr Schüler zu werden.»

«Im Gegenteil zu dir, habe ich recht? Ohne seine Bilder angeschaut zu haben, hast du schon ein Urteil über ihn gefällt. Allein das hätte eine Strafe verdient», murrte er.

«Ich sehe es in seinen Augen.»

«Sein Blick ist nicht nach innen gerichtet wie deiner, sondern nach außen. Er beobachtet und lernt, während deine Fantasie mühsam angetrieben werden muss», wies er sie zurecht. «Willst du immer noch gehen?»

Sie knabberte zerknirscht an ihrer Unterlippe. Natürlich wollte sie nicht, aber nun hatte sie es schon einmal gesagt und würde ihr Gesicht verlieren, wenn sie jetzt plötzlich zurückrudern würde.

«Hai», sagte sie kurz angebunden, doch ihre Stimme klang schwach.

Mit großen Schritten kam er auf sie zu und packte ihren Arm so fest, dass sein Griff wehtat. «Erinnerst du dich nicht daran, was ich dir am Anfang des Studiums gesagt habe, an meine Konditionen? Du bist darauf eingegangen, es gibt kein Zurück mehr.»

Michiko runzelte die Stirn. Sie hatte keine Ahnung, wovon er sprach.

Er schüttelte sie durch. «Ich hatte dich gewarnt und gesagt: Solltest du das Studium frühzeitig beenden wollen, werde ich dich dazu zwingen, es bis zum bitteren Ende durchzuziehen. Dieser Tag ist heute gekommen.»

Unter Umständen werde ich dich auch mit Gewalt gefügig machen, das waren seine Worte gewesen. Jetzt dämmerte es ihr.

«Folge uns, Yasuo-san, und du wirst sehen, was mit dir geschieht, solltest du vorzeitig gehen wollen!», rief er über seine Schulter hinweg. Er zerrte Michiko aus der Küche durch den Flur in ihr Schlafzimmer. Dort rollte er ihren Futon aus und stieß sie darauf.

Michiko blieb ängstlich sitzen, aber es war keine gewöhnliche Art der Furcht, sondern eine, die sie erregte. So oft schon hatte Masatoshi sie gezüchtigt, so oft hatte sie vor ihm masturbiert, dass beides, Lust und Schmerz, mit ihm verbunden war.

Er gab Yasuo weitere Anweisungen: «Knie dich hinter sie, spreiz ihre Schenkel und heb ihre Beine in die Luft, damit ich an ihre nackten Oberschenkel und die Arschbacken komme.»

«Wag es ja nicht!», keifte Michiko den jungen Mann an und stemmte sich gegen ihn.

Doch Yasuo war trotz seiner schmalen Statur ein kräftiger Mann, der sie niederrang. Er schaffte es, sich hinter sie zu setzen. Mit seinen Beinen umschlang er die ihren und zwang sie auseinander. Er legte seinen Arm um ihren Oberkörper, und zwar so hoch, dass er ihre Tittchen zusammendrückte.

«Wirst du wohl stillhalten», zischte der Sensei, der ein mit schwarzem Leder bespanntes Paddel aus einer kunstvoll verzierten Truhe, die neben dem Eingang stand, geholt hatte. Drohend hielt er es hoch, und Michiko sah, dass das Kanji für ‚Unartig' darin eingestanzt war.

Er machte eine ungeduldige Geste. «Nun heb ihre Beine endlich hoch, die Füße sollen zur Decke zeigen.»

Bevor Michiko sich dagegen wehren konnte, schlang Yasuo seine Arme um ihre Beine und riss sie hoch, sodass ihr Hintern tiefer rutschte und sie mit dem Rücken gegen seinen Oberkörper lehnte.

«Ich kratz dir die Augen aus!», geiferte sie. Ihr Yukata verdeckte gerade noch ihre Möse.

«Du wirst lernen, Yasuo-san zu akzeptieren», sagte Masatoshi und schlug mit dem Paddel auf ihren linken Oberschenkel.

Michiko biss die Zähne zusammen und betrachtete die Stelle, an der das Schlaginstrument sie getroffen hatte. Die Haut war gerötet, nur leicht, da der Meister sich zurückgehalten hatte, aber das Schriftzeichen war eindeutig zu erkennen.

Der zweite Schlag traf sie schon fester. Masatoshi hatte ihn auf den rechten Schenkel platziert. Michiko spannte ihre Muskeln an, bis der Schmerz vorüber war. Das Schriftzeichen für ‚Unartig' stand für sie auf dem Kopf.

Der Lehrmeister schlug ein drittes Mal zu, diesmal hatte er ausgeholt, aber immer noch mit so wenig Druck geschlagen, dass Michiko sich unter Kontrolle halten konnte. Sie ballte ihre Hände zu Fäusten und hieb auf Yasuos Bein.

Beim vierten und fünften Schlag hielt Masatoshi sich nicht mehr zurück, sondern nahm das Paddel mit beiden Händen und schlug zuerst auf die rechte, dann auf die linke Arschbacke.

Michiko gab einen gequälten Laut von sich, mehr nicht. Sie würde in Yasuos Anwesenheit weder schreien noch heulen. Die Schmerzen machten ihr auch nicht viel aus. Was sie viel mehr traf, war die Demütigung, vor Yasuos Augen bestraft zu werden.

Aber da war noch eine Empfindung in ihr, die sie zuerst nicht zu deuten wusste. Nur langsam dämmerte es ihr. All die Monate bei Meister Masatoshi hatte ihr etwas gefehlt. Erst jetzt, da sie in Yasuos Armen lag, wurde ihr bewusst, wie sehr sie körperliche Nähe vermisst hatte. Der Sensei hatte sie bestraft und nackt gesehen, aber er hatte sie niemals berührt.

Doch dann schlug Masatoshi auf bereits gerötete Stellen, und Michiko presste die Hand auf ihren Mund, um nicht zu schreien. Sie versuchte, mit dem Gesäß auszuweichen, was nicht funktionierte, weil Yasuo ihre Beine fest im Griff hatte und sie mit seinem Körper fixierte. Michiko boxte ihn, sie kratzte ihn mit der freien Hand und drückte sich gegen ihn, doch nichts half.

«Je mehr du dich wehrst, desto mehr wirst du bestraft», kündigte der Meister an und ließ eine wahre Flut von Schlägen auf ihre Oberschenkel und ihren Arsch prasseln.

Das Lederpaddel hinterließ so viele Schriftzeichen, dass die einzelnen Kanji kaum noch zu erkennen waren. Der Schmerz wurde immer schlimmer, sodass Michiko sogar die Erniedrigung, die sie empfand, vergaß und sich an Yasuos Armen festhielt. Ihre Rückseite brannte mittlerweile wie Feuer. Nun winselte sie doch. Tränen stiegen in ihre Augen. Sie kam sich so ausgeliefert und wehrlos vor, weil sie gleich von zwei Männern unterworfen wurden.

Als sie jedoch kurze Zeit später vor dem Spiegel des Kleiderschranks stand und ihre Beine betrachtete, spürte sie, dass ihr Fötzchen nass war. Der Sensei hatte sie gezeichnet und ihr damit ihren Ungehorsam auf den Leib geschrieben.

«Du zitterst ja», stellte Yasuo fest und wollte den Arm um sie legen, um sie zu stützen.

Aufgebracht schubste Michiko ihn weg. «Red nicht solch einen Unsinn! Und jetzt mach, dass du aus meinem Zimmer kommst.»

Und so folgte Yasuo dem Sensei, der bereits wieder in der Küche saß.

«Das zahle ich dir heim!», rief sie ihm leise hinterher.

Sie schloss die Schlafzimmertür und sprang ins Bett, wo sie sich rasch auf den Bauch legte, ein Kissen unter ihre Möse schob und sich daran bis zum Orgasmus rieb. Als sie mit dem Kopf auf dem nach ihrem Saft duftenden Kissen lag, dachte sie: Oh ja, ich werde bleiben und das Studium fortsetzen. Nicht nur, weil sie Meister Masatoshi für seine Lehrmethoden liebte, sondern auch um Rache an Yasuo zu üben.

Und die Chance dazu bot sich ihr schneller, als sie erwartet hatte.

In den nächsten Tagen mussten sich Michiko und Yasuo der detailgetreuen Zeichnung von weiblichen und männlichen Genitalien widmen. Michiko wagte nicht, ihn anzusehen, während sie mit nackter Muschi vor ihm auf einem Sitzkissen saß. Immer wieder kam er nah mit seinem Gesicht heran und betrachtete ihre Möse genau.

Einmal wollte er sie sogar anfassen, doch sie schlug rechtzeitig seine Hand weg. «Wag es ja nicht!»

«Ich kann deinen Eingang nicht richtig sehen», wandte er ein, aber wegen seines lüsternen Grinsens wusste sie, dass er sie nur in Verlegenheit bringen wollte. «Deine Schamlippen sind im Weg. Ich wollte sie nur beiseiteschieben.»

«Auf keinen Fall! Eher werde ich dir deinen Schwanz –»

«Michiko-san», unterbrach Meister Masatoshi sie barsch. Er hockte schräg hinter seinem Schüler und beaufsichtigte den Unterricht. «Spreiz deine Schenkel weiter, dann wird es schon gehen.»

Ihr Gesicht glühte, als sie seiner Anweisung nachkam.

Yasuo stützte sich auf seine Ellbogen und schmollte. «Ich kann immer noch nicht reinsehen.»

Michiko stand kurz davor, ihm die Staffelei über den Kopf zu ziehen, denn sie konnte bereits seinen Atem an ihrem Fötzchen spüren.

«Halte deine Falten mit beiden Händen fest und zieh sie auseinander», wies Masatoshi sie unwirsch an.

Mit Widerwillen kam sie dem Befehl nach. Geöffneter hätte sie dort nicht sitzen können.

«Was ist das?», fragte Yasuo und zeigte mit dem Pinsel auf ihre Öffnung.

Masatoshi nickte. «Mösensaft. Du wirst noch mehr davon sehen, wenn Michiko-san einen Orgasmus hatte. Aber dazu später.»

Michiko schämte sich dafür, dass Yasuos Unverschämtheit sie geil machte, und sie traute ihren Ohren nicht. «Ich werde mich Yasuo zeigen müssen, nachdem ich gekommen bin? Ist das wirklich nötig, ehrenwerter Sensei?», wollte sie zaghaft wissen.

«Hai.» Er blieb hart. «Wie will er sonst ein gutes Shunga malen, wenn er keine Ahnung von den Motiven hat?»

Und so saß Michiko ein paar Stunden später, nachdem sie es sich in ihrem Zimmer selbst besorgt hatte, benommen vom Nachglühen und der Schmach, der sie an diesem Vormittag ausgesetzt war, mit hochroter, geschwollener und nasser Muschi vor Yasuo. Ihm stand seine Geilheit ins Gesicht geschrieben, und Michiko ahnte, dass er nur allzu gerne bei der Masturbation dabei gewesen wäre. Ihr Fötzchen verströmte einen Duft, der träge im Zimmer schwebte und wie ein Aphrodisiakum auf alle Anwesenden wirkte.

Somit auch auf Yasuo. Als er an der Reihe war, sich vor Michiko zu entblößen, damit sie seinen Unterleib zeichnen konnte, teilte sein Schwanz bereits seinen Yukata. Steif stand das Glied von seinen Lenden ab, seine Hoden waren pralle Säckchen.

Diesmal war es an Michiko zu schmollen, und sie genoss es in vollen Zügen, als sie sich an Meister Masatoshi wandte: «Aber Sensei, wie kann ich seinen Penis malen, wenn er jetzt schon steht?»

«Hai, du sollst ihn in unterschiedlichem Zustand zeichnen: erregt und nicht erregt», bestätigte er ihr. Er neigte sich vor, stieß Yasuos Schwanz an, der auf und ab wippte, und fluchte leise. «Ich erwarte von meinen Schülern absoluten Gehorsam. Ich will sofort, dass dein Glied hängt.»

In Michiko stieg ein Gefühl von Triumph auf, da sie wusste, dass es für Yasuo unmöglich war, diesen Befehl zu befolgen.

Unsicher sah Yasuo ihn an. «Das kann ich nicht, Meister.»

«Dann muss ich eben dafür sorgen, dass er hängt!», bellte er seinen Schüler an. «Ich habe sowieso den Eindruck, du studierst Shunga nur, weil die Bilder dich geil machen. Die Kunst interessiert dich wenig. Das ist ein Frevel!»

Masatoshi löste den Gürtel von Yasuos Sommerkimono und band damit die Hände des Schülers hinter dessen Rücken zusammen. Am Ohr zog er ihn auf die Füße.

Mit einer Geste befahl er Michiko aufzustehen und zeigte auf das steife Glied. «Schlag ihn mit der flachen Hand. Es ist an dir, Yasuo-san zu züchtigen, schließlich sabotiert er dein Studium.»

Sie konnte ihre diabolische Freude kaum verbergen. Das erste Mal verschwand der Glanz aus Yasuos Augen. Die Leichtigkeit, die er ausstrahlte, war der Furcht gewichen, und es erregte Michiko, ihn schwitzen zu sehen. Sein Atem wurde schneller, als sie sich seitlich neben ihn stellte und ihre Hand hob.

Sie hatte von Meister Masatoshi gelernt, denn sie schlug nicht sofort zu, sondern kostete diesen Moment aus und heizte Yasuos Angst an, indem sie immer wieder ausholte, aber den Schlag nicht durchzog. Einmal tippte sie seinen Schwanz sachte an, doch Yasuo zuckte zusammen, als hätte der Donner ihn getroffen.

Michikos Möse prickelte. Frech grinste sie ihren Mitschüler an, denn er sollte wissen, wie sehr sie es genoss, ihn leiden zu sehen.

Sie nahm ihre Hand weg. Kaum dass sich sein Atem wieder normalisiert hatte, schlug sie auf den harten Schaft. Er wippte hoch und runter. Das sah lustig aus. Deshalb klatschte ihre Handfläche gleich ein zweites Mal auf den Penis. Yasuo atmete hörbar ein, dann hielt er die Luft an und blies sie erst wieder geräuschvoll aus, als Michiko innehielt, um das erigierte Glied zu beobachten.

Er entspannte sich. Das gefiel ihr gar nicht. Michiko gab dem Schwanz fünf kurze, harte Schläge hintereinander, sodass ihre Handfläche kribbelte. Sie schüttelte ihre Hand, während Yasuo das Gesicht verzog. Aber er konnte anscheinend viel einstecken, denn er schrie nicht.

Zu ihrem Erstaunen wurde sein Penis noch härter.

Das war nicht die Reaktion, die sie beabsichtigt hatte. Mit unschuldiger Miene fragte sie den Meister: «Darf ich einen Ledergürtel benutzen? Es isteiner bei meinen Sachen, die Sie weggeschlossen haben, als ich das Studium begann. Meine Hand bringt nicht den gewünschten Effekt. Yasuo-san genießt die Strafe und das darf nicht sein.»

«Du hast recht», pflichtete er ihr bei und holte den Gürtel.

Als sie ihn in ihrer Hand wiegte und verschiedene Schlagmöglichkeiten testete, riss Yasuo ängstlich die Augen auf.

Warum bettelt er nicht um Gnade, fragte sie sich. Das ärgerte sie.

Um seine Grenze herauszufinden, holte sie aus und ließ den Gürtel auf seinen Schwanz klatschen. Diesmal entrang sie ihm wenigstens ein gequältes Stöhnen. Sie erfreute sich an dem bösen Blick, den er ihr zuwarf, und schlug erneut zu, diesmal kräftiger. Sein Schwanz tanzte auf und ab. An Yasuos Gesicht konnte Michiko sehen, dass ein Kampf in ihm tobte.

Sie gab ihm Zeit, sich zu erholen, und hieb mit dem Ledergürtel auf seine Eichel.

Da passierte etwas, mit dem sie nie im Leben gerechnet hatte. Yasuo spritzte ab. Eine Ladung Sperma ergoss sich in den Raum. Er wurde knallrot und starrte beschämt zu Boden. Langsam verlor sein Schwanz an Spannkraft, bis er schließlich schlaff herabhing.

«Na, endlich. Geht doch», murrte der Meister und zeigte auf die milchigweißen Flecken. «Das wirst du wegmachen.»

Michiko war sprachlos. Sie setzte sich und beobachtete Yasuo. Widersprüchliche Gefühle kamen in ihr hoch. Auf der einen Seite war sie enttäuscht, weil die Schläge offensichtlich keine wirkliche Bestrafung für ihn gewesen waren. Auf der anderen Seite beneidete sie ihn, weil er den Schmerz in Lust umgewandelt und allein dadurch einen Orgasmus gehabt hatte.

Er hatte seinen Yukata ganz ausgezogen, nachdem Masatoshi seine Hände losgebunden hatte. Ohne Scham lief er nackt herum, holte Tücher und wischte die Samenflüssigkeit weg.

Sein Schwanz gefällt mir, gab sie zerknirscht zu. Er würde sich bestimmt gut in ihrer Möse anfühlen. Allerdings durfte Yasuo nie von ihren Gedanken erfahren! Ihr wurde bewusst, dass ihr nicht nur Berührungen fehlten, seit sie bei Masatoshi eingezogen war, sondern auch gevögelt zu werden. Wahrscheinlich sehnte sie sich aus diesem Grund nach Yasuo. Sie begehrte seinen Schwanz, ihn konnte sie nicht leiden. Zumindest redete sie sich das ein.

Sie setzten den Unterricht fort. Nun war es an Michiko, Yasuo-sans Schwanz und Hoden zu malen. Als er sich reiben sollte, damit sein Penis wieder stand, schaffte er es problemlos, dabei hatte Michiko gehofft, er würde ihn nicht zum Stehen bringen, weil er ja bereits abgespritzt hatte. In diesem Fall wäre er noch einmal bestraft worden, und dann hätte sie noch fester zugeschlagen.

Doch sein Schwanz war schon wieder steif.

Wut kochte in ihr hoch. Für ihn schien alles ein Zuckerschlecken zu sein. Sie konnte sich kaum auf das Zeichnen konzentrieren. Der Neid fraß sie auf. Irgendwann hielt sie es nicht mehr aus und machte ihrem Frust wenigstens verbal Luft.

Als Masatoshi das Malzimmer verließ, neigte sie sich vor und spie: «Nur Tiere spritzen so viel ab und sind dauergeil. Du bist nicht besser als ein Tier. Ich wette, du gierst danach, mich zu bespringen wie ein geiler Bock, aber davon kannst du lange träumen.»

Yasuo kam nicht dazu, etwas zu erwidern, denn Masatoshi stand plötzlich in der Tür und schrie Michiko an: «Ich bin schwer enttäuscht von dir! Wo ist deine Disziplin? Anstatt dich auf das Zeichnen zu konzentrieren, lässt du dich gehen und beschimpfst deinen Mitschüler. Ich erwarte Respekt, mir gegenüber und untereinander. Ich unterrichte nur Schüler, die es wert sind, und du bist es nicht.»

Entsetzt verneigte sie sich unzählige Male. «Ich bitte um Verzeihung, ehrenwerter Sensei. Bitte verzeihen Sie mir. Ich kann mich mehr bemühen.»

«Nein, du bist zu hochmütig», korrigierte er sie.

«Gebt mir noch eine Chance. Ich werde mich als würdig erweisen», bettelte sie und sah mit großen Augen zu ihm auf. «Von ganzem Herzen möchte ich das Shunga-Studium beenden.»

«Das wirst du beweisen müssen.» Er kraulte sein Kinn und dachte nach. «Man darf nie den Respekt verlieren. Folgt mir beide ins Badezimmer.»

Dort angekommen befahl er Michiko, sich zu entkleiden und mit Yasuo gemeinsam in die Duschkabine zu steigen. Nur widerwillig befolgte sie seine Anweisung. Die Kabine war eng, sie standen viel zu nah beieinander. Michiko konnte Yasuos Geschlecht riechen. Sein Schwanz war erschlafft, zuckte jedoch lustvoll. Sie hatte Mühe, nicht an Yasuo zu stoßen. Ihre Nippel waren längst hart geworden.

«Es gibt nur eine Möglichkeit, das Gleichgewicht wieder herzustellen. Danach werdet ihr wieder auf einer Stufe stehen», erklärte der Meister. «Yasuo muss dich demütigen.»

Erschrocken sah sie den Sensei an. Er durfte sie erniedrigen, aber doch nicht dieser junge Kerl, der alles auf die leichte Schulter nahm.

«Nur wenn er dich herabsetzt, werdet ihr wieder auf derselben Augenhöhe sein, denn auch du hast ihn herabgesetzt mit deinen Äußerungen.» Dann wandte er sich an Yasuo-san: «Pinkel sie an!»

Yasuo sah ihn ungläubig an.

«Los, los!», forderte Masatoshi ihn auf. «Piss sie an wie ein Tier, denn das sieht sie in dir. Sie hat es selbst gesagt. Markier sie mit deinem Urin, damit sie nach dir riecht, und wir können mit der Detailstudie der Genitalien fortfahren.»

«Nein», sagte Michiko und machte einen Schritt nach vorne, um aus der Duschkabine zu stürmen.

Doch Yasuo streckte seine Arme aus und stützte sich an der Kabinenwand ab, sodass er Michiko den Weg versperrte. In diesem Moment machte er nicht mehr den Eindruck eines leichtlebigen jungen Spunds, der dieses Studium aus einer Laune heraus begonnen hatte, sondern er wirkte beeindruckend männlich. Zum ersten Mal fiel Michiko auf, wie durchtrainiert sein Körper war. Er war schlank, aber nicht sehnig. Noch nie hatte er so ernst ausgesehen. Sein Blick war durchdringend, beinahe ein wenig einschüchternd.

Er drängte sie gegen die Kacheln und wisperte: «Mach dir nicht das Studium kaputt wegen mir. Es ist nur Urin. Stell dir vor, es wäre köstlicher Reiswein.»

«Das werde ich dir heimzahlen», wisperte sie kaum hörbar.

«Ich freu mich darauf», antwortete er und lächelte. «Bist du bereit?»

Sie nickte. Was blieb ihr auch anderes übrig.

Yasuo nahm seinen Schwanz in die Hand und richtete die Eichel auf Michikos Bauch. Als der gelbe Strahl sie traf, war sie erstaunt, wie wundervoll warm der Natursekt war. Er floss ihren Venushügel hinab, über ihr Fötzchen, und es war beinahe wie Streicheln. Der Duft war dezent und erregend.

Das ist verrucht, verdorben und pervers, dachte Michiko und spreizte ihre Schenkel weiter, damit Yasuo-san ihre Möse direkt treffen konnte. Er zielte auf ihre Klitoris und Michiko streckte ihm unbewusst ihr Becken entgegen. In diesem Augenblick empfand sie eine innige Verbindung zu Yasuo. Sie lehnte ihren Hinterkopf gegen die Fliesen. Ihr fiel das Atmen schwer.

Als der Strahl versiegte und die letzten warmen Tropfen von ihrer Muschi perlten, versuchte Yasuo sie zu küssen, doch Michiko drehte rasch ihr Gesicht weg. Ein Kuss hatte ihr gerade noch gefehlt. Der würde sie noch mehr durcheinanderbringen.

Gekränkt wandte sich Yasuo von ihr ab. Er wusch sich und ließ sie allein in der Kabine zurück.

In den nächsten Monaten war es ein Ziehen und Zerren. Jeder versuchte, dem anderen eins auszuwischen und ihn in eine Falle zu locken, die eine Züchtigung nach sich zog. Obwohl ihre Beziehung feindlich wirkte, baute sich langsam eine bizarre Art der Freundschaft auf.

Meister Masatoshi stellte seine beiden Schüler vor immer neue Herausforderungen, um ihre Fantasie anzuregen und ihr Auge zu schulen, damit sie das Shungamalen perfektionierten.

Fasziniert beobachtete Michiko, wie sich Yasuo zum Orgasmus rieb. In vielen spontanen Zeichnungen hielt sie jede Regung auf seinem Gesicht und die Veränderungen seines Schwanzes und seiner Hoden fest.

Doch als sie an der Reihe war, vor ihm zu masturbieren, damit er daraus lernen konnte, brachte sie es nicht über sich. Sie schämte sich einfach zu sehr und befürchtete eben aus diesem Grund nicht zum Höhepunkt zu kommen.

«Was ist los?», wollte Masatoshi wissen.

Sie überlegte, wie sie ihr Problem schildern konnte, ohne sich lächerlich zu machen, und erklärte schließlich: «Ich kann nicht loslassen. Nicht vor Yasuo-san. Es tut mir leid.»

«Ich wusste, dass wir irgendwann an diesen Punkt kommen würden, deshalb habe ich dies besorgt», sagte der Sensei und reichte Yasuo-san einen ledernen Kopfharness mit Außen-Dildo. «Die Disziplin hat dich Beherrschung gelehrt, Michiko-san, aber sie ist Fluch und Segen zugleich, denn nun fällt sie dir in den Rücken. Außerdem lebst du immer noch in Zwietracht mit deinem Mitschüler. Diese Übung wird euch näher bringen.»

Nachdem Yasuo den Harness über den Kopf gestülpt hatte, wirkte er lustig und gefährlich zugleich, fand Michiko. Es machte den Anschein, als würde der Dildo aus seinem Mund wachsen. Der Harness erweckte den Anschein eines Pferdegeschirrs.

«Nun fick sie mit dem künstlichen Penis.» Masatoshi zeigte auf Michikos Möse. «Du wirst sie so lange vögeln, bis sie kommt, auch wenn das Tage dauern wird. Außerdem hast du ihr Fötzchen direkt vor Augen, sodass du die Veränderung hautnah miterlebst und nachher perfekte Zeichnungen wirst anfertigen können.»

Yasuo wollte nur allzu bereitwillig der Anweisung Folge leisten, doch Michiko, die vor ihm auf dem Boden saß, floh rückwärts. Daher packte er ihre Beine, spreizte sie und zog Michiko zu sich heran.

Sie war so erstaunt über seine Kraft, dass sie einige Sekunden brauchte, um zu realisieren, dass er ihren Yukata beiseitegeschoben hatte und sich mit dem Dildo ihrer Muschi näherte. Rechtzeitig griff sie die Lederriemen des Kopfharness, um ihn zurückzuhalten.

Da schrie Masatoshi: «Lass das!»

Doch es waren Yasuos leise Worte, die sie dazu veranlassten, ihre Hände wegzunehmen, denn er versicherte ihr: «Ich werde vorsichtig sein. Versprochen!»

Entsetzt und fasziniert zugleich beobachtete sie, wie Yasuo die Spitze des Dildos an ihrem Loch ansetzte, das schon vom Malen Yasuos, der sich ungeniert vor ihr einen runtergeholt hatte, feucht war. Behutsam drang er mit der falschen Eichel ein. Der Latexpenis war groß und dehnte ihre Möse leicht. Die Dehnung wurde stärker, als er sich tiefer in sie hineinbohrte. Zwischendurch zog Yasuo den Dildo immer wieder ein Stück weit heraus, nur um ihn anschließend umso tiefer hineinzuschieben.

Michiko spürte seinen Atem an ihrer Muschi. Sein Gesicht war ihrem Fötzchen so nah wie nie zuvor. Er konnte sie bestimmt intensiv riechen. Ihr Kitzler war direkt vor seinen Augen.

Ihre Geilheit wuchs. Sie lehnte sich zurück und stützte sich auf ihren Unterarmen ab. Der Dildo pumpte nun schneller in sie hinein. Schweiß trat auf Yasuos Stirn. Er legte seine Hände an ihre Oberschenkel und drückte sie weiter auseinander.

Und Meister Masatoshi beaufsichtigte wie immer die Lehrstunde und die Fortschritte seiner Schüler.

Doch Michiko kam nicht. Die Erregung war da, aber noch war sie ein Flämmchen und kein Feuer. Zweifel wuchsen in ihr. Würde sie es schaffen, ihre innere Blockade zu überwinden und einen Höhepunkt vor Yasuo zu haben?

Auf einmal spürte Michiko einen Stich an ihrer Schamlippe. Yasuo grinste sie frech an, während er ein zweites Mal in ihren Intimbereich kniff. Im ersten Moment wollte sie ihm eine scheuern, aber dann merkte sie, dass das Flämmchen aufflackerte und zu einer Flamme anwuchs, daher ließ sie ihn gewähren. Immer wieder zwickte Yasuo ihre Schamlippe und ging nicht gerade zimperlich mit ihr um.

Michiko biss die Zähne zusammen und legte den Kopf in den Nacken. Sie schloss die Augen. Erneut zwackte er sie, immer und immer wieder, er quälte sie minutenlang, ohne damit aufzuhören, den Dildo in sie hineinzustoßen.

Yasuo wusste, was Michiko brauchte.

Er fickte sie immer härter und kniff unentwegt ihre Muschi, bis diese lichterloh brannte.

Als er auch ihren Kitzler zwickte, war es um sie geschehen. Der Orgasmus fegte durch sie hindurch. Sie gab einen Lustschrei von sich und zuckte unter Yasuos Stößen, die sie an den Rand des Wahnsinns brachten.

Benommen nahm sie wahr, dass sich Yasuo zwischen ihren Beinen hinsetzte. Mösensaft rann von dem Latexdildo. Yasuo nahm den Kopfharness ab und neigte sich vor.

Bevor Michiko wusste, wie ihr geschah, begann er, ihr Fötzchen sauber zu lecken. Seine Zunge entlockte ihr einige Seufzer. Das Lecken fachte ihre Geilheit erneut an und zu ihrem eigenen Erstaunen kam sie ein zweites Mal. Doch selbst danach leckte Yasuo weiter.

Michiko war total gelöst. Sie war durch und durch entspannt und hätte Yasuo am liebsten in ihre Arme gezogen, um ihn zu spüren. Die Situation besaß etwas Intimes, ähnlich wie damals, als er sie in der Dusche angepinkelt hatte, etwas, das nur sie beide teilten.

Gerade als Michiko begann, sich an Yasuo-san zu gewöhnen, verkündete Meister Masatoshi, dass ihr Basisstudium der Shunga-Kunst beendet wäre. Sie saßen zu dritt im Wohnzimmer um einen niedrigen Tisch, auf dem drei Trinkschalen aus Porzellan und eine Teekanne standen.

«Sind die drei Jahre schon vorbei?», fragte sie erstaunt und goss ihm Tee ein.

Sie hatte gar nicht bemerkt, wie die Zeit vergangen war.

«Hai. Du wirst hinaus in die Welt gehen und nach einem neuen Meister suchen, der dich weiter schult.» Dann wandte er sich an Yasuo. «Auch du wirst mich verlassen müssen.»

«Meine drei Jahre sind aber doch noch gar nicht um, ehrenwerter Sensei», wagte Yasuo zu protestieren.

«Du warst nie gut genug, um mein Schüler zu werden», erklärte Masatoshi sachlich. «Ich habe dich nur akzeptiert, um Michiko-sans Ausbildung voranzutreiben. Du warst Teil ihres Studiums. Aber da sie nun nicht mehr meine Schülerin ist, kann ich dir nicht länger meine Gunst erweisen.»

Yasuo errötete und senkte seinen Blick.

Er tat Michiko leid. Sie verneigte sich tief vor dem Sensei. «Aber ich möchte hier bleiben und weiter bei Ihnen lernen.»

Masatoshi schwieg nachdenklich.

«Bitte!», flehte Michiko. «Ich will nirgendwo anders sein als hier.»

«Ich bin alt», gab er zu bedenken.

«Und ich bin jung.» Sie bemühte sich, euphorisch zu wirken, in der Hoffnung, dass der Funke auf ihn übersprang. «Ich führe Ihren Haushalt, koche, wasche, putze wie bisher und noch viel mehr ... Sie müssen nicht einmal mehr Ihren kleinen Finger bewegen, das verspreche ich. Ich mache alles und kümmere mich um Sie.»

«Eigentlich wollte ich nicht mehr unterrichten, aber schon damals, als du zu mir kamst, habe ich dein Potential gesehen und mich überreden lassen.»

«Wie kann ich gehen, wenn mein Herz hier bleibt?» Sie klang weinerlich, denn sie würde nie wieder einen Lehrer wie ihn finden.

Masatoshi schaute sie eindringlich an. Er bemerkte sehr wohl, wie verzweifelt sie war, und da erhellte sich sein Blick. «Das Aufbaustudium ist härter. Es erfordert hohen Einsatz. Du wirst leiden müssen, Lernprozesse sind nie einfach.»

«Dazu bin ich bereit», beeilte sie sich zu sagen und fügte hinzu: «Wir sind bereit dazu.»

Überrascht sah Yasuo auf. Michiko lächelte ihn an.

«Überleg dir gut, was du sagst», ermahnte Masatoshi sie. «Im Aufbaustudium geht es um die bizarren Gelüste. Ihr müsstet Szenen nachstellen und zeichnen, die andere für pervers halten, aber auch diese Kunstrichtung muss von einem Shunga-Maler studiert werden.»

Michiko warf Yasuo einen fragenden Blick zu. Als dieser nickte, sagte sie:

«Wir folgen Ihrem persönlichen Lehrplan, egal wie obszön die Bilder sind.»

«Nun gut.» Der Meister erhob sich. «Vor dem Basisstudium musstet ihr den Hundenapf meines verstorbenen Shiba-Inu auslecken, damit ich eure Bereitschaft testen konnte. Auch das weiterführende Studium erfordert eine Aufnahmeprüfung. Kommt mit.»

Er führte sie in sein Schlafzimmer, wo er seinen Kleiderschrank öffnete und eine Kiste herausholte, die auf dem obersten Regal hinter seiner Wäsche stand. «Lange ist es her, seit dies zum Einsatz kam. Ich hätte nicht gedacht, dass ich es noch einmal brauchen würde. Aber ihr beide harmoniert einfach zu gut, als dass ich eurem Wunsch nach Unterricht nicht nachkommen könnte.»

Masatoshi öffnete die Kiste und entnahm ihr eine graue Jacke, deren Ärmel zugenäht waren. «Die Zwangsjacke ist für dich, Yasuo-san. Zieh sie an, die Öffnung gehört nach hinten.»

«Hai.» Der Schüler verneigte sich, schälte sich aus seinem Yukata und schlüpfte gehorsam in die Jacke, worauf der Meister Yasuos Arme vor dessen Oberkörper kreuzte und die Jackenärmel hinter seinem Rücken verknotete.

Somit konnte Yasuo Arme und Hände nicht mehr benutzen, was in Michiko eine diabolische Freude weckte. Sie musste ihm die Hoden mit einem dünnen Lederband abbinden, was sie zum ersten Mal tat, aber es gelang ihr recht gut.

Bis zu diesem Zeitpunkt strahlten Yasuos Augen noch. Doch als er die Atemmaske sah, die Masatoshi aus dem Karton holte, wich die Farbe aus seinem Gesicht. «Was ...?»

«Keine Angst», beruhigte der Meister ihn. «Während Michiko-san Demütigungen am meisten erregen, leidest du gerne körperlich. Du magst den Schmerz, doch diesmal probieren wir etwas anderes aus, denn das soll ja schließlich eine Prüfung sein. Du bist zu sehr nach außen gerichtet, Yasuo-san, deshalb werde ich das jetzt ändern. Den Schmerz wird dafür Michiko-san erfahren, denn auch sie muss Grenzen überschreiten, um mich zu überzeugen.»

Unruhig verlagerte Michiko ihr Gewicht von einem Fuß auf den anderen. Sie half Masatoshi dabei, Yasuo die Gasmaske anzulegen. Nachdem er sich mit dem Rücken auf den Boden gelegt hatte, brachte der Sensei einen armlangen Schlauch am Ein- und Ausatemventil an. Das war nun Yasuos einzige Luftzufuhr. Er musste durch den Schlauch atmen und bekam somit schlechter Luft. Sein Gesicht schwitzte. Er hatte ein eingeschränktes Sichtfeld und hörte alle Geräusche nur gedämpft, wodurch er sich auf seine Empfindungen konzentrieren konnte.

Durch die Sichtscheibe nahm Michiko seinen ängstlichen Blick wahr, aber sie sorgte sich nicht um ihn, denn sein Schwanz hatte sich bereits ein Stück weit aufgerichtet.

«Du hast sein Leben in der Hand. Lass ihn ein wenig leiden, das mag er.» Masatoshi reichte ihr das Ende des Schlauchs und deutete mit einer Geste an, was er von ihr erwartete. «Und denk an die Lektion mit dem Respekt.»

Michiko verstand. Sie sollte Yasuo quälen, aber nicht zu weit gehen. Zuerst strich sie über seine Oberschenkel, wobei sie tunlichst vermied, seinen Schwanz anzufassen. Dieser zuckte, wurde jedoch nicht härter. Erst als Michiko das Ende des Luftschlauchs mit ihrer Hand verschloss, richtete sich das Glied weiter auf. Es befand sich noch Luft in dem Schlauch, aber die verbrauchte sich schnell. Es dauerte nicht lange und Yasuo zerrte an den Ärmeln der Zwangsjacke, weil er nicht mehr atmen konnte.

Sofort nahm Michiko ihre Hand weg und streichelte sanft über seine Lenden. Er wurde wieder ruhiger. Ihre Blicke trafen sich. Yasuo zwinkerte, um ihr zu zeigen, dass er in Ordnung war.

Das munterte sie auf fortzufahren. Sie schob seine Beine auseinander und kraulte seine abgebundenen Hoden, worauf Yasuo sein Becken hob, damit sie auch sein Glied berührte.

«Du hast gar nichts zu wollen», rügte sie ihn spielerisch und verschloss wieder den Schlauch.

Nach kurzer Zeit ging ihm die Luft aus. Verzweifelt rang er nach Atem. Er wand sich hin und her, blieb jedoch liegen, was Michiko verdeutlichte, dass er die Prüfung nicht wirklich beenden wollte. Er vertraute ihr. Das ließ Wärme in ihr aufsteigen.

Zur Belohnung erlaubte sie ihm nicht nur durchzuatmen, sondern küsste auch seine Eichel. Sein Schwanz schnellte hoch.

«Nimmersatt.» Michiko schlug mit der flachen Hand gegen seine Hoden und drückte ihm die Luft ab.

Diesmal ließ sie ihn zappeln. Yasuo wurde immer unruhiger, je länger sie den Atemschlauch verschlossen hielt. Er strampelte, wälzte sich von einer Seite auf die andere und jammerte unter der Gasmaske. Es war das erste Mal, dass Michiko ihn winseln hörte, und es machte sie so geil, als würde er sie vögeln.

Seine Hoden wurden immer praller, sein Penis immer steifer, dabei fasste sie ihn gar nicht mehr intim an. Verzückt beobachtete sie seinen Kampf und gab die Schlauchöffnung wieder frei.

Geräuschvoll atmete er durch. Er machte tiefe Atemzüge, die Michiko an

Darth Vader denken ließen. Sie war feucht. Verstohlen blickte sie Masatoshi an.

Der Sensei nickte. «Er ist hart genug. Es wird Zeit, dass du ihn fickst, sonst kommt er vorher schon allein durch die Atemkontrolle.»

Er hatte recht. Wer durch Schmerz abspritzte, dem konnte das in dieser Situation auch passieren. Und Michiko wollte auch ihren Spaß haben.

Sie befreite sich von ihrem Yukata und setzte sich auf Yasuos Unterleib, sodass sie seinen Schwanz nach unten bog. Mit ihrer Muschi rieb sie über den harten Schaft, um sich selbst noch mehr einzuheizen. Als ihr Unterleib und der von Yasuo nass von ihrem Mösensaft waren, hob sie ihr Becken an und ließ sich langsam auf sein Glied herab. Es war herrlich, ihn in sich zu spüren. Das erste Mal würden sie nun miteinander schlafen, vor den Augen des Meisters.

Alles war perfekt. Bis eine Peitsche in Masatoshis Hand auftauchte.

«Reite ihn wie ein Wirbelwind», riet der Meister ihr, «denn ich werde dich solange auspeitschen, bis ihr beide gekommen seid.»

Michiko schluckte schwer. Anfangs hielt sie sich noch zurück, weil es sie verlegen machte, denn sie übernahm das erste Mal bei einem Fick das Steuer. Doch der erste Peitschenhieb ließ ihre Verlegenheit schrumpfen. Ihr Schulterblatt schmerzte. Ihre Auf- und Abbewegungen wurden einen Augenblick langsamer, aber der zweite Hieb feuerte sie wieder an.

Wie eine Wahnsinnige vögelte sie Yasuo. Sie nahm den Atemschlauch und drückte das Ende zu, ohne mit ihrem Becken innezuhalten. Nach zwei Peitschenschlägen begann Yasuo unter ihr unkontrolliert zu zappeln, weil er keine Luft mehr bekam. Sein Kampf, sein verzweifelter Blick und die Macht über ihn, erregten Michiko sehr. Durch die wachsende Geilheit spürte sie das Auspeitschen nicht mehr ganz so intensiv, weil sie berauscht von der Lust war.

Meister Masatoshi musste bemerkt haben, dass seine Schläge sie nicht mehr so beeindruckten, wie er es geplant hatte, denn er peitschte sie nun härter. Michikos Rücken brannte. Sie gab den Schlauch frei und schloss ihre Augen. Wie aus der Ferne hörte sie sich selbst stöhnen und schreien.

Lust verschmolz mit Schmerz. Sie kontrollierte Yasuo und wurde gleichzeitig von Masatoshi beherrscht.

Sie fickte Yasuo, als hinge ihr Leben davon ab. Vielleicht nicht ihr Leben, aber dennoch ihr Schicksal. Denn sie wollte bei ihm und dem Sensei bleiben. Nichts sollte sich ändern.

Masatoshi hörte auf, ihren Rücken zu peitschen und widmete sich ihrer Vorderseite. Als der Lederriemen auf ihre Tittchen traf, kam Michiko. Sie zuckte ekstatisch, als wäre sie von Sinnen, und fickte Yasuo noch einige Male unter großer Anstrengung, bis ihr die Kraft ausging. Kaum hatte sie ihre Fingernägel durch den Stoff in seine Nippel gestochen, spürte sie, wie sein Sperma in sie hineinschoss.

Erschöpft blieb sie auf ihm liegen.

Masatoshi nahm ihm die Atemmaske vom Kopf und öffnete ein Fenster, um frische Luft ins Zimmer zu lassen. «Gut gemacht. Ihr habt beide den ersten Teil der Prüfung bestanden. Im zweiten Teil müsst ihr mir eure Malkünste beweisen, indem ihr das eben Erlebte aus verschiedenen Perspektiven malt: aus der Sicht von Mann und Frau, Herrscher und Untertan. Ich erwarte euch im Malzimmer in dreißig Minuten. Und reinigt alles», ordnete er an und verließ den Raum.

Michiko lächelte Yasuo glücklich an, während sie ihm die verschwitzten Haare aus dem Gesicht strich.

«Danke, dass du dich für mich eingesetzt hast», sagte er.

«Das habe ich nur gemacht, weil ich einen Mitschüler brauche», behauptete sie. «Ohne einen Partner hätte ich das Aufbaustudium vergessen können, weil der Anschauungsunterricht weggefallen wäre.»

«Dann bin ich nur Mittel zum Zweck für dich?»

«Nur ein Objekt, das ich benutze.»

«Ja, klar», erwiderte er und zwinkerte. Plötzlich hob er seinen Kopf an und küsste sie auf den Mund. Es war nur ein kurzer Kuss, seine Lippen streiften die ihren lediglich, doch er ging Michiko durch und durch.

«Das war keine Anweisung vom Sensei. Du hast mir einfach einen Kuss gestohlen, unverschämter Bock. Dir fehlt es eindeutig an Disziplin, aber die werde ich dich schon noch lehren.» Michiko kniff in seine Hoden. «Für deine Frechheit wirst du bezahlen.»

Sein Gesicht verzerrte sich vor Schmerz, aber sie spürte, wie sein Schwanz lustvoll in ihr zuckte.

«Ich bitte untertänigst darum, keine Gnade mit mir zu haben, ehrenwerte Michiko-san», antwortete er und seine Stimme war schon wieder heiser vor Geilheit.

Der Wunderdoktor (Sardinien)

Lara Stolz saß schlecht gelaunt im Wartezimmer von Dottore Bottarga. Vor drei Tagen war sie von Stuttgart nach Cagliari geflogen, um mit ihrer Freundin Corinna zwei Wochen Urlaub auf Sardinien zu machen. Doch seit der Landung ging es ihr schlecht.

Am ersten Tag hatte sie Magendarmprobleme bekommen. Sicherlich vom öligen Essen.

Seit gestern hatte sie Blasen an den Füßen. Ganz bestimmt von den neuen Schuhen, die sie sich auf der Mittelmeerinsel gekauft hatte. Die Qualität ließ offensichtlich zu wünschen übrig.

Und nun verspürte sie ein Brennen in ihrer Möse. Am Morgen war sie das erste Mal im Meer schwimmen gewesen. Da musste sie nicht lange grübeln, woher die Beschwerden kamen. Zukünftig würde sie nur noch den Pool benutzen oder am besten gar nicht mehr ins Wasser gehen.

Am liebsten würde ich nach Hause fliegen, dachte sie grimmig und schlug ihre schlanken, braungebrannten Beine übereinander, sodass der Saum ihres dünnen roten Sommerkleids gefährlich weit über ihre Oberschenkel hinaufrutschte. Aber es war eh niemand mehr im Wartezimmer, der ihr Höschen hätte erspähen können, da sie die letzte Patientin an diesem Vormittag zu sein schien. Sie band ihre langen braunen Haare mit einem Band locker zusammen, benetzte ihren Daumen mit etwas Speichel und wischte einen Fleck von ihren weißen High Heels.

Sie arbeitete in Stuttgart als Eventmanagerin, da war gutes Aussehen Voraussetzung. Leider schienen in Italien alle jungen Frauen attraktiv zu sein. Da fiel sie nicht weiter auf und das passte ihr gar nicht.

Obwohl ihr Job stressig war, liebte sie ihn. Die viele Arbeit machte ihr nichts aus. Corinna meinte sogar, Lara wäre süchtig danach.

Lieber Stress zu Hause als einen Urlaub wie diesen, gärte es in ihr.

Die Arzthelferin rief Lara auf und führte sie ins Behandlungszimmer eins, wo Dottore Bottarga sie bereits erwartete.

Er begrüßte sie mit einem George-Clooney-Lächeln und schüttelte ihr die Hand. «Buon giorno, Signora Stolz. Spreche ich Ihren Nachnamen richtig aus?»

Lara nickte und ließ seine Hand los, in der es auf einmal prickelte, als wäre Strom durchgeflossen. Wie gut er aussah! Damit hatte sie nicht gerechnet, weil Corinna ihr gesagt hatte, er wäre mittleren Alters, dabei war er gerade mal zehn bis fünfzehn Jahre älter als Lara. Sie schätzte ihn auf Anfang oder Mitte vierzig. Seine weiße Arztkleidung unterstrich seinen gebräunten Teint. Er trug eine Sommerhose und ein Hemd, dessen oberste Knöpfe offen standen. Ein paar leicht ergraute, doch zumeist schwarze Brusthaare lugten heraus. Unter der Kleidung steckte ein durchtrainierter Männerkörper, der nicht nur mit zwanzig die Frauen betört hatte, sondern auch jetzt seine Wirkung nicht verfehlte.

«Perfetto», murmelte er und ließ seinen Blick über ihre Rundungen gleiten. «Setzen Sie sich, bitte.»

Lara nahm vor seinem Schreibtisch Platz. Das Zimmer war zweigeteilt. Auf der linken Seite befand sich ein kleines Büro und rechts eine Arztliege, ein gynäkologischer Stuhl und eine kleine Umkleidekabine.

Der Dottore legte seine Unterarme auf den Tisch und faltete seine Hände. «Was kann ich für Sie tun, Signora?» Sein Deutsch war beinahe perfekt, der italienische Akzent charmant.

Seine Attraktivität machte sie nervös, stellte sie beschämt fest, weil ihr so etwas höchst selten passierte. Aber sein gutes Aussehen hatte sie völlig überrumpelt. In Stuttgart ging sie zwar auch zu einem Gynäkologen, aber der war klein und hager, mit blondem Lockenkopf. Sie schätzte seine Kompetenz sehr, doch sie betrachtete ihn als Arzt und nicht als Mann. Bei Dottore Bottarga war das anders!

Von Männern seines Kalibers ließ sie sich ficken, nicht gynäkologisch untersuchen.

Das kann ja heiter werden, dachte sie, atmete tief durch und sagte: «Ich habe da so ein Brennen – zwischen den Beinen.»

Er runzelte die Stirn. Obwohl er ernst war, funkelten seine Augen interessiert. «In Ihrer Muschi oder außerhalb?»

«Am Eingang, schätze ich», antwortete sie unsicher und spürte eine leichte Hitze in ihre Wangen steigen.

«Hm», machte er nachdenklich. Dann stand er schwungvoll auf und zeigte auf den gynäkologischen Stuhl. «Das muss ich mir ansehen.»

Stell dich nicht so an, du bist eine gestandene Frau, redete sie sich gut zu. Lara erhob sich und ging in die Kabine, um ihren Slip auszuziehen.

Als hätte der Dottore geahnt, dass sie ihr Kleid anbehalten und nur den Saum nach oben schieben wollte, rief er: «Bitte ganz entkleiden. Vielleicht muss ich später noch andere Körperteile untersuchen. Dann müssten Sie erneut vom Stuhl steigen und in die Umkleide gehen ... aber meine Zeit ist knapp. Bitte haben Sie Verständnis.»

Es saß zwar niemand mehr im Wartezimmer, doch sicherlich wollte er baldmöglichst in die Mittagspause gehen, das sah Lara ein. Aber da war auch etwas in ihr, was sich darauf freute, sich dem fremden Arzt nackt zu zeigen, schließlich trainierte sie zwei- bis dreimal die Woche im Fitnessstudio und ging regelmäßig ins Solarium. Es konnte jedoch gut sein, dass Bottarga gar kein Auge dafür hatte, weil genügend rassige Italienerinnen für ihn die Beine breitmachten.

Dass sie damit falsch lag, erkannte sie, als sie die Kabine nackt verließ und in seine Augen sah. Er betrachtete sie von oben bis unten. Ein Lächeln umspielte seinen Mund. Er reichte ihr seine Hand und half ihr, sich auf den Untersuchungsstuhl zu setzen. Bevor sie ihre Beine auf die Beinstützen hob, zögerte sie einige Sekunden und hoffte, dass er ihr Zaudern nicht bemerkt hatte.

Dottore Bottarga zog sterile Latexhandschuhe an. Er schob die Beinstützen weiter auseinander, stellte sie fest und musterte Laras Fötzchen intensiv.

«Entspannen Sie sich», bat er und begann mit Mittel- und Zeigefinger ihre Schamlippen abzutasten. Behutsam ließ er seine Fingerspitzen kreisen, übte mal mehr, mal weniger Druck aus und umkreiste Laras Kitzler, ohne diesen direkt anzufassen.

Lara bemühte sich ruhig zu bleiben, aber die Massage machte sie an. Auch die Empfindung des fremden Materials auf ihrer Haut gefiel ihr. Obwohl der Gynäkologe sie berührte, spürte sie seine Haut nicht, denn eine dünne Latexschicht trennte sie. Das hatte seinen ganz eigenen Reiz. Es erweckte nicht nur Laras Sehnsucht, ihn zu spüren, sondern hatte auch etwas Verruchtes, weil er sie anfasste wie noch kein Gynäkologe zuvor. Seine Berührungen waren intimer als die ihres Frauenarztes in Deutschland.

Ein Hauch von Verbotenem lag im Behandlungszimmer.

Der Dottore ging zu seinem Instrumentenschrank und zog eine Schublade heraus, sodass Lara die verschieden großen, sterilisierten Vaginalspekula aus Edelstahl sah. Er entnahm das größte Spekulum und kam zu ihr, kniete sich zwischen ihre Schenkel und schaute sich ihre Möse von Nahem an. Er zog ihre Schamlippen auseinander und pustete, als wollte er eine Fluse wegblasen, doch da war gar nichts.

Trotz ihrem steten Bemühen cool zu bleiben, erschauerte Lara. Sie bekam eine wohlige Gänsehaut. Verkrampft hielt sie sich an den Armlehnen fest.

Bottarga schüttelte rügend den Kopf und erhob sich. «Bleiben Sie locker.»

Er presste den Griff des Spekulums zusammen, führte es ein – mit ein wenig Nachdruck, denn es passte gerade so – und ließ den Griff langsam wieder los.

Der Schnabel des Spekulums öffnete sich, und weil es so groß war, spreizte es Laras Muschi auf.

Der Dottore griff nach einer Stirnlampe, die hinter ihm auf der Ablage lag, und setzte sie auf. Nachdem er sie angeschaltet hatte, schaute er tief in Laras Fötzchen, so tief wie noch kein Mann zuvor.

Erneut blies er ihre Möse an, doch diesmal spürte Lara seinen Atem nicht an ihrem Fötzchen, sondern in ihrem Eingang.

«Nichts zu sehen, keine Rötung, kein Ausschlag, keine Geschwulst oder ähnliche Auffälligkeiten», stellte er fest und erhob sich.

Vorsichtig zog er das Spekulum aus ihr heraus, jedoch ohne den Schnabel zu schließen, sodass dieser über die Innenseiten ihrer Möse rieb. Bottarga legte es weg, ohne den Blick von Laras Muschi zu nehmen.

Einige Male rieb er beruhigend mit gespreizten Fingern über ihre Schamlippen. Es prickelte köstlich, doch das durfte es nicht, nicht in dieser Situation. Lara versuchte, die aufkeimende Lust zu unterdrücken, indem sie die Luft anhielt.

Dann drang er mit den beiden Fingern in ihre Möse ein.

Kraftvoll atmete Lara aus und verlor ihren inneren Kampf.

Vorsichtig schob er Mittel- und Zeigefinger in Laras Muschi, zog sie wieder heraus und drückte sie ein Stück weiter hinein. Das wiederholte er so oft, bis seine Finger bis zum Anschlag in ihr steckten. Dort blieben sie. Tief in ihr drin.

Nach einer Weile bewegte er seine Finger und sah sie an. «Tut das weh?»

Sie schüttelte rasch den Kopf. Im Gegenteil, es tat sogar verdammt gut.

«Wann hatten Sie das letzte Mal Geschlechtsverkehr?», fragte er und fuhr fort, sie mit seinen Fingern zu bearbeiten. Er zog sie heraus und drückte sie wieder hinein. Immer und immer wieder. Bedächtig.

«Wie bitte?»

«Tut mir leid, Signora, aber das sind nun mal Fragen, die ein Frauenarzt stellen muss.» Er lächelte sie freundlich an. «Wie kann ich sonst eine Diagnose stellen?»

Zuerst presste sie ihre Lippen aufeinander, da sie nicht antworten wollte, doch schließlich sagte sie: «Das dürfte keine Rolle spielen.»

«Oh, doch», wandte er ein und nahm nun auch noch seinen Ringfinger dazu. Sie war eng gebaut, daher musste er pressen, um die drei Finger in sie hineinzubekommen. «Es könnte Sie ein Mann zu hart rangenommen haben oder Sie haben Verkehr mit wechselnden Partnern. Das alles könnte Ursache –»

«So meinte ich das nicht», unterbrach Lara ihn. «Es spielt keine Rolle, weil ich schon seit Ewigkeiten keinen Sex mehr hatte. Ich arbeite sehr viel, wissen Sie.»

Dottore Bottarga nickte ernst. «Ich verstehe, aber Ficken ist gut für die Seele, hören Sie auf Ihren Urlaubsarzt.» Er zwinkerte. «Strickte Anweisung.»

Es war seltsam anzuschauen, fand Lara, wie er zwischen ihren Beinen stand, sie mit seinen Männerfingern dehnte und vom Vögeln sprach. Er besaß muskulöse, braungebrannte Arme, die ihr sehr gut gefielen. Bemerkte er nicht, dass ihr Atem sich beschleunigt hatte und ihre Möse anschwoll? Oder erlebte er das nicht zum ersten Mal und es war nichts Besonderes für ihn, dass die ein oder andere Patientin durch die ärztliche Untersuchung geil wurde?

Er zog seine Finger heraus. Verlegen wandte sie ihren Blick ab, weil seine Latexhandschuhe von ihrem Mösensaft glänzten.

«Ich kann nichts ertasten, und das Brennen am Eingang scheint durch die Penetration nicht stärker geworden zu sein.» Er zog seine Stirn kraus, während er die Handschuhe abstreifte und in den Mülleimer warf. «Ich werde Sie da unten duschen, um eventuelle oberflächliche Erreger abzuspülen.»

Das hörte sich im ersten Moment nach Entspannung an. Doch dann holte der Dottore einen kleinen roten Gummiballon aus einer seiner Schubladen, füllte ihn mit Wasser und steckte eine schwarze Spitze darauf.

Natürlich, Dummerchen, dachte Lara, er hat nicht vor dein Fötzchen von außen abzubrausen.

Mit der Intimdusche, Breitmaulklammern und einer Nierenschale aus Edelstahl kehrte er zu ihr zurück. Die Schale stellte er auf einem Beistelltisch ab und nahm auf seinem Drehstuhl Platz. Er klammerte die rechte kleine Schamlippe an die rechte große. Obwohl er behutsam war, tat es höllisch weh.

Ein starker Schmerz breitete sich in Laras Möse aus. Sie sog hörbar die Luft ein.

Auch die linken Schamlippen verband er mit einer Klammer. «Es muss sein, damit ich freien Zugang habe. Aber das wird den Schmerz ein wenig lindern», sagte er und drückte seinen Daumen auf ihren Kitzler. Er bewegte seinen Finger nicht, sondern ließ ihn einfach ruhen und den Druck für sich wirken.

Tatsächlich war Lara abgelenkt, zum einen, weil sie über diese intime Berührung erstaunt war, und zum anderen, weil ihre Geilheit wuchs und die Schmerzen ein wenig erträglicher machten.

«Bereit fortzufahren?», fragte er. «Je schneller wir weitermachen, desto eher kann ich die Klammern wieder abnehmen.»

«Ich werde es ertragen.»

Dottore Bottarga nahm die Intimdusche und führte die Spitze in Laras Muschi ein.

Einmal drückte er kurz auf den Ballon. Das Wasser spritzte in Lara hinein. Sie lachte auf, weil es kitzelte. Da der Ballon den Ausgang versperrte, konnte das Wasser nicht ablaufen.

Wenn nur die Klammern nicht wären, dachte sie verzweifelt, weil es immer stärker wehtat.

Erneut presste er den Ballon zusammen, ein wenig fester als zuvor, sodass ein stärkerer Strahl herausschoss. Es kribbelte und juckte. Das Prickeln in ihrem Fötzchen schwoll an. Sie sah, dass ihre Möse bereits rot leuchtete, ein deutliches Zeichen ihrer Geilheit, das auch Bottarga nicht verborgen bleiben konnte.

Mittlerweile hatte der Schmerz sich eingependelt. Er war gleichbleibend stark, aber gerade noch erträglich.

Der Dottore spülte ihre Muschi mit der sanften Intimdusche aus. Das Wasser sammelte sich in Laras Innerem. Der Ballon drückte gegen ihren Möseneingang. Und Lara genoss die Behandlung, wie sie noch keinen Arztbesuch genossen hatte.

Trotz des Schmerzes, denn ihr Fötzchen stand in Flammen. Es ging eine unglaubliche Hitze von den Stellen aus, an denen sich die Breitmaulklammern in ihr zartes Fleisch bohrten. Durch ihre Geilheit tat es nicht mehr ganz so schlimm weh. Seltsamerweise begann selbst der Schmerz Lara zu berauschen. Diese Kombination aus schmerzenden Klammern und sanfter Intimspülung erregte sie so sehr, dass sie sich nicht mehr gegen ihre Lust wehren konnte.

Als der Ballon leer war, hielt Bottarga die Nierenschale unter ihren Po und nahm die Intimdusche weg. Das Wasser floss aus Laras Möse heraus, zwischen ihren Arschbacken herunter und tropfte in die Schale. Und Lara war fast ein wenig enttäuscht.

Doch im nächsten Moment trat alles in den Hintergrund, denn Bottarga nahm die erste Breitmaulklammer ab. Das Blut schoss durch ihre Möse, und Lara gab einen Schrei von sich, weil der Schmerz zurückkehrte und noch intensiver war als zuvor.

«Ich muss die Stelle reiben, um die Blutzirkulation anzuregen. Seien Sie tapfer, Signora.»

Kaum hatte er dies gesagt, begann er, ihre Schamlippen zwischen Daumen und Zeigefinger zu massieren, was den Schmerz für Sekunden, die ihr wie Minuten erschienen, noch verstärkte. Sie konnte nicht einmal mehr schreien, sondern biss die Zähne zusammen und hielt die Luft an, bis es erträglicher wurde.

Doch schon als der Dottore die zweite Klammer entfernte, ging die Tortur von vorne los. Lara jammerte leise und versuchte, Bottargas Fingern zu entkommen, die die Qual schlimmer machten, doch es war unmöglich.

Plötzlich kam eine Arzthelferin ins Behandlungszimmer gestürzt. «Ist etwas passiert? Ich habe einen Schrei gehört.» Aus Höflichkeit sprach sie Englisch.

«Nein, nein, es ist alles bestens, nicht wahr, Signora Stolz?» Er hob fragend die Augenbrauen und drückte seinen Daumen auf ihre Klitoris, um ihn dort ruhen zu lassen.

«Alles okay», hörte sich Lara zu ihrem eigenen Erstaunen sagen, dabei pumpte das Blut durch ihr Fötzchen und ihr Herz pochte wie verrückt. So durcheinander war sie schon lange nicht mehr gewesen. Normalerweise hatte sie immer alles unter Kontrolle und behielt die Beherrschung, aber nun war sie völlig aufgelöst. Sie hätte in diesem Moment die Flucht ergreifen können. Aber sie wollte nicht.

Der Dottore lächelte zuerst Lara und dann die Arzthelferin an. «Sie und Marcella können schon in die Mittagspause gehen. Diese Untersuchung wird noch etwas länger dauern.»

Sie verabschiedete sich freudestrahlend und ging.

Nun war Lara mit Bottarga alleine in der Praxis.

Unerwartet wollte er wissen: «Spüren Sie auch ein Ziehen in Ihrer Brust?»

«Eigentlich nicht», entgegnete sie zögerlich. Warum hatte sie es nicht klar verneint?

«Zur Vorsicht möchte ich Sie untersuchen.» Er rollte mit seinem Drehstuhl zurück, nahm ein neues Paar Latexhandschuhe aus der Box und zog sie an. «Es könnte ja sein, dass die Ursache des Brennens ein ganzkörperliches Problem ist, und ich deshalb nichts an Ihrer Muschi sehe. Symptome und Auslöser nicht an derselben Stelle, das kommt vor. Wir wollen alle Möglichkeiten ausschließen, nicht wahr?»

«Schon, aber ...» Aber was? Was konnte sie der Kompetenz eines Arztes entgegensetzen?

Dottore Bottarga stand auf und stellte sich hinter Lara. Dann fuhr er das Rückenteil des gynäkologischen Stuhls herunter, bis sie lag, und betastete sachte ihre kleinen, festen Brüste. Sanft drückte er seine Fingerspitzen in ihre Tittchen, zwirbelte ihre Nippel und rieb mit seiner Daumenkuppe über ihre Brustwarzen.

Nur mühsam konnte Lara ein Stöhnen unterdrücken. Der Arzt hatte große Hände, die jedoch in diesem Augenblick sehr zärtlich waren.

Auf einmal packte er beherzter zu. Er presste zuerst die eine, dann die andere Brust zusammen, zog die Tittchen an den Nippeln lang und rollte die Brustwarzen, wobei er immer fester zudrückte, bis Lara sich unter seiner Massage wand.

Sie umfasste die Armlehnen und kniff die Augen zusammen.

«Und? Tut es weh?», fragte Bottarga unschuldig, obwohl er ihre Qual sah.

«Nein», brachte Lara gepresst heraus, denn sie wollte keine weitere schmerzhafte Behandlung riskieren wie die mit den Breitmaulklammern.

Eine Weile kniff er in die Haut an ihren Brustansätzen, zwackte ihre Warzenhöfe und drückte seine Fingerspitzen fest in ihre fleischigen Berge.

Irgendwann gab er auf und seufzte theatralisch. «Signora Stolz, ich glaube, Sie spielen mir etwas vor. Tapferkeit ist nicht die Lösung Ihres Problems.»

Obwohl ihre Tittchen schmerzten, quälte sie ein Lächeln hervor. «Meine Brüste tun nicht weh», log sie.

«Das werde ich gleich herausfinden.» Tadelnd bewegte er seinen Zeigefinger. «Ich habe meine Methoden, die Wahrheit aus meinen Patientinnen herauszuquetschen.»

Lara wurde angst und bange. Was meinte er damit? Ihr Blick glitt zur Tür, während er zwei lange, dünne Infusionsschläuche aus einer der Schubladen herausnahm, aber Lara blieb sitzen. Ein dünner Schweißfilm bedeckte ihren Oberkörper. Sie wurde immer nervöser.

Der Dottore stellte sich neben sie. Er legte einen Schlauch auf ihren Bauch und dieser wirkte wie eine subtile Bedrohung. Den anderen wickelte er um ihre rechte Brust, zog die Enden fest zusammen und verknotete sie.

Bevor Lara sich versah, war auch ihr linkes Tittchen abgebunden. Ihre Brüste sahen prall wie fleischfarbene Ballons aus, die sich langsam rot-bläulich färbten. Der Anblick war seltsam. Lara fühlte sich entstellt, ihre Schönheit verunstaltet, aber es hatte auch etwas Verruchtes, das ihr durchaus gefiel.

Als Bottarga über ihre hervorstehenden Tittchen strich, fühlte sich die sanfte Berührung sehr intensiv an. Er berührte ihre Nippel kaum, doch die Liebkosung löste ein starkes Kribbeln aus, das sie genoss. Der Dottore benetzte seinen Daumen mit Speichel und verrieb ihn auf ihren Warzenhöfen. Dass er ihre Brustwarzen nicht direkt anfasste, machte Lara wahnsinnig. Sie wollte gestreichelt werden. Von ihm, dem Gynäkologen, dem gut gebauten Italiener. Eine verbotene Situation, denn ein Arzt durfte nicht das Vertrauen seiner Patientin missbrauchen. Und das, was er mit ihr anstellte, ging weit über eine normale Untersuchung hinaus. Lara war nicht so naiv, das nicht zu bemerken. Aber sie konnte einfach nicht aufstehen und gehen, dafür gefiel ihr zu gut, dass er sie durch geschickt vorgebrachte Argumente manipulierte.

Doch dann holte er eine Splitterpinzette aus der obersten Schublade eines Rollcontainers, und sie war sich nicht mehr ganz so sicher, ob ihre Entscheidung, sich zu unterwerfen, richtig war, denn die Pinzette war gefährlich spitz.

Er strich ihr einige Haarsträhnen aus der Stirn. Diese Geste wirkte so fürsorglich, ganz im Gegensatz zu der Splitterpinzette, die sich gleichzeitig ihrem Nippel näherte.

Im nächsten Moment bohrte er die Spitze in ihre Brustwarze und sie schrie auf. Doch er nahm die Pinzette nicht fort, sondern stach an einer anderen Stelle zu. Lara wollte ihm das Folterinstrument aus der Hand schlagen, aber er wehrte sie ab und bohrte das spitze Ende fest in ihren Nippel. Der Schmerz lähmte ihre Gedanken, ihre Gegenwehr wirkte unbeholfen und versiegte schließlich. Sie hielt sich an Bottargas starkem Arm fest und gab sich dem Schmerz hin. Das Blut rauschte in ihren Ohren, alles trat in den Hintergrund. Da war nur der Schmerz, der sie mit dem Dottore verband, eine eigentümliche Intimität, die sie noch mit niemandem geteilt hatte.

«Ah, Ihnen tut also doch nicht nur Ihre Muschi weh, sondern auch Ihr Busen», hörte sie ihn wie aus weiter Ferne sagen, während er die Pinzette in seiner Hand drehte, um ihr Leid zu vergrößern. «Ihrem Arzt können Sie nichts verheimlichen.»

Endlich nahm er die Splitterpinzette weg. Er löste die Infusionsschläuche und massierte ihre Tittchen sanft. Langsam bekamen sie wieder eine rosige Farbe. Als er ihre Nippel zwischen Daumen und Zeigefinger rieb, stöhnte Lara vor Schmerz und Lust, obwohl er vorsichtig zwirbelte, damit das Blut wieder zirkulierte. Zur Linderung verteilte er etwas Kühlsalbe auf Warzenhöfe und Nippel, sodass sie sich extrem zusammenzogen. Er schien die kleinen Knöpfe zu mögen, denn er spielte eine Weile damit herum, schnippte dagegen und drückte sie in die Tittchen.

Diese sanften Berührungen ließen Lara den Schmerz schnell vergessen. Zurück blieb nur das Feuer, das er entfacht hatte. Mochten ihre Brustwarzen auch eiskalt sein, ihr Brustkorb und auch ihre Möse waren heiß.

Dottore Bottarga fuhr das Rückenteil des gynäkologischen Stuhls wieder in die Sitzposition. Dann stellte er sich zwischen Laras immer noch gespreizte Schenkel, kraulte sein Kinn und betrachtete nachdenklich ihre Möse. «Wie sieht es mit Ihrem After aus, Signora?»

«Was meinen Sie?» Sie riss die Augen auf.

«Ist er auch von diesen ominösen Schmerzen betroffen?»

Wieso schmunzelte er so unverschämt? Und warum sah er dabei auch noch gut aus? «Nein», sagte sie bestimmt und richtete ihren Oberkörper auf, um vom Behandlungsstuhl zu steigen.

Doch der Dottore legte seine Hand zwischen ihre Tittchen und drückte Lara zurück in den Stuhl. «Das haben Sie bei Ihren Brüsten auch gesagt und dann vor Schmerz geschrien.»

Er langte hinter sich in einen der Wandschränke und zog vier schwarze Klettbänder heraus. Geschickt und äußerst schnell band er damit Laras Arme an die Armlehnen und ihre Beine an die Beinstützen, bevor sie recht wusste, wie ihr geschah.

«Der After ist für viele Patientinnen tabu, aber wenn eine Untersuchung sein muss, dann muss sie sein, daher diese Maßnahme. Entschuldigen Sie bitte. Es ist nur zu Ihrem Besten», versuchte er sie zu beruhigen.

«Was haben Sie vor?», fragte sie ängstlich, denn sie war ihm auf Gedeih und Verderb ausgeliefert, da sie alleine in der Praxis waren.

Er tätschelte ihren Oberschenkel. «Bevor ich Sie untersuche, muss ich Sie selbstverständlich reinigen. Haben Sie schon Erfahrungen mit Klysma gemacht?»

«Bloß nicht», schoss es aus ihr heraus. Ein Klistier hatte sie vor einem dreiviertel Jahr das erste Mal benutzt und sich geschworen, nie wieder diesen Fehler zu machen, weil sie schreckliche Krämpfe bekommen hatte.

«Aber wir müssen Ihren Enddarm reinigen», er blieb unnachgiebig, «nicht nur, damit eine Untersuchung für mich angenehmer ist, sondern auch damit das Ergebnis nicht verfälscht wird.»

«Bitte nicht, Dottore. Ich komme mit Mikroklist einfach nicht klar.» Sie wollte ihre Hände falten, aber die Klettbänder hinderten sie daran. Ihr wurde wieder bewusst, wie ausgeliefert sie war. Egal, wie sehr sie jammerte, er könnte mit ihr tun und lassen, was er wollte.

Er jedoch sagte: «Ihr süßes Betteln gefällt mir. Vielleicht können Sie mich doch noch umstimmen, wenn Sie noch ein wenig damit weitermachen.»

Lara biss die Zähne zusammen. Es war entwürdigend, gefesselt, nackt und hilflos zu sein. Aber ihr blieb nichts anderes übrig, als zu versuchen, ihn milde zu stimmen. «Ich flehe Sie an. Lassen Sie Gnade walten. Ich war so tapfer bisher.»

«Das will ich gar nicht», wandte er ein und lehnte sich mit seinem Gesäß gegen die Arbeitsplatte, die die Schrankreihe verband. «Ich möchte, dass Sie authentisch bleiben. Nur so kann ich herausfinden, wo es Ihnen wehtut und wie stark Sie den Schmerz an welchen Körperteilen empfinden.»

Das war nachvollziehbar. Aber ging es hier noch darum, eine Diagnose stellen zu können? «Bitte, Dottore. Kein Klysma», bettelte Lara weiter und legte so viel Verletzlichkeit in ihren Blick, wie sie konnte, um ihn zu erweichen. «Seien Sie gnädig mit einer deutschen Touristin. Mein ganzer Urlaub wäre dahin. Gibt es denn keine alternative Möglichkeit?»

«Die gibt es.» Er nickte. «Wasser.»

Sie horchte auf. Das hörte sich gut an. «Einfaches Wasser? Oh, ja, bitte, bitte, bitte.»

«Nun gut, aber beschweren Sie sich hinterher nicht, denn Sie haben die Wahl getroffen. Unangenehm wird es auf jeden Fall.»

Wieso grinste er? Lara wurde nervöser durch die Ankündigung. Ihre innere Unruhe wuchs, je länger die Vorbereitungen dauerten. Sie beobachtete, wie Dottore Bottarga ein Tablett nahm und einige Dinge darauflegte, die er gleichzeitig erklärte: «Eine Tube Wundersalbe, ein Doppelballon-Darmrohr und ein Irrigator-Set, also ein Infusionsschlauch mit einer Rollklemme, der oben einen Messbecher und unten einen Klistieraufsatz hat.»

«Klistier?»

«Eine Verbindung. Zum Anschließen an das Darmrohr.» Er streichelte beruhigend die Innenseiten ihrer Oberschenkel. «Ich bin kein Unmensch, daher komme ich Ihnen entgegen, wenn Sie mir versprechen, schön artig zu sein und die Prozedur ohne Gezeter über sich ergehen zu lassen. Sind Sie dazu bereit?», fragte er sie und nahm die Tube.

Lara nickte.

Doch er machte ein zerknirschtes Gesicht, was seiner Attraktivität keinen Abbruch tat. «Wollen Sie mir nicht danken?»

Es ist besser zu tun, was er verlangt, dachte Lara und beeilte sich zu sagen: «Ich danke Ihnen für Ihr großzügiges Entgegenkommen, Dottore.»

Er drückte einen Strang aus der Tube und verrieb ihn auf ihrer Rosette. Sofort wurde sie heiß. Er musste eine Thermosalbe benutzt haben. Lara glaubte zu verbrennen, die Hitze schwoll immer weiter an. Irgendwann jedoch blieb sie konstant, ein Feuer, das ihren Ringmuskel in Flammen setzte und das Blut verstärkt zirkulieren ließ.

Bottarga wechselte die Latexhandschuhe und drang mehrmals mit seinem

Daumen in ihren Anus ein. Zufrieden lächelte er, als er spürte, dass der Muskel sich durch die Wärme entspannte.

Dann holte er den Infusionsständer, der neben der Umkleidekabine stand, und rollte ihn neben den Untersuchungsstuhl. Er winkelte Laras Beine an, fixierte die Beinstützen und fuhr das Rückenteil des Sitzes so weit herunter, dass Lara fast lag.

Immer wieder hob sie ihren Kopf an, um zu sehen, was er tat.

Bottarga hängte das Irrigator-Gefäß an den Infusionsständer. Routiniert schob er den Klistieraufsatz in das Darmrohr, von dem ein dünner Luftschlauch herabhing. Er führte ein Ende des Darmrohrs in ihr enges Loch ein. Den Ballon musste er hineinpressen, aber durch die Wärmesalbe gab der Ringmuskel rasch nach.

Für Lara war es ein höchst seltsames Gefühl, keine Kontrolle mehr über einen Teil ihres Körpers zu haben. Es machte ihr Angst, erregte sie jedoch gleichzeitig.

Nun blies der Dottore beide Ballons mithilfe des Luftschlauchs auf, sodass das Darmrohr nicht mehr aus ihrem After herausrutschen konnte, weil der Schließmuskel sich genau dazwischen befand.

Er verschloss den Luftschlauch mit einem Stöpsel und betrachtete die Konstruktion zufrieden. «Die beiden Ballons dichten hundertprozentig ab, aber für später brauchen wir einen Auffangbehälter.»

Kaum hatte er dies gesagt, ging er zu einem Unterschrank und holte eine Edelstahlschüssel heraus, die er griffbereit neben das Tablett stellte. Aus einem der Hängeschränke entnahm er einen Messbecher. Er drehte den Wasserhahn auf, hielt seinen Finger darunter und füllte einen Liter ab.

Mit dem Becher kehrte er zu Lara zurück und stellte sich freudestrahlend zwischen ihre Beine. «Das Wasser ist angenehm warm. Es wird Ihnen gefallen. Zumindest die ersten Milliliter.»

«Sie wollen doch nicht einen Liter Wasser in mich hineinschütten?» Lara war bestürzt.

«Wenn Sie unartig sind und Theater machen, könnten es sogar zwei werden.»

Entsetzt presste sie die Lippen aufeinander, schwieg jedoch, um nicht alles noch schlimmer zu machen. Sie fürchtete sich davor, von dem Wasser ausgefüllt zu werden, war jedoch ebenso neugierig auf diese neue Erfahrung.

Bottarga goss den ersten Schwall Wasser in das Irrigator-Gefäß. Es floss durch den dünnen durchsichtigen Schlauch in das Doppelballon-Darmrohr und von dort ungehindert in Laras Enddarm. Es kitzelte ihren Anus und fühlte sich ungemein sanft an, weil es körperwarm und nur eine kleine Menge war.

Als er Wasser nachkippte, gluckerte es in ihrem Darm. Es lief tief in sie hinein, und es war Lara, als berührte der Dottore sie auf magische Weise in ihrem Inneren.

Erneut füllte er das Gefäß. Die Flüssigkeit rann durch den Schlauch in ihren After und drängte das Wasser, das bereits in ihr war, zurück. Ein leichter Druck baute sich auf. Ihr Enddarm wollte es herausdrücken, aber noch konnte Lara sich entspannen, indem sie sich auf ihren Atem konzentrierte.

Ein weiterer Schwall Flüssigkeit folgte. Langsam wurde der Druck unangenehm. Lara versuchte, ihre Sitzposition zu verlagern und damit eventuell das Wasser in ihr zu verteilen, doch die Fesseln hinderten sie daran.

«Denken Sie daran», ermahnte Bottarga sie. «Sollten Sie sich gegen meine Vorbereitungsmaßnahmen wehren, muss ich noch mehr in Sie hineingießen, um sicher zu gehen, dass Ihr Enddarm auch wirklich sauber ist.»

Es fiel Lara schwer, ruhig sitzen zu bleiben, denn er füllte die nächsten hundert Milliliter in das Irrigator-Gefäß. Die Flüssigkeit dehnte ihren Darm, der zu rebellieren begann. Der Schließmuskel wollte das Wasser herauspressen, doch das Doppelballon-Darmrohr hinderte ihn daran.

Nur Dottore Bottarga kann mich von der Qual erlösen, dachte Lara niedergeschmettert und begann wieder zu schwitzen. Wieso war sie nicht geflüchtet, als sie noch konnte? Sie war hin- und hergerissen zwischen Lust und Fluchtgedanken. Ihre Rosette pochte und brannte, ihr Unterleib krampfte sich zusammen, und Lara kämpfte gegen den Wunsch an zu pressen.

«Noch ein Drittel», kündigte der Arzt an und hielt den Messbecher mit der verbliebenen Flüssigkeit hoch. «Das werden Sie schon noch schaffen.»

Dann goss er die Hälfte davon in das Gefäß. Es gluckste und rumorte in Lara. Hätte sie besser das Klistier wählen sollen? Die Tortur hätte sie wahrscheinlich schon längst überstanden, aber der Dottore ließ sich mit dem Wassereinlauf Zeit.

Sie legte den Kopf in den Nacken und versuchte sich abzulenken, indem sie an all die schönen Dinge dachte, die sie mit ihrer Freundin Corinna in diesem Moment hätte tun können, wenn sie nicht so wehleidig gewesen wäre.

Bottarga leerte den Messbecher in das Irrigator-Gefäß und stellte es weg. Nun befand sich ein Liter Flüssigkeit in Laras Enddarm. Krämpfe quälten sie, aber die waren nicht so schlimm, als dass sie sich vor Schmerzen auf dem Gyn-

Stuhl hätte winden müssen, und dennoch stark genug, um sie ununterbrochen zu quälen und daran zu erinnern, dass etwas in ihrem Darm war, was auf natürlichem Weg nicht dorthingelangt wäre.

«Wir wollen doch, dass alles blitzsauber wird», sagte der Dottore und legte die Hand auf ihren Unterbauch. «Ich wäre sehr böse, wenn ich bei der eigentlichen Untersuchung plötzlich braune Finger hätte. Und ich kann manchmal sehr nachtragend sein.»

Es lag eine deutliche Warnung in seinen Worten, die er unterstrich, indem er sanften Druck auf ihren Unterbauch ausübte und seine Hand kreisen ließ. Dadurch regte er ihre Darmtätigkeit an. Das Wasser verteilte sich erneut und gluckerte. Der Drang es herauszupressen wurde stärker. Sie spürte den Ballon des Darmrohrs, der in ihr steckte und wie ein Pfropfen ihren Ausgang verschloss.

«Sie müssen noch einige Minuten durchhalten, damit alles aufweicht und sich löst», kündigte er an und rieb weiterhin über ihren Unterbauch. Parallel dazu drückte er sanft seinen Daumen auf ihre Klitoris. «Das wird Ihnen helfen, wie schon zuvor.»

Lara jammerte, aber sie stöhnte auch vor Geilheit und wusste nicht mehr, welches Gefühl überwog. Immer wieder sagte sie sich, dass sie durchhalten müsse, damit die Darmreinigung funktionierte und der Dottore nicht noch mehr Wasser in sie hineingoss oder gar von vorne begann.

Es machte sie geil, von ihm dominiert zu werden. Das spürte sie nun wieder, da er ihren Kitzler berührte. Obwohl der Doc seinen Finger auf ihm ruhen ließ, wuchs Laras Erregung und sie gierte danach, von ihm gestreichelt zu werden. Für einen Moment stellte sie sich sogar vor, wie es wäre, von ihm gefickt zu werden, während die Flüssigkeit in ihrem After war.

Die Krämpfe kamen und gingen, genauso wie ihre Lust in Wellen durch sie hindurchfloss. Sie schloss die Augen und gab sich der bittersüßen Mischung aus Lust und Leid hin. Einmal bewegte sie ihren Unterleib unbewusst, um sich an Bottargas Daumen zu reiben. Doch er trat zurück und sie öffnete erstaunt ihre Augen.

Enttäuscht sah sie, dass er die Edelstahlschüssel in Händen hielt. Sie freute sich darauf, das Wasser loszuwerden, sehnte sich jedoch nach seinem Daumen auf ihrer Klitoris. Obwohl sie den Druck von innen hasste, machte er sie an. Sie konnte das nicht verstehen. Entwickelte sie eine Lust am Leiden?

Der Dottore hielt die Schüssel unter ihren Hintern. Langsam zog er am Doppelballon-Darmrohr.

Der Druck auf ihre Rosette wuchs. Lara spannte automatisch die Arschbacken an.

«Je mehr Sie sich wehren, desto unangenehmer wird es.» Er schüttelte rügend den Kopf. «Das habe ich Ihnen schon mehrfach gesagt.»

Flehentlich schaute sie ihn an. «Müssen Sie nicht erst die Luft aus den Ballons lassen?»

«Ich muss gar nichts.» Seine Miene verfinsterte sich. «Wenn ich den aufgepumpten Ballon herausziehe, dehne ich den Schließmuskel und das Wasser kann leichter entweichen. Außerdem bereite ich dadurch den Anus auf die nachfolgende Untersuchung vor. Wenn er es gewohnt ist, geweitet zu werden, können meine Finger leichter in ihn eindringen.»

Lara stöhnte, als er erneut am Darmrohr zog. Der Ballon in ihr wurde hart gegen ihren Ringmuskel gepresst, der sich langsam öffnete. Stück für Stück wurde er gedehnt. Es kam Lara so vor, als würde es Stunden dauern, weil der Dottore so bedächtig vorging. Er ließ sich Zeit, um ihr nicht wehzutun.

Nein, das kann es nicht sein, denn er liebt es, mir Schmerzen zuzufügen, unkte Lara in Gedanken.

Vermutlich machte es Bottarga einfach Spaß. Er beobachtete mal den Ringmuskel, der immer weiter gedehnt wurde, mal die Emotionen, die sich auf Laras Gesicht widerspiegelten. Sie kämpfte gegen sich selbst an, denn ihr Körper reagierte instinktiv und verkrampfte sich, dabei musste sie locker lassen und sich entspannen, dann käme der Ballon leichter aus ihr heraus. Wenn sie das Darmrohr selbst herausgezogen hätte, wäre das kein so großes Problem für sie gewesen, doch es war ein fremder Mann, der sie anal weitete und damit die Kontrolle über ihren Körper besaß.

Er ist Gynäkologe, er will nur dein Bestes, redete sie sich ein, dabei war sie sich dessen mittlerweile nicht mehr so sicher. Aber mit seinem Charme und seiner Überredungskunst drehte er jede abwegige Untersuchung so hin, dass sie sinnvoll erschien. Nein, nicht sinnvoll, sondern ein absolutes Muss. Aber ließ sich Lara nicht bereitwillig unterwerfen? Schon als er sie mit seiner Hand gefickt hatte, hätte sie die Praxis verlassen können, doch sie war nicht einmal vom gynäkologischen Stuhl heruntergestiegen, weil sie weiter von ihm untersucht werden wollte.

Sie wurde jäh aus ihren wollüstigen Gedanken gerissen, als der Ballon aus ihrem After glitt. Augenblicklich floss das Wasser aus ihrem Anus heraus, der sich ohne Laras Zutun immer wieder öffnete und schloss. Nicht nur, um die Flüssigkeit loszuwerden, sondern auch vor Geilheit. Lara wusste selbst nicht mehr, was sie denken sollte. Sie vermisste die Dehnung ebenso, wie sie froh war, dass die Tortur endlich vorbei war.

Dottore Bottargas Untersuchung hatte ungeahnte Auswirkungen. Ihre Gefühlswelt war ein Chaos.

Während das Wasser zwischen ihren Arschbacken in die Edelstahlschüssel lief, wandte Lara verlegen den Blick ab. Es reichte schon, nur das Plätschern zu hören, um knallrot anzulaufen.

Nachdem ihr Enddarm völlig geleert war, stellte Bottarga die Schüssel weg und strich die Falten seiner Latexhandschuhe glatt. Seine linke Hand legte er auf ihren Venushügel und die rechte führte er an ihren Ringmuskel, der immer noch von der Thermosalbe glühte und durch die Reibung des Ballons hochempfindlich reagierte.

Das spürte Lara, als der Dottore Zeige- und Mittelfinger in sie einführte. Er schob sie problemlos tief in sie hinein, denn der Ringmuskel öffnete sich bereitwillig. Der Arzt winkelte seine Finger an und wühlte in Laras Enddarm. Er tastete nach Verhärtungen oder anderen Auffälligkeiten.

Es war ein seltsames, aber wundervolles Gefühl, die sich bewegenden Finger in ihrem gereizten After zu spüren. Da war zwar wieder der Drang, den Eindringling loszuwerden zu wollen, aber er war nicht mehr so stark wie zuvor. Ihr After begann, sich an das Eindringen zu gewöhnen, und es gefiel Lara immer besser, etwas anal zu spüren.

Der Dottore zog seine Finger heraus und schob sie wieder in sie hinein. Laras Schließmuskel antwortete mit einem Pochen. Zuerst öffnete er sich weit und schloss sich dann um die Finger.

Einige Male fickte Bottarga sie mit Zeige- und Mittelfinger, sodass sich Laras Atem beschleunigte und sie kaum noch ruhig sitzen bleiben konnte. Nur die Fesseln hielten sie an ihrem Platz.

Als er seinen Ringfinger hinzunahm, glaubte Lara im ersten Moment, die Dehnung nicht mehr aushalten zu können, aber auch daran gewöhnte sie sich. Wieder fickte er sie, diesmal mit drei Fingern. Lara konnte ein Aufstöhnen gerade noch verhindern, indem sie ihre Lippen aufeinander presste. Immer wieder zog er seine Hand zurück und drückte sie so tief wie möglich in Laras Anus hinein.

Es gierte sie nach mehr. Sie wollte ausprobieren, ob sie vier Finger anal aufnehmen konnte, doch der Dottore zog seine Hand vollkommen aus ihr heraus.

Er zog die Latexhandschuhe aus, warf sie weg und betrachtete eine Zeit lang einfach nur ihren Ringmuskel, der sich immer noch öffnete und schloss, als würde er weiterhin penetriert werden. Der Arzt wirkte fast ein wenig verträumt dabei.

Erst nachdem sich die Rosette beruhigt hatte, resümierte der Gynäkologe: «Bei Ihnen ist körperlich alles in Ordnung, Signora Stolz, aber es besteht ein allgemeines Unwohlsein. Es gibt daher noch einen letzten Aspekt, den ich prüfen muss: Ihre Orgasmusfähigkeit.»

«Wie bitte?» Lara meinte, sich verhört zu haben.

Doch sie kam nicht dazu, ihn zu bitten, sie loszubinden, denn er hatte sich schon wieder neue Latexhandschuhe angezogen und fing sofort an, mit Zeige- und Mittelfinger ihre Klitoris zu reiben. Ihre Geilheit schwoll augenblicklich so stark an, dass Lara nach Atem rang. Ja, sie sehnte sich nach einem erlösenden Höhepunkt, denn sie war verdammt geil, aber doch nicht vor ihm. Wenn schon, dann mit ihm, aber nicht auf diese Art und Weise.

Es war ihr peinlich, dass er Zeuge ihres ersten Höhepunkts in einer Arztpraxis wurde.

Es dauerte nur wenige Sekunden, und sie lag japsend und zuckend vor ihm auf dem Untersuchungsstuhl. Der Orgasmus erschütterte sie so heftig, dass sie abspritzte. Das war ihr noch nie passiert. Sie wurde knallrot, weil nun ein feuchter Fleck auf der weißen Hose von Dottore Bottarga zu sehen war. Ihn schien das jedoch zu amüsieren, denn er lachte.

Obwohl sie bereits gekommen war, massierte er ihren Kitzler weiter. Durch die anhaltende Stimulation wollten die ekstatischen Zuckungen gar nicht mehr aufhören. Noch immer hatte Lara sich nicht wieder gefangen. Sie zerrte an den Klettbändern, die ihre Arme und Beine an den gynäkologischen Stuhl fixierten, aber sie gaben kein bisschen nach. Die Bewegungseinschränkung machte Laras Zustand noch schlimmer. Sie war der anhaltenden Stimulation ausgeliefert, musste ertragen, dass Bottargas Finger immer noch über ihren Kitzler kreisten und sie schnell an den zweiten Orgasmus heranführten.

Als sie erneut kam, entfloh ihrer Kehle ein animalischer Laut, den sie so noch nicht von sich gehört hatte. Dann stöhnte Lara, sie konnte gar nicht mehr aufhören damit. Sie warf ihren Kopf hin und her, wölbte ihren Rücken und wackelte mit ihren Fingern und Zehen, weil das die einzige Möglichkeit für sie war, den Energieschub abzubauen.

Und noch immer rieben Dottore Bottargas Finger über ihre Klitoris. Doch diesmal baute sich Laras Geilheit langsamer auf. Sie war erschöpft von der anstrengenden Untersuchung und den zwei Orgasmen. Sie brauchte für das Erklimmen des dritten Höhepunktes länger als zuvor, weil ihre Lust sich bereits zwei Mal entladen hatte. Gerne hätte sie den Dottore um Erbarmen angefleht, aber sie bekam keinen Ton heraus, weil er rieb und rieb und rieb. Lara seufzte und stöhnte. Ihre Augen wurden feucht. Ihre Beine zitterten.

Beim dritten Orgasmus schrie sie, als hätte sie Schmerzen, und der Höhepunkt war tatsächlich beinahe schmerzvoll. Es schien, als würde ihr Unterleib sich zusammenziehen. Ihre Erregung entlud sich mit einer Wucht, die Lara fast um den Verstand brachte. Sie sah nichts mehr, hörte nichts mehr, war nur noch geil. Geil. Geil.

Ohne Unterlass stimulierte Bottarga seine Patientin. Nach einer halben Stunde hatten fünf Orgasmen sie erschüttert, die immer aufzehrender geworden waren. Als Lara hemmungslos zu heulen begann, hatte der Dottore endlich Mitleid mit ihr. Er ließ von ihrem Kitzler ab, löste ihre Fesseln und zog sie in seine Arme.

Tröstend streichelte er ihren Rücken. «Weinen befreit. Sie werden sich gleich besser fühlen.»

Was er sagte, war wahr. Sie fühlte sich gelöst und befreit, nachdem ihre Tränen getrocknet waren. Atemlos lauschte sie ihrem Herzschlag, der sich langsam wieder beruhigte. Am liebsten wäre Lara auf der Stelle auf dem Gyn-Stuhl eingeschlafen oder noch besser, in den Armen des Dottore. Sie war so müde, als hätte sie gerade ein dreitägiges VIP-Event überstanden, das sie vorbereitet und begleitet hatte.

Er hielt sie fest, bis sie nicht mehr schluchzte. Auch das Zittern verschwand langsam. Erst dann ließ er sie los. «Ihre Orgasmusfähigkeit ist glücklicherweise nicht eingeschränkt. Spüren Sie noch das Brennen in Ihrer Möse?»

Lara schüttelte erschöpft ihren Kopf. «Sie sind ein Wunderdoktor.» Sogar ihre schlechte Laune war wie weggeblasen. Sie war so entspannt wie schon lange nicht mehr.

«Das ist zu viel der Ehre.» Er begleitete sie zur Umkleidekabine, da sie immer noch schwach auf den Beinen war. «Aber wenn Sie noch einmal irgendwelche Beschwerden haben, können Sie jederzeit zu mir kommen.»

«Danke, das werde ich.» Noch während sie in der Kabine stand und in ihr rotes Sommerkleid schlüpfte, überlegte Lara fieberhaft, welche Symptome der Dottore beim nächsten Besuch behandeln könnte. Er baute wahrlich eine besondere Beziehung zu seinen Patientinnen auf. Deshalb verstand er ihre Leiden auch besser als andere Ärzte und wusste genau, welche Therapie half.

Lara verabschiedete sich von Dottore Bottarga und trat aus der Praxis auf die Straße. Die Sonne wärmte ihre Haut, eine seichte Brise ließ ihr Kleid flattern.

Lara schirmte mit der Hand ihre Augen ab, spähte zum Meer, dessen Opalblau zwischen einigen Häusern hindurchschimmerte, und stellte fest: «Mir geht es gut, verdammt gut.»

Der Urlaub auf Sardinien konnte endlich beginnen.

In die Schranken gewiesen (Ocho Rios)

Wenn jemand Sina und David so, wie sie da in den Hügeln vor den Toren der Stadt Ocho Rios saßen, gesehen hätte, hätte man sie für eine Urlauberin und ihn für einen Einheimischen gehalten, die sich gerade miteinander amüsiert hatten.

Doch Sina war vor drei Monaten wegen eines neuen Jobs von Sylt nach Jamaika gekommen. Sie hatte die Nordseefrische gegen die schwüle Hitze der Großen Antillen getauscht, um neue Erfahrungen zu sammeln – wertvolle Karrierepunkte in ihrer Hotellaufbahn – und um im Couples Hotel als Executive Housekeeper zu arbeiten.

Marley, wie sie David aufgrund seiner Ähnlichkeit mit Ziggy Marley nannte, war Wäschefahrer im selben Hotel, und sie neckte ihn manchmal damit, dass sie seine Vorgesetzte war. Jeder Tourist hätte ihn für einen Rasta gehalten, weil er schulterlange Dreadlocks hatte, doch er hatte weder etwas mit dieser noch mit einer anderen Religion am Hut, lehnte im Gegensatz zu den Rastafaris Alkohol und Tabak nicht ab und hatte auch nichts gegen Schwule.

«Soll jeder ficken, wen er will», hatte er gesagt, als sie vor drei Wochen zusammen beim Lunch saßen und sich darüber unterhielten, ob das Couples seine Policy dahin gehend erweitern sollte, dass auch homosexuelle Paare einchecken durften. Er hatte ihr tief in die Augen geschaut und hinzugefügt: «Und ich will dich!»

Diese Dreistigkeit hatte Sina imponiert. Seitdem schliefen sie täglich miteinander, aber an diesem Spätnachmittag war die Situation angespannt. Sie saßen auf dem Hügel umgeben von Wald in der Nähe eines Flusses. Ungefähr auf ihrer Höhe gab es eine Stufe, auf der sich das Wasser sammelte, sodass ein natürlicher Pool entstanden war. Von hier oben konnten sie das Meer sehen, doch Sina bevorzugte den Fluss, weil er Süßwasser führte.

Nachdem sie gevögelt und ein Bad genommen hatten, saßen sie nackt im Schatten der Bäume – Sina zwischen Marleys gespreizten Schenkeln, mit dem Rücken gegen seinen Oberkörper gelehnt, er hatte die Arme von hinten um sie geschlungen. Es tat gut, ihn zu riechen – den betörenden Duft seines erhitzten Körpers, den Moschusduft seines Geschlechts und den Geruch von Sex.

Sina tätschelte sein Bein. «Lass uns gehen.»

«Ich will noch nicht», entgegnete Marley und hielt ihre Taille eng umschlungen. Er bemühte sich, korrektes Englisch zu sprechen, da sie Patois, das jamaikanische Kreolisch mit englischen Wurzeln, noch sehr schlecht verstand.

Sie liebte seinen Akzent. Über ihre Schulter hinweg lächelte sie ihn an. «Ich aber.»

«Wer sagt, dass du bestimmst, was wir tun?» Tadelnd biss er in ihre Schulter. «Du gibst im Hotel den Ton an, und ich die restliche Zeit.»

Es lag eine Schärfe in seiner Stimme, die ihr nicht entgangen war. Daher versuchte sie es über die Vernunft. «Ich habe noch einen Termin.»

«Heute ist dein freier Tag.»

«Aber Marcus ...», rasch korrigierte sie sich, «Mister Issa hat nur heute Abend Zeit für mich. Er hatte mich um Verbesserungsvorschläge gebeten, die wir bei einem Arbeitsessen besprechen wollen.»

«Natürlich.» Man hörte ihm an, dass er ihr nicht glaubte. «Arbeiten bei Kerzenschein. Mir gefällt nicht, wie viel Zeit du mit ihm verbringst.»

«Er ist nun mal der Hoteldirektor –»

«Und scharf auf dich.» Plötzlich schlang er seine Beine um ihre, spreizte ihre Schenkel und legte seine Hand auf ihr Fötzchen. Diese Geste war nicht beschützend gemeint, sondern besitzergreifend, und es lag etwas Bedrohliches darin. «Du gehörst mir und musst langsam lernen, dich wie mein Eigentum zu benehmen, über das nur ich bestimme.»

Ihr blieb fast die Luft weg bei dem, was sie hörte. Erinnerungen an ihren Ex-Freund Kai wurden wach. Er hatte ihr immer bedrohliche Worte ins Ohr geflüstert, während er grob in sie hineingestoßen war. Dieser Dirty Talk hatte sie geil gemacht.

«Ich biete dir den Himmel auf Erden, aber wenn du nicht gehorchst, werde ich dir die Hölle bereiten.» Er griff ihr Kinn und drehte ihren Kopf, damit er sie auf den Mund küssen konnte. Im Gegensatz zu seinen Worten war sein Kuss butterweich und verführerisch.

Nachdem er sich von ihr gelöst hatte, wisperte sie: «Ich liebe nur dich. Ich will nur dich.»

«Dann wirst du bei mir bleiben?»

Traurig schaute sie in seine großen, dunklen Augen. «Ich kann nicht. Er ist schließlich der Boss.»

«Ich bin dein Boss.» Marley blieb unnachgiebig.

Sina versuchte aufzustehen, doch er riss sie zurück und legte seinen Arm um ihren Hals. Sanft drückte er auf ihre Kehle, um ihr zu zeigen, dass er es ernst meinte.

«Du glaubst mir nicht, denkst, das sind alles nur leere Worte», sagte er und strich mit seinen Lippen über ihre Ohrmuschel.

Das Spiel erregte Sina. Die Drohungen machten sie an, diese unheilschwangere Sanftheit berauschte sie. Sie war fasziniert von der Gefahr, die Marley in diesem Augenblick ausstrahlte, befürchtete jedoch auch, dass die Situation kippen und er die Beherrschung verlieren könnte.

«Ich werde dir beweisen, dass du nur mir gehörst.» Er saugte an ihrem Ohrläppchen, umspielte es mit seiner Zunge und gab es wieder frei. «Ich werde dir jetzt wehtun müssen und dir Angst einjagen, aber du wirst mich am Ende dafür noch mehr lieben und so geil werden, wie nie zuvor.»

Es machte sie an, was er sagte und wie er es sagte. Andere Frauen wären schreiend davongelaufen, doch Sina hatte eine andere Sicht auf die Dinge. Sie sehnte sich nach einem Mann, der sie so sehr begehrte, dass er sie als seinen Besitz bezeichnete. Mit Waschlappen, die ihr alle Flausen durchgehen ließen, konnte sie nichts anfangen.

Plötzlich schlug Marley auf ihr Fötzchen und riss sie aus ihren Gedanken.

Sina schrie auf, obwohl es nicht einmal wehgetan hatte.

Bevor sie sich erholen konnte, klatschte seine flache Hand erneut auf ihre nackte Möse. Dort blieb sie liegen.

Sina versuchte, Marleys Hand wegzuziehen, um ihre Muschi zu schützen, denn er konnte jeden Moment ein weiteres Mal zuschlagen, doch seine Hand war unnachgiebig wie Stahl.

Als er sie wieder anhob, bemühte sich Sina, ihre Hand unter seine zu schieben, was ihn jedoch nur dazu veranlasste, schneller zuzuschlagen.

Ihr Fötzchen war schon ganz heiß. Die sanften Schläge weckten ihre Lust wieder auf, obwohl sie gerade erst miteinander geschlafen hatten. Das Blut floss verstärkt durch ihre Muschi. Das leichte Brennen gefiel Sina sogar. Es erschreckte sie nur, dass Marley sie auf ihre sensible Möse schlug. Aber noch mehr, dass sie es mochte.

«Das war nur ein Tätscheln, um dir meine Überlegenheit zu demonstrieren», hauchte er und zog mit den Zähnen an ihren Nackenhärchen, sodass sie aufschrie. «Aber jetzt werde ich dich dreimal stärker schlagen, um dir zu zeigen, dass ich dich auch schmerzhaft bestrafen könnte, solltest du unartig sein und dich mir nicht unterordnen.»

Sinas Atem beschleunigte sich. Ängstlich umfasste sie sein Handgelenk. «Bitte nicht, Marley. Ich habe doch gar nichts getan, sondern sitze hier bei dir, wie du es willst.»

«Aber du hast vor, dich gegen meinen Willen mit Issa zu treffen.» Dann lachte er leise. «Außerdem musst du den Schmerz erleben, um ihn fürchten zu lernen. Ich werde in Zukunft nicht zögern, dir wehzutun, also erinnere dich daran, solltest du versucht sein, mir zu widersprechen.»

Sie kämpfte gegen ihn an, aber sie schaffte es nicht einmal, ihre Beine zu schließen, da er sie mit den seinen auseinanderzwang. Panisch trommelte sie mit ihren Fäusten auf den Rücken der Hand, die auf ihrer Möse lag. Sie zerrte an seinem Arm, kniff in seinen Oberschenkel und stieß mit aller Kraft gegen seinen Oberkörper. Doch das alles nutzte rein gar nichts.

Sina wollte nicht noch einmal auf ihr Fötzchen geschlagen werden und dennoch machte sie das Warten auf den Schmerz an. Marley imponierte ihr, weil er konsequent blieb. Die meisten Männer hier umschmeichelten sie aufgrund ihrer hellen Hautfarbe und ihrer blonden Haare. Ihn jedoch konnte ihr europäisches Aussehen nicht erweichen.

Er schlug sie trotzdem.

Kaum hatte er seinen linken Arm um ihren Hals gelegt und sie nach diesem Arm gegriffen, aus Furcht, er könnte zudrücken, nutzte er die Ablenkung und ließ seine Handfläche dreimal kurz und hart auf ihre Möse klatschen.

Es geschah so schnell, dass Sina nicht reagieren konnte. Sie schrie nicht einmal, sondern hielt erschrocken die Luft an. Erst als seine Hand wieder ruhig auf ihrer Muschi lag, rang sie nach Atem.

«Das hat wehgetan, verdammt!», schrie sie, aber sie lehnte sich gegen seinen Oberkörper und genoss das starke Brennen und das Feuer, das nun zwischen ihren Beinen loderte. Sie schwankte zwischen Fassungslosigkeit und Faszination.

«Hatte ich dir doch gesagt.» Er küsste ihre Wange mit einer Sanftheit, die im krassen Gegensatz zu den Schlägen stand. «Lektion Nummer zwei: Ich mache keine leeren Drohungen. Was ich ankündige, halte ich auch.»

Das ist ein deutlicher Unterschied zu Kai, dachte Sina und wünschte sich, dass Marleys Hand nicht länger auf ihrer Muschi ruhen, sondern diese streicheln würde. Kai hatte sich auf Dirty Talk beschränkt. Marley dagegen spaßte nicht – er meinte es ernst.

«Hat dir schon mal jemand Schmerzen zugefügt?» Er gab ihre Möse frei und begann, mit beiden Händen ihre Nippel sachte zu zwirbeln.

Sofort schützte Sina ihre Muschi mit ihren Händen. Sie erzählte ihm von Kai, was ihn wenig beeindruckte, aber dazu motivierte, sein Spiel mit ihr weiterzutreiben.

Er zwirbelte ihre Brustwarzen behutsam, doch es lag eine gewisse Drohung in dieser Sanftheit, was seine Worte noch bekräftigten. «Selbstbewusst im

Beruf, devot beim Sex – das habe ich von Anfang an in dir gesehen. Bei mir kannst du dich fallen lassen. Bemüh dich nicht länger, taff zu sein.»

Das hörte sich verdammt gut in Sinas Ohren an. Leicht war es allerdings nicht, denn sie hatte Angst vor der eigenen Courage.

Marley bearbeitete ihre Nippel ausgiebig. Er benetzte seinen Finger mit seinem Speichel und verrieb die Feuchtigkeit auf ihren Warzenhöfen. Sanft zupfte er an den Brustwarzen. Er rieb sie zwischen Daumen und Zeigefinger, bis sie steif und hochrot waren und Sina vor Geilheit kaum noch ruhig sitzen bleiben konnte.

Als sie berauscht ihren Hinterkopf gegen seine Schulter lehnte, wisperte er verführerisch: «Ich möchte auch deine Brüste schlagen.»

Das holte sie aus ihrer Trance heraus. Sie sah ihn überrascht an. Ein Prickeln rieselte lustvoll durch ihren Körper hindurch, aber auch die Furcht kehrte zurück. Mit weit aufgerissenen Augen schaute sie ihn an. «Nein.»

«Das war keine Frage», entgegnete er amüsiert.

Sie öffnete ihren Mund, um ihn umzustimmen, da kniff er ihre Nippel. Vor Schmerzen verzog sie das Gesicht. Sie biss die Zähne aufeinander und krallte ihre Finger in seine Arme.

«Ich diskutiere nicht mit dir», stellte er klar und bohrte seine Fingernägel in die erigierten Warzen. Der Schmerz strahlte in Sina hinein, alles in ihr konzentrierte sich darauf. Doch anstatt sich zu wehren, streckte sie Marley instinktiv ihre Tittchen entgegen. Sie sah nicht mehr den atemberaubenden Ausblick und hörte nicht mehr den Gesang der exotischen Vögel, Marley – und seine Folter – war in diesem Augenblick der Mittelpunkt ihres Seins. Sie vergaß ihr Heimweh, die Last, sich in ihrem neuen Job beweisen zu müssen und sich in einem vollkommen fremden Land einzuleben, das so verschieden von ihrer Heimat war. Ihr Dasein reduzierte sich auf den Schmerz, und das besaß etwas Befreiendes.

Endlich ließ er locker, hielt jedoch ihre Brustwarzen immer noch fest. Der Schmerz wurde erträglich.

Als er nun ihre Nippel wieder sanft zwirbelte, spürte sie wieder die Geilheit, doch diesmal vermischte sie sich mit dem Schmerz, und es entstand ein bittersüßes Gefühl, das Sina einen Seufzer entlockte.

«Vertrau mir», hauchte er in ihren Nacken, legt sie mit dem Rücken über sein rechtes Bein, sodass sie ein Hohlkreuz machte, und massierte ihre Tittchen, um sie auf die Schläge vorzubereiten.

«Ich habe Angst», war alles, was Sina herausbrachte.

«Und das ist gut so.» Er lächelte Sina an, während er ihren Busen mit seinen Händen wärmte. Abwechselnd streichelte er ihre Brüste sanft und knetete sie dann wieder fest. Spielerisch klatschte er seitlich dagegen. Erneut zwirbelte er ihre Nippel. Er strich mit seinen Fingerkuppen über die Warzen, zog und zupfte an ihnen und massierte den gesamten Busen.

Langsam entspannte sich Sina. Die Brustmassage tat ihr gut. Selten hatte sich einer ihrer Liebhaber so intensiv ihren Tittchen gewidmet, weil Männer mehr auf Mösen fixiert waren – so waren zumindest ihre Erfahrungen.

Marley war in jeder Hinsicht anders. An diesem Nachmittag lernte sie ihn ein bisschen besser kennen. Aber sie ahnte, dass noch viel mehr unter seiner lockeren Fassade lauerte.

Als er ihre rechte Brust das erste Mal schlug, hielt er sich noch zurück. Sie wogte lediglich, aber der Schmerz blieb aus. Es folgten einige weitere behutsame Schläge. In ihrem Tittchen baute sich langsam ein Feuer auf. Anders als bei ihrer Möse gewährte Marley Sina Zeit, sich an die Schläge zu gewöhnen. Er tätschelte sie, stieß ihre Brüste mehr an, als dass er sie tatsächlich schlug.

Es war ein seltsames Gefühl für Sina, mit der Kehrseite über seinem Bein zu liegen und artig stillzuhalten. Die Haltung war unbequem. Ihr Rücken tat weh. Sie sah, wie die Handflächen auf ihre Tittchen klatschten, und konnte nicht glauben, dass sie das zuließ. Ihre Brüste wackelten, ihre blasse Haut war gerötet und die Nippel leuchteten.

Sina schämte sich, weil sie sich nicht gegen Marley wehrte, aber auch, weil sie es genoss, «schlecht» behandelt zu werden. So würden zumindest andere Menschen es nennen. Sie bezeichnete es eher als Ausleben von perversen Gelüsten. Ein wenig Obszönität schadete nie, und das Versohlen ihres Fötzchens hatte sie geil gemacht.

Also ließ sie es geschehen, selbst als Marley kräftiger zuschlug. Sina bemühte sich anfänglich noch, cool zu bleiben, aber schnell vergaß sie ihre Beherrschung und jammerte leise. Das jedoch stachelte Marley an, härter zu schlagen. Mal traf er die Tittchen seitlich, mal von oben und manchmal zielte er genau auf die Nippel, wobei er Sina jedes Mal einen Schrei entlockte.

Sina hielt sich an seinem Bein fest. Die Finger der anderen Hand vergrub sie im Gras. Mittlerweile standen ihre Brüste in Flammen. Es war ein köstliches Ziehen entstanden, ein lustvolles Brennen, das auch nicht erlosch, als Marley aufhörte.

Vorsichtig hob er Sinas Oberkörper an, damit ihr nicht schwindelig wurde, und lehnte ihren Rücken wieder gegen seinen Körper. Nun saßen sie in inniger Umarmung wie zuvor, nur dass Sina außer Atem war, obwohl Marley die ganze Arbeit gemacht hatte.

Hechelnd beobachtete sie, wie er nach einem Ast griff, der zweimal so dick wie sein Daumen war, und darüberstrich. «Ist seine Rinde nicht wundervoll glatt?»

«Was hast du vor?», fragte sie misstrauisch.

«Dich prüfen.» Er zwinkerte. «Du musst lernen, dich mir zu unterwerfen. Meine Wünsche sind dir Befehl. Spreiz deine Beine.»

Sina runzelte die Stirn. Was hatte er vor?

«Wie mir scheint, gierst du nach weiteren Schmerzen», sagte er und schlug den Ast sachte gegen ihren Busen.

Für den Moment hatte Sina genug. Ihre Tittchen waren noch hochrot und ihre Möse nicht minder, das sah sie, als sie ihre Schenkel spreizte.

Marley rückte mir der Sprache heraus. «Ich will dich mit dem Stock ficken. Na, würde dir das gefallen?»

«Ich weiß nicht», antwortete sie zögerlich. Es war nichts, was Paare alltäglich miteinander trieben, daher war sie schon neugierig. Nur wusste sie nicht, wohin das alles noch führen sollte.

«Deine Meinung spielt auch keine Rolle.» Er legte den Stock längs über ihre Möse und rieb behutsam darüber.

Das gefiel Sina. Es gefiel ihr sogar sehr. Ihre Geilheit, die bisher nur durch den Lustschmerz und die Brustmassage geweckt worden war, schwoll nun stark an, weil sie endlich dort berührt wurde, wo das Feuer am intensivsten loderte: ihrem Kitzler. Sie stöhnte leise und rieb ihren Hintern an Marleys Schwanz, der sich hart an ihre Kehrseite drückte.

Marley führte den Ast zu ihrem feuchten Loch und schob ihn hinein. Dabei drehte er ihn wie einen Drehstock, der sich Stück für Stück tiefer in ihren Körper bohrte.

Sina riss ihre Augen erstaunt auf. Es war komisch zu sehen, wie der Stock aus ihr herausragte. Bei einem Dildo hätte sie sich nicht gewundert, aber dies war ein Stück Natur, etwas, das nicht dazu gemacht worden war, in einer Möse versenkt zu werden. Wie weit würde Marley ihn noch hineinschieben?

Doch er zog ihn heraus, nur um ihn sogleich wieder in sie hineinzudrücken. Das wiederholte er einige Male. Schließlich wurde er ungestümer. Seine Bewegungen wurden schneller, bis er Sina schließlich mit dem Stock derbe fickte. Der Ast war wundervoll hart und dick. Es war verrucht, von einem Ast gevögelt zu werden, und genau deshalb genoss es Sina.

Plötzlich zog Marley ihn heraus. Er drehte Sina blitzschnell auf den Bauch, legte sie über sein Bein und drückte die Spitze des Stocks in ihr enges Loch.

Sie wusste nicht, wie ihr geschah. Überrascht lag sie da und spürte, wie ihr Ringmuskel versuchte, den Eindringling herauszupressen, was natürlich misslang. Weh tat es nicht, vielleicht, weil Marley sie überrumpelt hatte.

Behutsam schob er den dicken, harten Stock tiefer in ihren After hinein.

Sie bemühte sich, locker zu bleiben, aber es fiel ihr nicht leicht.

Marley packte ihren Nacken und fixierte sie mit seinem Griff, damit sie sich nicht aufrichten konnte. «Akzeptiere, was ich mit deinem Körper anstelle, denn ich herrsche über deinen Leib und deine Seele.»

Einige Male fickte er sie anal. Dann hielt er den Ast still und strich mit einer Fingerspitze über ihren Schließmuskel. Es prickelte herrlich, und das machte es für Sina leichter zu ertragen, dass er den Stock weiter in sie hineinschraubte. Es erregte sie sehr, den Ast in sich zu spüren.

Als Marley damit in ihr rührte, schloss sie ihre Augen, um es intensiver wahrzunehmen. Gott, tat das gut! So tief drin hatte sie noch nie etwas gespürt.

Es tat ihr beinahe leid, dass Marley den Stock etwas herauszog, aber nur, um ihn wieder hineinzudrücken und Sina vorsichtig anal zu stoßen. Glücklicherweise hat ihre Möse den Ast gut geölt und ihr Ringmuskel war längst nicht mehr verkrampft, sodass der Stock problemlos auf und ab glitt.

Hoffentlich kommen keine Spaziergänger vorbei, dachte Sina in ihrer ängstlichen Erregung, oder junge Burschen aus Ochi, die dieselbe Stelle im Fluss für ein Bad nutzen wollten wie Marley und sie.

Für einige Sekunden war sie wieder die selbstbewusste Frau, die sich getraut hatte, in die Fremde zu gehen, um Karriere zu machen und eine andere Kultur kennenzulernen.

Im nächsten Moment wurde sie sich wieder bewusst, wie sie hier über Marleys Bein lag, und schämte sich. Sein harter Griff in ihrem Nacken erinnerte sie daran, dass er die Macht besaß. Er zwang ihr all diese obszönen Sexpraktiken auf. Und sie wurde auch noch geil davon, dass er ihr lustvoll Gewalt antat und sie erniedrigte.

Dann siegte die Erregung über ihre Zweifel. Sie war nach Jamaika gekommen, um neue Erfahrungen zu machen. Nun, die machte sie gerade, wenn auch anders, als sie jemals gedacht hatte.

Marley zog den Stock aus ihr heraus und drehte sie herum, sodass sie mit dem Rücken im Gras lag. Bevor sie sich versah, saß er auf ihrem Brustkorb, mit den Knien rechts und links neben ihrem Gesicht.

Sina wollte zwischen seinen Beinen hindurch fliehen, doch er ließ seinen Hintern auf ihre Tittchen herab. Er setzte sich zwar nicht, aber ihr fiel das Atmen trotzdem schwer, alleine aufgrund der Panik, dass er ihr mit seinem Gewicht die Luft rauben konnte, wenn er wollte.

Er stieß seinen Schwanz an, dieser wippte. «Du bist geil, aber was ist mit mir? Meine Lust hat immer Vorrang, merk dir das. Und nun verwöhn mich.» Mit diesen Worten drückte er sein steifes Glied nach unten und strich mit seiner Eichel über ihre Lippen.

«Ich krieg keine Luft», log sie und fasste seine Oberschenkel von hinten an.

«Ich sagte doch, vertrau mir.» Er schob seinen Schwanz in ihren Mund. «Ich pass schon auf und weiß, wie weit ich gehen kann. Und jetzt besorg es mir, damit ich auf dein Gesicht abspritzen kann.»

Sina wollte protestieren, doch sein großer Penis machte es unmöglich. Gehorsam lutschte sie daran. Er schmeckte gut, wie immer. Sie liebte den dunkelhäutigen Schwanz und sie liebte Marley, der von oben auf sie herabsah und lächelnd beobachtete, wie sie versuchte, nicht panisch zu werden und es ihm so gut wie möglich zu besorgen. Seine Dreadlocks fielen über seine Schultern nach vorne. Er thronte wie ein König auf ihr und besaß die Macht, sie leiden zu lassen, indem er sich auf ihren Brustkorb setzte, sein Glied in ihren Rachen stieß oder sie auf die Wange schlug.

Doch er tat nichts dergleichen, sondern ließ sie bestimmen, wie weit sie seinen erigierten Penis in ihren Mund nahm. Er akzeptierte, wenn sie ihren Kopf ablegte, um durchzuatmen, und half ihr, den Kopf wieder hochzunehmen, indem er seine Finger in ihrem Haar vergrub und ihn hochzog.

Irgendwann hielt er ihren Kopf einfach nur noch fest und fickte sie oral. Seine Bewegungen wurden immer heftiger. Er schob seinen Schwanz schneller und schneller in sie hinein, ohne in ihren Rachen zu stoßen. Behutsam, aber wild vögelte er ihren Mund. Sie presste ihre Lippen so fest wie möglich auf seinen harten Schaft.

Marley kam. Er zog sein Glied aus ihrem Mund und spritzte auf ihre Stirn ab. Sina schloss ihre Augen und versuchte, ihr Gesicht wegzudrehen, doch er hielt ihren Kopf an den Haaren fest und ergoss sich auf ihre Wangen und ihr Kinn. Die letzten Tropfen schüttelte er ab.

Fürsorglich legte er ihren Kopf ab und befreite mit seinen Daumen ihre Lider von seiner Samenflüssigkeit.

«Holy shit, macht mich das geil, dein Gesicht voll von meinem Sperma zu sehen! Ich könnte gleich nochmal», sagte er und verteilte die milchig-weiße

Flüssigkeit, als wäre sie eine Lotion.

Statt sein Glied erneut in ihre Mundhöhle zu stoßen, stand er auf und half ihr hoch. «Ich werde dich reinigen», kündigte er an, doch es lag etwas Durchtriebenes in seinem Blick, das Sina beunruhigte.

Dennoch ließ sie sich von ihm zum Fluss führen. Er sprang in das kleine, natürliche Staubecken und reichte ihr seine Hände, damit sie sicher hineinsteigen konnte. Das Wasser war angenehm kühl, es milderte die Hitze, die sich in ihr aufstaute.

Leidenschaftlich zog Marley sie an seinen Körper heran. Er leckte über ihre Wange und küsste sie. Seine Zunge drang in ihren Mund ein. Sina schmeckte sein Sperma und drängte sich enger an Marley. Mit einem angewinkelten Bein drückte sie ihre Möse an seinen Oberschenkel und rieb sich daran.

Marley säuberte mit seiner Zunge Stück für Stück ihr Gesicht und gab ihr jedes Mal einen Zungenkuss, damit sie gemeinsam seine Samenflüssigkeit genießen konnten.

Das meinte er also mit «reinigen», dachte sie innerlich grinsend und rieb sich stärker an seinem Bein, um auch endlich Erlösung zu finden.

Doch Marley löste den Kuss. Er drang mit zwei Fingern in ihr feuchtes Loch, drückte seinen Daumen auf ihre Möse und hielt somit Sinas Unterleib in festem Griff. «Du brauchst eine Abkühlung, wie ich sehe.»

Kaum hatte er das ausgesprochen, stieß er sie weg, packte ihre Haare und tauchte sie unter.

Sina zappelte. Sie hatte vor Schreck nicht genug Luft geholt. Das Wasser war blau-grün und eigentlich recht klar, aber den Rand konnte sie nicht sehen. Daher versuchte sie, sich an Marley festzuhalten und hochzuziehen, doch sie rutschte von seiner Haut ab. Sein Schwanz war direkt vor ihrem Gesicht. Durch ihr Zappeln wogte er auf und ab. Es wäre lustig anzusehen gewesen, wäre ihr die Luft nicht knapp geworden.

Gerade als Sina spürte, wie Panik in ihr emporstieg, zog Marley ihren Kopf hoch.

Tief atmete sie ein. Aber ihre Atemzüge wurden sogleich hektischer, weil Marley begann, ihre Möse kräftig zu reiben. Hart bearbeitete er ihr Fötzchen, das trotz des kühlen Nass sofort in Flammen stand. Sie war verführt, ihre Schenkel zu schließen, da seine Berührung grob und herrisch war, aber er fachte damit ihre Geilheit schnell an, und das war es, was sie wollte. Daher riss sie sich zusammen und nahm dankbar an, was er ihr an Zuwendung schenkte.

Sein Blick änderte sich. Er lächelte und verstärkte den Griff in ihren Haaren.

Da wusste Sina, dass sie rasch ihre Lungen mit Luft füllen musste.

Kaum hatte sie eingeatmet, drückte Marley sie auch schon wieder unter die Wasseroberfläche.

Sie wehrte sich gegen ihn, stieß ihn weg und bemühte sich, seine Finger in ihrem Haar zu lösen. Aber alle Versuche scheiterten. Er war viel zu kräftig. Dass er sein Machtspiel genoss, merkte sie daran, dass sein Schwanz schon wieder steif wurde. Aus Wut schlug sie ihn weg, um Marley anzudeuten, dass sie ihm nicht schon wieder einen blasen würde, erst recht nicht unter Wasser. Marley machte deutlich, dass ihm ihr Verhalten ganz und gar nicht gefiel, indem er ihren Kopf noch tiefer unter Wasser drückte.

Mittlerweile kniete Sina auf dem Boden des Beckens. Sie sträubte sich, war jedoch chancenlos. Die Luft ging ihr aus. Es fühlte sich an, als würde jemand sie würgen. Sie reckte ihre Arme zur Oberfläche, schaute verzweifelt nach oben und presste ihre Lippen fest aufeinander.

Da holte Marley sie aus der Angst in die Geborgenheit seiner Arme zurück.

Sina japste nach Luft. Am liebsten hätte sie ihm die Augen ausgekratzt. Stattdessen hielt sie sich an seinen Schultern fest und atmete tief durch. Schon fingerte er sie wieder derb. Kraftvoll rieb er über ihr Fötzchen. Sein Kontrollspiel machte sie geiler, als sie vermutet hatte, denn ihr ganzer Körper spannte sich augenblicklich vor Lust an. Der Orgasmus baute sich schnell in ihr auf. Einige Male fickte Marley sie mit zwei Fingern, dann nahm er noch einen dazu. Er bohrte sie in einer irrsinnigen Geschwindigkeit in sie hinein, als wäre er von Sinnen. Und brachte damit Sina fast um den Verstand.

Aber bevor sie kam, tauchte er sie wieder unter.

Sie fühlte sich um den Höhepunkt betrogen. Ihre Muschi pochte. Sie war heiß, da half auch das kühle Flusswasser nicht mehr. Da die Erregung Sina abgelenkt hatte, hatte sie nicht mehr einatmen können und hatte nun kaum Luft zur Verfügung. Diesmal drückte Marley sie mit der ganzen Länge seines Arms unter Wasser. Sie versuchte wegzuschwimmen, doch die fehlende Luft entkräftete sie. Panisch schlug sie gegen Marleys Arm. Sie riss an seinen Fingern und tat sich damit nur selbst weh. Tränen der Verzweiflung traten in ihre Augen. Ihre hektischen Bewegungen wirbelten Sand auf, der das Wasser trübte.

Ich hasse Marley, dachte Sina gerade, als er sie zurück an die Oberfläche zog.

Bevor sie auch nur einen Atemzug machen konnte, hatte er auch schon wieder seine Handkante gegen ihre Möse gepresst. Er rieb wie ein Verrückter.

Sie holte Luft und ihre Lungen entspannten sich. Ihr restlicher Körper dagegen spannte sich in einem lustvollen Krampf an. Sie atmete gierig ein. Die Emotionen überschlugen sich. Ihre Möse pochte kräftig.

Es dauerte nur Sekunden, bis der Orgasmus über Sina hereinbrach und ihr einen Schrei entlockte. Sie winselte, weil Marley nicht aufhörte, sie zu reiben. Wie ein Aal zitterte und zuckte sie. Ihre Füße verloren den Halt. Ihre Beine schwammen, während Orgasmuswellen durch sie hindurchfluteten. Die Geilheit brandete in ihrem Fötzchen, durch das noch immer das Blut heiß pulsierte.

Nach einer halben Ewigkeit hörte Marley auf. Er zog Sina an seinen Körper, bedeckte ihre Schultern mit Küssen und streichelte beruhigend ihren Rücken.

Erschöpft lag sie in seinen Armen, ihren Kopf auf seine Schulter gebettet.

«Wirst du nun heute Abend zu dem Geschäftsessen gehen?», fragte er, und es lag eine subtile Drohung in seiner Stimme, die Sina wohlig erschauern ließ.

«Nein», antwortete sie kraftlos, aber glücklich. Sie schaut zu Marley auf und lächelte ihn an.

Zufrieden nickend griff er nach einem ovalen Stein, den die sanfte Strömung glatt geschliffen hatte, und steckte ihn bis zur Hälfte in Sinas Anus. «Richtige Entscheidung, sonst hätte ich dich weiter ... überzeugen müssen. Aber ich werde dich Prüfungen unterziehen, um deinen Gehorsam zu testen.»

«Was hast du vor?»

«Schaffst du es, den Stein herauszupressen, werde ich dich belohnen. Schaffst du es nicht, muss ich meine Hand in deinen After stecken, um ihn selbst wieder herauszuholen.» Mit diesen Worten drückte er den Stein ganz in sie hinein.

Sie spürte den harten Fremdkörper in ihrem Enddarm und ahnte, dass sie diese Prüfung nicht bestehen würde.

Und das war gut so.

Als hätte man sie dressiert (Moskau)

Aufgeregt stieg Anastasija aus dem Wagen ihrer Freundin Marija, die sie in den Luxuspark vor den Toren Moskaus gefahren hatte, weil sie kein eigenes Auto besaß und keine Rubel für ein Taxi übrig hatte. Geld, das ewige Problem. Als Studentin der staatlichen Lomonossov-Universität lebte sie am Existenzminimum. Sie hielt sich mit einem Job als Kellnerin in einem Nachtclub über Wasser und hegte wenig Hoffnung, dass es ihr nach Beendigung ihres Biologie-Studiums besser gehen würde. Die Zeiten waren hart.

Aber wann waren sie das nicht, fragte sich Ana und winkte Marija, die davonfuhr.

Nun stand sie allein in dem großen Park, der ihr bizarr erschien, denn die luxuriösen Häuser waren russischen Schlössern nachempfunden.

«Schön, dass du morgen Nacht freihast. Ich erwarte dich um acht. Du findest mich im Pawlowsk-Palast», hatte Juri Nurijew ihr in der vergangenen Nacht im Club zugeflüstert. Dort war er ein gern gesehener Gast, weil er mit dem Geld nur so um sich warf. «Ich meine natürlich die Miniaturausgabe der Sommerresidenz der russischen Zaren im ‚Park der Schlösser'.»

Miniaturausgabe, damit hatte er natürlich recht gehabt. Die Häuser hier waren kleinere Ausgaben der Originale, aber nicht minder imposant. Anastasija fühlte sich wie in einem Märchen. Im Immobilienpark der Millionäre war alles prächtiger und sauberer als in Moskau. Sie schämte sich für ihre kleine Wohnung, die sie sich mit Marija teilte, weil sie sich kein eigenes Apartment leisten konnte.

Das Rattenloch tausche ich gerne mit dem Pawlowsk-Palast, auch wenn es nur ein kleiner Nachbau ist, dachte sie lächelnd und ging flott durch den Park. Oh ja, sie würde Juri heute Nacht um den Finger wickeln, ihn umgarnen und flachlegen, sodass er danach gieren würde sie wiederzusehen.

Marija hatte sie gewarnt: «Wahrscheinlich sucht er nur ein Flittchen für eine Nacht.»

«Das wird er auch kriegen, das und mehr, denn mich wird er nie wieder los», hatte Ana ihrer Freundin selbstbewusst versichert und ihre pechschwarzen kurzen Haare mit Gel bearbeitet, damit sie frech abstanden.

Aber nun, da sie auf ihren hochhackigen Lackschuhen und in ihrem Kellnerinnen-Dress – die Arbeitsuniform aus dem Club: eine eng anliegende schwarze Bluse, ein dunkler Faltenminirock mit weißer Schürze –, so wie Juri es sich gewünscht hatte, durch den Park spazierte und nach seinem Domizil suchte, schmolz ihr Selbstbewusstsein. Was hatte sie, was die anderen Frauen, die Juri zu sich bestellte, nicht hatten? Was würde ihn davon überzeugen, sie als seine feste Freundin zu akzeptieren?

Nicht weiter darüber nachdenken, verbot sie sich. Gib einfach dein Bestes und nutze deine Chance.

Wenn sie nur wüsste, wie dieser dämliche Palast aussah! Sie kam sich schrecklich ungebildet vor, aber sie hatte nun mal andere Sorgen und keine Zeit sich mit Kultur zu beschäftigen. War das nicht dort drüben der Winterpalast aus St. Petersburg? Oder doch der Palast von Peterhof? Ana schämte sich für ihre Unwissenheit, aber sie sah niemanden, den sie hätte fragen können.

Plötzlich erhellte sich ihr Blick. «Das muss er sein, der dämliche Pawlowsk.» Das Gebäude war hell erleuchtet und wirkte einladend, als ob Juri es absichtlich beleuchtet hätte, um ihr den Weg zu weisen.

Eilig stelzte sie zu dem Haus und klingelte. Ihr Puls beschleunigte sich. Sie meinte Stimmen zu hören, war sich aber nicht sicher. Gerade als sie ihr Ohr an die Eingangstür legen wollte, um zu horchen, wurde die Tür geöffnet.

Vor ihr stand ein Mann. Aber es war nicht Juri. Ein Angestellter konnte er auch nicht sein, denn er trug ein schwarzes Sakko und schwenkte ein Kristallglas in der Hand. Obwohl er ein sehr kantiges Kinn besaß, sah er nicht schlecht aus. Buschige Augenbrauen wölbten sich über tiefliegenden Augen.

Der Fremde begrüßte sie freundlich lächelnd: «Dobri djen.» Er musterte sie von oben bis unten, trat beiseite und machte eine einladende Geste. «Herzlich willkommen. Treten Sie ein.»

«Privjet.» Mehr als ein leises Hallo brachte Anastasija nicht heraus.

Sie ging an ihm vorbei und betrachtete die feudale, aber recht schummrig gehaltene Eingangshalle. Unter ihren Füßen glänzte edler schwarzer Marmor und der Deckenfluter verströmte gedämpftes Licht, dafür brannten überall große, dunkle Kerzen, die die Luft mit Weihrauchduft schwängerten. Die Atmosphäre besaß etwas Mystisches.

Jetzt war sich Ana sicher, dass sie ein Stimmengewirr hörte. Es kam aus einem Raum, der hinter einer verschlossenen Schiebetür lag. Sie war nicht der einzige Gast. Ernüchterung machte sich in ihr breit. Hatte Juri sie zu einer Party eingeladen? Hatte sie ihn falsch verstanden? Das durfte nicht wahr sein!

Auf einmal glitt die Schiebetür beiseite und gab den Blick frei auf eine illustre Gesellschaft.

Männer in Dinnerjackets standen in einem kleinen Saal in Grüppchen zusammen. Ana schätzte, dass es insgesamt um die dreißig Personen waren. Als

Ana die Bedienungen sah, staunte sie nicht schlecht. Die Frauen waren in Korsetts geschnürt, die ihre Brüste anhoben, jedoch nicht verhüllten, und auch ihre Mösen freiließen, denn Slips trugen sie nicht. Bei den Kellnern war es ähnlich, nur dass diese schwarze Westen anhatten. Jeder Anwesende konnte ihre Schwänze sehen, die entweder beim Gehen obszön baumelten oder steif abstanden.

Beim Anblick der Ober und Kellnerinnen durchrieselte Anastasija ein lustvoller Schauer. Wo war sie hier hineingeraten? In eine Lustparty auf gehobenem Niveau?

Sie war sich auf einmal nicht mehr sicher, ob sie Juri hier finden würde. Er war zwar ein Schwerenöter, aber so viel Stil hätte sie ihm nicht zugetraut, wenn sie ehrlich war. Juri war eher der Typ Mann, der sich im Bett mit einer oder mehreren Gespielinnen wälzte, aber keine männliche Konkurrenz duldete. Das «Mehrere» würde sie ihm austreiben.

«Ist das der Pawlowsk-Palast?», fragte sie unsicher.

«Aber nein, das ist der Nachbau des Konstantinpalasts, in dem 2006 der G8-Gipfel stattfand, vielleicht erinnern Sie sich», erklärte der Mann geduldig. «Mein Name ist Jegor. Herzlich willkommen.»

«Oh, nein, ich bin hier falsch.» Abwehrend hob sie beide Hände.

Jegor musterte sie erneut und schnalzte anerkennend. «Mitnichten! Wenn ich Sie so ansehe, finde ich, dass Sie hier genau richtig sind.»

«Ich bin verabredet», versicherte ihm Ana und drehte sich schwungvoll um. Sie musste hier raus. Das alles kam ihr suspekt vor.

Doch als sie zur Haustür schaute, bemerkte sie zwei bullige Männer mit Kalaschnikows, die ihr den Weg versperrten. Bestimmt waren sie engagiert worden, um unliebsame Gäste ohne Einladung von dieser brisanten Feier fernzuhalten. Doch in Anas Fall hatten die Kerle sie hereingelassen, ließen sie aber jetzt nicht mehr gehen. Sie wichen nicht zur Seite und blickten sie so grimmig an, dass Ana eine Gänsehaut bekam.

Sie wandte sich verschreckt an Jegor: «Man erwartet mich.»

«Die Herren im Saal würden gerne Ihre Bekanntschaft machen», antwortete er würdevoll und machte eine einladende Geste. «Wenn Sie mir bitte folgen würden.»

«Bitte, Sie verstehen nicht.» Sie strich über ihre Uniform. «Das ist nur ein Kostüm, eine Verkleidung. Nun ja, eigentlich bin ich schon Kellnerin, aber eben nur nachts ...»

«Ist denn jetzt nicht Nacht?»

Mit Schrecken sah Ana, dass sich der Zeiger der großen Wanduhr zu ihrer Linken auf acht Uhr zubewegte. «Juri», murmelte sie.

Jegor schnaubte. «Zu Juri Nurijew wollen Sie? Diesem neureichen Fatzke? Bei ihm sind Sie falsch. Er weiß Sie nicht zu schätzen. Für ihn sind Frauen Massenware und Sie, meine Liebe, eine von vielen. Für uns dagegen sind Sie etwas Besonderes.»

«Was wollen Sie damit sagen?»

«Ich habe ein gutes Gespür, was Frauen betrifft. Als Sie unsere Bedienungen gesehen haben, begannen Ihre Augen zu funkeln und Ihr Gesicht zu strahlen. Ich habe die Hoffnung, dass Sie sich wohl bei uns fühlen könnten.» Er änderte jäh seine Anrede. «Du bist eine geborene Dienerin.»

Heftig schüttelte sie ihren Kopf. «Das ist nur ein Job für mich, um mein Studium zu finanzieren.»

«Ich spüre, dass dich die Atmosphäre in meinem Domizil nicht kalt lässt, und du hast Erfahrung damit zu dienen.» Plötzlich tauchte eine Pistole in seiner Hand auf. Er richtete die Mündung auf Ana und zeigte auf eine Tür. «Entschuldige bitte, dass ich meine Tokarew zur Hilfe nehmen muss, aber ich fürchte, ohne ein wenig Nachdruck wirst du dich nicht fügen. Komm. Es wird Zeit, dass du dich umziehst.»

Anastasija traute ihren Ohren nicht. Ihre Beine waren wie Gummi, Ana befürchtete, sie könnten nachgeben. Ihr Blick klebte am Abzug der Waffe. Zuerst war sie wie erstarrt, ihre Glieder wollten ihr nicht gehorchen. Erst als Jegor ungeduldig mehrere Male mit der Tokarew auf die Tür zeigte, setzte sich Ana in Bewegung.

«Hol mir Ljudmila», rief Jegor einem Ober zu, der sich artig verneigte und sofort loseilte, seine würdevolle Haltung jedoch trotz der Eile nicht aufgab.

Stocksteif ging Ana in den Raum, dicht gefolgt von Jegor. Es war ein Umkleidezimmer. An der hinteren Wand stand ein Kleiderschrank, links eine rote Couch und ihr gegenüber ein Tisch mit Schminkutensilien und einem Rattankorb mit farbigen Federn. Daneben hing ein Ganzkörperspiegel.

«Wie heißt du?», fragte Jegor.

«Anastasija.»

«Antworte künftig in ganzen Sätzen», wies er sie zurecht, keineswegs barsch, sondern ruhig und gelassen.

«Mein Name ist Anastasija», wiederholte sie zerknirscht, konnte jedoch nicht leugnen, dass unter der Angst, die sie frösteln ließ, eine gewisse sexuelle Spannung lauerte.

«Du wirst die Gäste siezen, während sie dich duzen. Du wirst ihre Gespräche nicht unterbrechen, sondern ein stummer ‚Guter Geist' sein, der zwischen ihnen hindurchhuscht. Sollten sie dich ansprechen und dich etwas fragen, wirst du in ganzen Sätzen und höflich antworten. Hast du das verstanden?»

Ana nickte. Sie wagte nicht nachzufragen, was geschehen würde, wenn sie sich widersetzte. Wahrscheinlich würde man sie bestrafen, bis sie den Anweisungen Folge leistete. Warum auch nicht? Sie war Jegor und den «Herren», wie er sie nannte, hilflos ausgeliefert.

Atemlos fragte sie: «Warum zwingen Sie mich dazu?»

«Wozu denn? Du sollst hier nur den Job machen, den du sonst auch ausübst. Nur ein wenig kellnern.»

«Aber nackt», wandte sie ein und ihre Stimme klang schrill. «Nackt und schutzlos.»

«Dir geschieht nichts. Ich verspreche es.» Er nahm eine weiße Feder aus dem Korb und kam auf Anastasija zu.

Doch Ana schrak zurück. «Warum tun Sie mir das an?»

«Na na, ist das nicht ein wenig übertrieben?» Amüsiert hob er eine Augenbraue. Er steckte die Feder in Anastasijas Haar. «Sie wird dich unter meinen Schutz stellen. Niemand der Gäste wird es wagen, dich anzufassen. Du bist nur eine Dienerin der kulinarischen Genüsse, nicht der körperlichen.»

Das wagte sie zu bezweifeln, schwieg jedoch, weil eine Frau das Zimmer betrat. Sie war eine der Kellnerinnen und trug nur ein Korsett, dessen Schalen ihre kleinen Brüste hochpushten. Ihre langen, hellblond gefärbten Haare hatte sie hochgesteckt. Ihre Augen waren mit dunklem Kajal umrandet und auf ihren Lippen leuchtete ein helles Rot.

Auf der Türschwelle verneigte sie sich vor Jegor, wobei ihre Tittchen ein Stück weiter nach vorn rutschten, als wollten sie aus den Halbschalen herausfallen.

Als hätte man sie dressiert, dachte Ana abfällig, konnte aber kaum ihren Blick von der rasierten Möse der Frau nehmen, weil die Schamlippen gerötet und angeschwollen waren.

Die Dienerin war erregt. Eindeutig. Wie konnte sie geil davon werden, in demütigender Verkleidung herumzulaufen und sich begaffen zu lassen – und vermutlich mehr?

«Ljudmila, das ist Anastasija», stellte Jegor sie vor. «Sie ist das erste Mal hier und braucht ein wenig Unterstützung, um sich in ihre Rolle zu fügen. Hilf ihr. Im Kopf ist sie noch das schüchterne Mäuschen, aber ich wette, dass ihr

Fötzchen schon feucht ist.»

Lachend verließ er den Umkleideraum.

Ana prustete, riss sich die Feder aus dem Haar und warf sie auf den Tisch. «Als ob diese weiße Feder irgendjemanden davon abhalten könnte, mich zu betatschen.»

«Weiße Diener und Dienerinnen kellnern nur. Du kannst dir hundert Prozent sicher sein, dass dich niemand anfassen wird. In diesem Haus gibt es Regeln, und wer sie nicht befolgt, ob nun Herr oder Diener, wird entfernt.» Mila ging zum Tisch, nahm die weiße Feder und steckte sie wieder in Anas schwarzes Haar.

«Dann brauche ich nur einen Fehler zu machen und darf gehen?», fragte Ana und ihr Blick erhellte sich.

Doch Mila schüttelte den Kopf. «Du bist das erste Mal hier und musst die Nacht irgendwie überstehen. Solltest du aus der Rolle fallen, wird man mit dir reden und dich gegebenenfalls züchtigen.»

«Also geht es doch um Gewalt.»

«Unsinn, es geht um Geilheit», erklärte Ljudmila und grinste. Sie zeigte auf den Rattankorb. «Eine rote Feder im Haar einer Dienerin – wir nennen diese Kellnerinnen kurz ‚die Roten'– bedeutet, dass sie abgegriffen werden kann. Von einer ‚Schwarzen' erwartet man kleine Gefälligkeiten. Gefickt werden nur die Sklaven, die vorgeführt werden, nicht die Diener.» Sie selbst trug eine schwarze Feder.

Anas Augen weiteten sich. «Vorführungen?» Ihre Neugier war wieder geweckt.

«Zieh dich endlich um. Die Gäste warten. Alles, was du wissen musst, wirst du heute Nacht erfahren», kündigte Mila an und reichte ihr ein Korsett. «Da du eine ‚Weiße' bist, hast du alle Zeit, dich umzusehen. Du bist geschützt, Frischfleisch sozusagen, das unerreichbar für die Männer hinter Glas liegt. Jegor wacht über dich. Also, hurtig!»

Anastasija setzte all ihre Hoffnungen darauf, dass man sie weitestgehend in Ruhe lassen würde. Langsam zog sie sich aus und drehte Mila den Rücken zu.

Diese lachte herzhaft und hängte Anas Kleidung in den Schrank. «Warum so verschämt? Du wirst eh gleich fast nackt rumlaufen.»

Wie in Zeitlupe rollte Ana die schwarzen halterlosen Netzstrümpfe über ihre Beine nach oben und strich mit der Handfläche über die Spitzenborte, die wirklich hübsch aussah. Sie zwängte sich in das schwarze Korsett, das dezent in sich gemustert war, und ließ es von Mila schnüren. Schließlich saß es so eng, dass sie gezwungen war, aufrecht zu gehen, was ihrer Haltung guttat, aber ungewohnt und deshalb anstrengend war. Die Strapse, die Mila an den Strümpfen befestigte, waren am Korsett festgenäht. Ana stieg in schwarze Lackschuhe, deren Absätze noch höher waren als die ihrer eigenen Schuhe.

Als sie kurz darauf vor dem Ganzkörperspiegel stand, erkannte sie sich selbst kaum wieder. Ein Schauer der Erregung rieselte durch ihren Körper, aber sie fürchtete sich auch. In diesem Aufzug konnte sie unmöglich in den Saal gehen. Alle würden sie anstarren. Das bisschen Stoff, das sie am Leib trug, verhüllte nicht, sondern rahmte ihre intimsten Stellen nur ein. Das schwarze Korsett stand in starkem Kontrast zu ihrem hellen Teint. Aber nicht nur dieser Gegensatz betonte ihren Körper, sondern auch die Tatsache, dass sowohl das Höschen fehlte und ihre blanken Schamlippen fast aufdringlich die Blicke auf sich zogen, als auch ihre Brüste auf den Schalen lagen und sich den Gästen wollüstig präsentierten.

Ihr Aufzug war skandalös!

Zweifelsohne würde er alle geil machen. Jegor. Die Herren. Und sie selbst.

Ljudmila schrieb mit einem schwarzen Stift «Nr. 6» auf Anastasijas linkes Schulterblatt. Verdutzt betrachtete Ana die Ziffer im Spiegel.

«Ich bin die Nr. 1 der Frauen, weil ich schon seit Jahren dabei bin», erklärte Mila stolz und drehte sich um, sodass Anastasija die Eins auf ihrem Rücken lesen konnte. «Es gibt fünf Diener und fünf Dienerinnen.»

«Ist das nicht zu wenig für die erlauchten Herren?», frotzelte Ana.

Zu ihrem Erstaunen zwinkerte Mila. «Nein, wir müssen ja auch auf unsere Kosten kommen. Wenn einer der Gäste etwas von uns möchte, ruft er nach der entsprechenden Ziffer. Dann hat man augenblicklich zu ihm zu eilen.»

«Aber als Zahl bezeichnet zu werden ist herabwürdigend!»

«Wäre es dir lieber, wenn Anastasija auf deinem Schulterblatt stehen würde?», fragte Mila. «Wir sind Nummern. Das ist erniedrigend, damit hast du recht, aber diese Demütigung macht mich an und die anderen auch. Du wirst sehen, dass es auch dich erregen wird.»

«Niemals!»

«Die Nummern garantieren uns Anonymität. Hast du schon mal daran gedacht?»

«Nein», gab Ana zerknirscht zu. Sie hatte nicht den blassesten Schimmer, was hier vor sich ging. Aber wegen Milas Erklärungen spürte sie ein starkes Prickeln in ihrer Möse, und sie verstand sich selbst nicht mehr.

«Wie jungfräulich dein rasiertes Fötzchen aussieht! Du hast wunderschöne, kleine Schamlippen.» Milas Hand streichelte einmal über Anas Oberschenkel, in der Nähe ihrer Muschi, ohne diese jedoch zu berühren. «Dafür sehr große Nippel und sie leuchten jetzt schon. Vor Vorfreude.»

«Hier ist es kalt, deswegen stehen sie», log Ana, aber es pochte zwischen ihren Beinen. «Ich hasse, zu was man mich zwingt.»

Mila küsste sie auf die Wange. «Manchmal ist ein kleines bisschen Zwang genau das, was man braucht. Und Jegor weiß sehr gut, was seine Angestellten und seine Gäste brauchen. Glaub mir, im Morgengrauen wirst du ihn anbetteln, wieder kommen zu dürfen.»

«Niemals!»

«Niemals scheint dein Lieblingswort zu sein.» Lächelnd zog Mila sie hinter sich her, aus dem Raum heraus.

Ana hielt ihren Kopf gesenkt, weil sie sich fast zu Tode schämte. Sie war keineswegs prüde und kleidete sich gerne sexy, aber mit entblößter Möse war sie noch nie unter die Leute getreten. Hitze stieg in ihre Wangen und in ihr Fötzchen. Bei jedem Schritt, den sie durch das Foyer machte, schwoll die Hitze weiter an.

Als sie an der Wanduhr vorbeigingen, erlaubte sich Anastasija einen Blick und erschrak. Es war bereits halb neun. Wartete Juri noch auf sie oder hatte er sie längst abgeschrieben? Er war kein Mann, der gerne wartete, weil er an jeder Hand fünf Frauen haben konnte. Die Aussicht, dass Ana ihn bezirzen konnte, schmolz dahin. Aber war die Chance nicht eh verschwindend gering gewesen?

Sie seufzte und ließ sich von Mila weiterzerren.

Als sie den Saal betraten, spürte Ana förmlich, dass sich alle Männer nach ihr umdrehten. Die Blicke brannten auf ihrer Haut, ihren Brüsten und ihrer Möse. Sie senkte ihren Kopf noch ein Stück tiefer, weil ihr ihr Erscheinungsbild peinlich war und sie hochrote Wangen hatte.

Warum schämst du dich, fragte sie sich, alle Dienerinnen laufen so frivol herum. Du bist nicht die Einzige.

Aber die Gäste kannten nicht ihre Tittchen und Muschi und nicht ihren Arsch. Als Neuling wurde sie eingehend betrachtet, sie wurde geprüft und zum Lustobjekt degradiert. Vermutlich stellte sich der ein oder andere schon vor, was er alles mit ihr anstellen würde, sollte sie zu einer Roten oder Schwarzen aufsteigen.

Mila drückte ihr ein Tablett mit Schnapsgläsern in die Hand und legte eine weiße Kellnerserviette über ihren Arm. «Folge mir einfach mit dem Wodka. Schau zu, lerne und genieße.» Sie selbst servierte Kaviarhäppchen und Grissini.

Obwohl sich Ana in den Boden schämte, schaute sie immer wieder kurz verstohlen auf, weil die Atmosphäre sie keineswegs kalt ließ. Sie zitterte vor ängstlicher Erregung und schloss die Finger stärker um das Tablett, als wollte sie sich daran festhalten. Zögerlich ging sie hinter Ljudmila her, betrachtete ihre knackigen, runden Arschbacken und fragte sich, ob sie selbst wohl von hinten genauso zum Anbeißen aussah.

Aber im Gegensatz zu Mila war Ana die Verlegenheit in Person. Sie hörte, wie über sie gelacht wurde, weil sie einen knallroten Kopf hatte, weil sie den Blick schüchtern gesenkt hielt und der Wodka in den Gläsern schwappte, da sich das Zittern ihrer Hände auf die Flüssigkeit übertrug.

Während Mila die Gäste durch laszive Blicke und ihren aufreizenden Hüftschwung dazu aufforderte, sie zu benutzen, blieb Anastasija einige Schritte zurück und beobachtete sie und eine kleine Gruppe Männer, die sich um sie – eigentlich die Untergebene, die Lustdienerin – scharten wie Motten um das Licht. Ana war neidisch, aber nicht missgünstig. Unvermittelt wünschte sie sich an Milas Stelle zu sein, die trotz Demut einen Stolz besaß, den die Herren nicht zu brechen versuchten.

Die Szene hatte etwas von einer Symbiose. Auf dieser Party wurden die Diener und Dienerinnen offensichtlich nicht geknechtet. Ana entspannte sich ein wenig.

Einer der Männer fing an, Ljudmila zu berühren. Doch kaum hatte er damit begonnen, war das Eis gebrochen und auch die anderen streckten ihre Hände gierig nach ihr aus. Zuerst strichen sie zurückhaltend über ihre Arme und Beine, streichelten ihr Dekolleté und ihre Hüften. Überall auf ihrem Körper waren Hände.

Mila stellte sich automatisch breitbeinig hin und senkte den Kopf. In stummer Demut ließ sie über sich ergehen, was die Männer mit ihr anstellten.

Nun griffen die Herren beherzter zu. Der eine drückte ihre linke Brust zusammen, sodass sie lüstern über das Körbchen hervorragte. Der andere tauchte zwischen die Hälften ihres Hinterns ein und rieb vor und zurück, sodass Mila bald unruhig wurde. Sie lächelte. Ihre Wangen bekamen einen rosigen Schimmer. Ihre Geilheit wuchs, das sah man ihr deutlich an. Trotzdem wahrte sie die Haltung und blieb stumm.

Sie gab erst einen Laut von sich, als sich eine Hand an ihren Hals legte. Erschrocken sog sie hörbar Luft ein. Die Hand hob ihr Kinn an, sodass Mila gezwungen war, zur Decke zu schauen, und erst mitbekam, was die Männer planten, wenn sie ihre Pläne bereits umsetzten. Mila erschauerte, riss ihre Augen weit auf und stöhnte schließlich, denn einige Finger drangen in ihre Möse ein.

Während ihr Hals überstreckt wurde, fickte man sie zusätzlich anal. Unterdes zwirbelte ein anderer Herr ihre Brustwarzen so kräftig, dass Milas Atem sich beschleunigte und ihre Nippel knallrot, wie kleine saftige Kirschen, aussahen.

Überall Hände. Auf Mila.

Ana dagegen war unberührt. Aber ebenfalls feucht.

Eine Hand holte Ljudmilas Mösensaft heraus. Wie eine Schaufel grub er sich in ihr nasses Loch hinein und förderte Saft heraus, den er auf Milas Tittchen verteilte. Ein Mann saugte ihre Nippel so stark ein, dass Mila einen spitzen Schrei von sich gab.

Andere Gäste schauten zu der Gruppe herüber. Auch ein Mann, der auf einer Treppe stand, die offensichtlich auf eine Empore führte. Sein Blick streifte Mila allerdings nur – und blieb an Ana hängen.

Ihr Atem beschleunigte sich. Sie wollte wegschauen, war jedoch gebannt. Wie gut er aussah! Er besaß durch seine Uniform und sein kurz geschnittenes Haar ein strenges Erscheinungsbild, und dennoch lag etwas Warmes in seinem Blick.

Dann wurde ihre Aufmerksamkeit wieder von Ljudmila eingefangen. Mila zerfloss unter den zahlreichen Händen, die sich ihres Körpers bedienten. Schämte sie sich nicht? Ana war empört und bewunderte sie gleichzeitig, weil die Nr. 1 der Dienerinnen sich vor Publikum gehen lassen konnte. Sie nahm die Lust, den Schmerz und die Angst, die die Männer ihr schenkten, bereitwillig hin und genoss die Geilheit.

Anastasija hatte nie den Wunsch gehabt, von Fremden gefingert zu werden, aber jetzt war eine unbekannte Sehnsucht in ihr erwacht. War es nicht liederlich, sich so zu verhalten wie Mila?

Ich bin keine Hure oder Schlampe, sagte sich Ana. Aber dann erinnerte sie sich daran, dass sie Juri mit vollem Körpereinsatz hatte bezirzen wollen. War nicht eigentlich sie die billige Schlampe und Mila die stolze Hure?

Sie schaute an sich herunter. Ihre Nippel zeigten jedem im Saal ihre Erregung. Vielleicht war sie doch am richtigen Ort in dieser Nacht. Aber Zuschauen war eine Sache, eine rote oder gar schwarze Dienerin zu sein eine andere. Noch konnte sich Ana nicht vorstellen, selbst als aktiver Part mitzuwirken.

Plötzlich gab einer der Herren Ljudmila eine Ohrfeige. Sie verlor sekundenlang ihre Beherrschung, straffte dann wieder die Schultern und blickte zu Boden. Wieder schlug der Mann zu, zweimal hintereinander, auf jede Wange einmal, aber nicht so fest, dass Milas Kopf zur Seite geflogen wäre. Es war mehr eine erniedrigende Geste, die jedoch ihre Wirkung nicht verfehlte.

Anastasija wagte kaum zu atmen.

Nun legten alle Männer ihre Hände an Milas Körper. Sie zupften und zwackten, fickten sie in alle Körperöffnungen und steckten ihr sogar zeitweise einige Finger in den Mund, sodass er unnatürlich weit offenstand.

Danach fuhr einer der Herren fort, sie zu ohrfeigen. Gleichzeitig nahm er mit Zeige-, Mittelfinger und Daumen der anderen Hand ihren Kitzler und begann, ihn kräftig zu stimulieren. Milas Muschi und After wurden penetriert, ihre Brüste lang gezogen und ihre Nippel hart gezwirbelt. Das alles war zu viel für sie. Sie verdrehte ihre Augen. Vor Geilheit konnte sie kaum aufrecht stehen und das Tablett halten. Hecheln und Stöhnen wechselten sich ab. Ihre Beine zitterten, ihre Schultern klappten nach vorne.

Dann kam Ljudmila. Sie schrie, als der Orgasmus sie traf. Er schüttelte ihren Körper durch, als hätte sie einen epileptischen Anfall, weil immer noch ihre Klitoris bearbeitet wurde. Erbarmungslos massierte er das hochempfindliche Knötchen. Milas Tablett schwankte, die Grissini rollten gefährlich nah an den Rand.

Und Ana zuckte im Takt von Milas Lust. Als hätte sie gerade diesen markerschütternden, nicht enden wollenden Höhepunkt. Ihr Kitzler schmerzte, wie der von Mila schmerzen musste, bei Mila aufgrund der ekstatischen Entladung, bei Ana jedoch wegen der unerfüllten Sehnsucht. Ihr war heiß, sie bekam kaum Luft und ihr Mund war trocken. Sie spürte die Berührungen, obwohl sie nur Voyeur war. Sie roch den Duft von Milas Mösensaft. Wo war sie nur hineingeraten?

Das war zu viel für Ana. Zu viel Geilheit.

Gerade als die Männer von Ljudmila abließen, drehte sich Anastasija auf dem Fuß um und wollte aus dem Saal vor ihrer eigenen Lust fliehen, als sie beinahe mit dem General zusammengestoßen wäre, der hinter ihr stand. Irritiert schaute sie über die Schulter hinweg zur Treppe zurück. Sie war leer. War er an ihr vorbeigegangen und sie hatte es nicht bemerkt? Die Szene mit Mila musste sie sehr gefangen genommen haben, wenn sie nicht einmal mehr ihn bemerkt hatte.

«Und?», fragte er. Obwohl sein Blick kühl war, funkelten seine Augen lüstern, eine Kombination, die Ana faszinierte und erregte. «Hat es dir gefallen?»

Sie schüttelte den Kopf. «Sie haben Mi ... die Nr. 1 zur Hure gemacht.»

«Genau das ist es, was sie sein will», antwortete er belustigt.

«Nein, das kann ich mir nicht vorstellen. Keine Frau wünscht sich das zu sein», widersprach sie trotzig. «Die Männer haben sie dazu gebracht, sich wie ein Tier aufzuführen.»

«Genau so», er betonte das letzte Wort, «sollte Sex sein. Er taugt nur, wenn er jede einzelne Zelle deines Körpers geil macht.»

Ana biss sich auf die Unterlippe. Ihr gefiel, was er über das Vögeln sagte, aber sie würde das niemals zugeben.

Er nahm ein Glas von ihrem Tablett, kippte den Wodka mit einem Schluck und stellte das Glas zurück. «Und dich hat das eben völlig kalt gelassen?»

«Ich habe mich angewidert weggedreht und will sofort gehen!» Seine Nähe machte sie nervös. Sie spürte seine bittersüße Überlegenheit.

Seine Stimme bekam ein gefährliches Timbre. «Du bist eine weiße Dienerin, das bedeutet aber nicht, dass du deine Demut vergessen darfst. Drück dich gewählter aus, vergiss nie die Rolle, die du heute Nacht spielst!»

Sonst was, fragte sie in Gedanken, traute sich aber nicht, die Frage auszusprechen, weil sie sich an die Kalaschnikows erinnerte.

«Es würde auch für eine Weiße Konsequenzen haben», fügte er knurrend hinzu. Er nahm die Kellnerserviette von ihrem Arm und befahl: «Spreiz deine Beine!»

Empört holte sie tief Luft und zischte: «Sie dürfen mich nicht anfassen.»

Nun lachte er ... Er lachte sie aus. «Das werde ich auch nicht. Es ist ja eine Stoffserviette dazwischen.»

Bevor sie wusste, wie ihr geschah, drückte er seine Hand zwischen ihre Schenkel und wischte mit der Serviette über ihre Möse. Ein einziges Mal, von hinten nach vorne. Als er ihren Kitzler streifte, zuckte sie. Und sie wünschte sich, dass er weitere Male darüberstreichen würde. Aber nicht hier. Nicht unter den Augen der vielen Gäste. Oder doch? Machte das nicht einen gewissen Reiz aus?

Nein, nein, diese bizarre Traumwelt – das luxuriöse Ambiente des Konstantinpalast-Duplikats, die fast nackten Diener und Dienerinnen, die lustvolle Atmosphäre – brachte sie durcheinander.

Der General präsentierte ihr die Serviette. Ihr Mösensaft glänzte darauf. «Behaupte nie wieder, dich würde diese Party kalt lassen oder gar anwidern. Hast du mich verstanden?»

«Ja», sagte Ana und errötete.

Er korrigierte sie: «Ja, Herr.»

«Ja, Herr», wiederholte sie folgsam und wunderte sich darüber, dass es ihr auf einmal leicht fiel, sich unterzuordnen. Erleichtert sah sie das süffisante Lächeln des Generals. Er hatte sich offensichtlich schon wieder beruhigt. Sie hätte ihm zugetraut, dass er sie augenblicklich übers Knie legte. Vor allen Anwesenden. Trotz der weißen Feder.

«Du bist nicht nur feucht, sondern nass. Du triefst wie eine läufige Hündin und riechst intensiv, als wolltest du alle Gäste anbetteln, dass sie endlich mit dir spielen.» Er schmierte Anastasija ihren eigenen Saft unter die Nase. «Als Erinnerung. Füg dich endlich in dein Schicksal. Wir zelebrieren die Unterwerfung mit Niveau. Heute Nacht gibt es kein Entkommen für dich.»

Der General legte die Serviette wieder über ihren Arm und ging.

Ana war schwindelig. Gegen den General war Juri Nurijew Dreck. Er besaß viel mehr Stil und, wie alle Männer dieser seltsam offenherzigen Party, fickte nicht einfach, um zu ficken, sondern es schien so, als wäre Sex für ihn eine Art Philosophie. Es gab Regeln. Für ihn war eine Frau kein Freiwild. Er unterwarf sie mit Stil, ließ der Dienerin ihre Würde und, anders als Juri, benutzte er sie nicht nur, damit er abspritzen konnte, sondern damit er und seine Lustdienerin gemeinsam exorbitante Höhenflüge erleben konnten. Er oder eine ganze Handvoll Männer. Ob es Grenzen für den General und die anderen Gäste gab?

Wahrscheinlich war es doch nicht so übel hier. Ana drehte sich um und sah, dass Mila schon wieder lächelte ... überglücklich lächelte!

Ljudmila kam zu ihr und flüsterte: «Du hast einen guten Geschmack. Alexej hat diese natürliche Dominanz, die ein Mann selten besitzt.»

«Wahrscheinlich bedingt durch seinen Beruf.»

Mila nickte. «Er ist irgendein hohes Tier bei den russischen Luftstreitkräften und gewohnt zu befehlen.» Tadelnd hob sie ihren Zeigefinger. «Aber das hat uns nicht zu interessieren. Nicht die Diener wählen die Herren aus, sondern die Herren die Diener. Wir unterwerfen uns demjenigen, der uns zu sich ruft.»

Enttäuscht seufzte Ana. Für Alexej – oder den General, wie sie ihn heimlich nannte – hätte es sich gelohnt, sich zusammenzureißen und der Party eine Chance zu geben.

«Sex ist Sex», sagte Mila, die Anas Enttäuschung bemerkt hatte. «Es ist egal, wer dich bearbeitet, solange er nur ein Meister seines Fachs ist. Das Aussehen spielt keine Rolle, sondern seine Fertigkeiten. Das wirst du noch lernen.»

Anastasija wollte etwas erwidern, doch Mila wurde zu einem Gast gerufen. Ein Russe, der aufgrund seiner Gesichtszüge mongolische Einflüsse nicht verleugnen konnte, gekleidet in ein edles weißes Dinnerjacket und mit Brillantring am kleinen Finger der linken Hand. Er war kaum größer als sie, trug Brillantohrstecker in beiden Ohrläppchen und deutete auf ihre Möse. «Komm her, Suka! Ich wette, deine Fotze ist noch ganz feucht. Lass mich dich kosten, Kurva.»

Ana war erstaunt. Schlampe, Hure – die vulgären Ausdrücke des Mannes standen im Gegensatz zu seinem eleganten Auftreten.

Gehorsam trippelte Mila zu ihm und stellte sich breitbeinig hin.

Ohne die Miene zu verziehen, nahm er ein Grissini von ihrem Tablett und führte es in ihre Muschi ein. Einige Male fickte er Mila mit der Brotstange. Dann nahm er die Stange heraus und biss ein großes Stück ab. Schmatzend kaute er.

Er steckte das Grissini erneut in ihr feuchtes Loch, legte es danach zwischen ihre Schamlippen und schob es vor und zurück, bis Milas Brustkorb wogte, weil ihre Erregung bereits wieder anschwoll.

Mila ist wirklich eine geile Schlampe, dachte Anastasija neidisch, ein Nimmersatt, eine Nymphomanin, die nie genug bekommt. Aber höchstwahrscheinlich war sie nicht grundlos die Nr. 1.

Der Herr mit den dicken Klunkern hielt ihr das durchtränkte Grissini vors Gesicht. Artig öffnete sie den Mund, doch er schmierte den Saft auf ihre Lippen, bevor er ihr die Brotstange in den Mund schob. Ljudmila biss ab und verzog ihr Gesicht, weil die Mischung aus Brot und dem Geschmack ihres erkaltenden Safts ihr missfiel. Während der Mann gehässig lachte und sich an ihrem Ekel erfreute, kaute sie angewidert.

Anastasija litt mit ihr. Als er jedoch auf Ana zukam, blieb ihr fast das Herz stehen. Würde er sich nun ihrer bedienen? Sie wollte auf die weiße Feder zeigen, aber ihr Arm gehorchte ihr nicht. Also blieb sie stocksteif stehen und starrte ihn nur entsetzt an.

Eine Weile schaute er ihr in die Augen, amüsiert darüber, dass sie sich vor ihm ängstigte. Schließlich nahm er ein Glas von ihrem Tablett und ging zu Mila zurück. Er setzte es an ihre Lippen und zwang sie, den Wodka hinunterzuschlucken.

«Danke für Ihre Großzügigkeit, mein Herr.» Milas Worte waren butterweich, obwohl sie soeben gezwungen worden war, etwas zu tun, was sie nicht tun wollte.

Ana verstand das nicht. Aber es machte sie geil, sowohl zu sehen, wie Ljudmila erniedrigt wurde, als auch sich vorzustellen, wie es wäre, an Milas Stelle zu leiden. Diese Nacht verwirrte sie. Alles war anders. Dinge, die bei Tageslicht fürchterlich waren, erregten sie auf einmal. Etwas veränderte sich in ihr, sie spürte es.

Hilfe suchend schaute sie sich um. Sie sah einen Kellner mit schwarzer Feder, der einem Gast auf Befehl die Hosen herunterzog und seinen Finger in den After steckte, worauf sich der Schwanz des Mannes aufrichtete, je tiefer und fester der Diener den Finger in ihn hineinstieß. Als das Glied prall und hart stand, schmierte ein zweiter Diener Kaviar auf den Schaft. Er kniete sich vor den Gast und begann, den Kaviar langsam und genüsslich vom erigierten Penis abzulecken, sodass dieser lustvoll zuckte.

Der Mann stützte sich auf die Schultern des knienden Dieners auf, weil die Geilheit ihn benommen machte. Der Finger, der ihn anal fickte, die Lippen, die sich auf seinen Schwanz pressten, der Mund, der das Sperma aus ihm herauszusaugen versuchte, und die Zuschauer, die seinen Lustkampf beobachteten, denn er bemühte sich sichtlich, den Orgasmus hinauszuzögern.

Er verlor den Kampf, als der Diener, dessen Finger in seinem Anus steckte, seinen Nippel durch das Hemd hindurch zwackte und ihm seine Zungenspitze in die Ohrmuschel schob.

Der Gast züngelte wild mit dem Diener, der neben ihm stand, und spritzte sein Sperma auf den knienden Kellner, der bereitwillig seinen Mund weit öffnete, um es aufzufangen. Die Samenflüssigkeit lief aus den Mundwinkeln des knienden Mannes und tropfte von seinem Kinn, weil er nicht schnell genug schluckte. Wie ein ausgehungertes Tier leckte er den Schwanz seines Herrn sauber. Er drang mit der Zungenspitze unter die Vorhaut, um das Glied zu säubern und saugte ein letztes Mal an der Öffnung auf der Penisspitze, um auch den letzten Tropfen herauszuholen.

Die drei Männer kümmerten sich nicht um die anderen Gäste oder Diener. Sie vergnügten sich hemmungslos miteinander, als wären sie unbeobachtet.

Sodom und Gomorrha, dachte Anastasija und rümpfte die Nase. Aber sie musste zugeben, dass sie schon wieder neidisch auf die Ausgelassenheit war. Ihre Verkrampftheit brachte sie um eine Menge Spaß. Aber sie war noch nicht so weit. Unter keinen Umständen hätte sie sich öffentlich auch nur fingern lassen können. Obwohl sie es sich immer stärker wünschte. Ihre eigene Lust brachte sie fast um den Verstand, gestand sie sich ein.

Ljudmila war längst weitergegangen. Sie stand gerade mit herausgestreckter Zunge vor einem Mann, dem seine Yul-Brunner-Glatze ein verwegenes Aussehen verlieh.

Er schaufelte etwas Kaviar auf ihre Zungenspitze und deutete auf einen Gast, der weitaus weniger attraktiv war als er selbst. «Füttere ihn, Kurva!»

Dieser Mann war klein und versteckte seinen Bauchansatz unter einem zu weiten Sakko. Ein Haarkranz wuchs um seinen Kopf, aber seine Schädelplatte war kahl. Er war kein Mann, den Ana auch nur eines Blickes gewürdigt hätte. Aber auf dieser Party war er der König.

Mila küsste ihn. Sie steckte ihm ihre Zunge in den Mund, verteilte den Kaviar und schnäbelte mit ihm, als wäre er der tollste Kerl auf Erden.

Vielleicht war er ein guter Küsser, vielleicht tat sie nur ihre Pflicht als Lustdienerin. Ana konnte das nicht sagen. Es war nicht so, dass sie sich wünschte, unbedingt ihn zu küssen, doch sie war geradezu eifersüchtig auf die vielen sexuellen Kontakte, die Mila in einer einzigen Nacht hatte. Und sie war mittlerweile so geil, dass sie selbst von diesem Mann angefasst werden wollte.

Mila hatte recht. Am Ende war es egal, wen man vögelte. Hauptsache, der Fick war gut.

Nun nahm der Glatzkopf ein Glas von Anastasijas Tablett und flößte Ljudmila den Wodka ein. «Gib ihm zu trinken, Hure», befahl er mit Genugtuung. Er selbst war unbeteiligt und dennoch beulte sein steifer Schwanz seine Hose aus.

Sein Freund legte lächelnd den Kopf in den Nacken und öffnete den Mund weit, wie ein hilfloses Vogelkind, das bereit war, von seiner Mutter Nahrung zu empfangen.

Mila gurgelte einmal, als wollte sie den Wodka mit ihrem Speichel vermischen und ließ dann aus einer handbreit Entfernung den Wodka von oben herab in seinen Mund fließen. Tropfen besprenkelten seine Lippen. Sie leckte sie mit ihrer Zungenspitze ab, neckte seine Nase und schob ihre Zunge gierig wieder in seinen Mund hinein, um hemmungslos mit ihm herumzuknutschen.

Der Glatzkopf gesellte sich nun doch zu ihnen. Mila löste den Kuss ein wenig, um zu dritt zu züngeln. Ihre Zungen trafen sich, jeder leckte jeden.

Plötzlich bemerkte Ana einen dunklen Fleck, der sich auf der Hose des kleinen Mannes ausbreitete. Er hatte in seinen Slip ejakuliert.

Nachdem er einen Schritt zurückgetreten war, hörte auch der Mann mit der Glatze auf und stieß Mila weg. «Genug! Geh weiter.»

Und da begriff Ana. Die beiden Männer waren ein Paar: Der Glatzkopf war der dominante und der mit dem Bauchansatz der devote Part. Doch der Dominus nutzte seine Macht nicht rücksichtslos aus, sondern er benutzte sie dazu, seinem wenig attraktiven Sklaven Frauen zuzuführen.

Gut für den Mann mit dem Haarkranz, Pech für Ljudmila, die in diesem Fall ohne Orgasmus weggeschickt wurde. Man hatte sie benutzt, jetzt brauchte man sie nicht mehr. Ana lernte die Schattenseiten der Lustparty kennen. Eben noch wurde Mila von zahlreichen Gästen verwöhnt und mit einem höllischen Höhepunkt für ihre Hingabe belohnt. Diesmal wurde sie nur ausgenutzt.

«Hast du kein Problem damit, eine Marionette zu sein?», fragte Ana sie leise.

«Dummerchen, du meinst, ich bin nicht auf meine Kosten gekommen, nicht wahr?» Mila grinste anzüglich. «Ich bin devot veranlagt. Ich nehme demütig an, was man mir gibt, und bin glücklich. Der nächste Mann wird mir auch wieder einen Orgasmus gönnen. Bis dahin halten solche Spielchen wie eben meine Geilheit aufrecht.»

Anastasija wusste nicht, ob das etwas für sie war. Es machte sie an, keine Frage, und die Vorstellung, sich einem Mann hingeben zu müssen, den sie nicht begehrte, fand sie auf perverse Art und Weise reizvoll. Aber manchmal sollte eine Fantasie auch nur eine Fantasie bleiben. Sie befürchtete, dass sie für diese Art von Erotik zu monogam veranlagt war. Oder zu prüde?

Sie haderte mit ihren Wünschen und Sehnsüchten, aber eins wusste sie: Mila war kein hilfloses Weibchen, das unterdrückt wurde, sondern sie wusste haargenau, was sie tat und was sie wollte. Sie ordnete sich unter, jedoch war Ana davon überzeugt, dass Mila die Reißleine rechtzeitig ziehen würde, würde man die Späße mit ihr zu weit treiben.

Auf einmal ertönte ein Gong. Die Gäste und Diener traten beiseite. Durch die Menschenschneise führte Jegor an einer Leine eine Frau herein. Sie trug ein Lederhalsband, wie ein Hund, ging jedoch aufrecht. Ihr Blick war demütig gesenkt und sie war nackt. Ihre Hände hielt sie hinter dem Rücken, sie streckte ihren Brustkorb heraus und präsentierte ihre vollen Brüste. Ihr langes schwarzes Haar war zu einem hohen Zopf geflochten worden, sodass sie ihr Gesicht nicht dahinter verstecken konnte.

Wie schön sie ist! Devot, aber sie macht keinen gebrochenen Eindruck, dachte Anastasija fasziniert und war gleichzeitig erschrocken, weil es so aussah, als würde man die Frau zum Schafott bringen. Was würde nun geschehen? Was hatte Jegor mit ihr vor?

«Gefällt dir unsere Sklavin?», fragte eine Stimme direkt an Anas Ohr.

Erschreckt schaute sie über die Schulter. Alexej stand unmittelbar hinter ihr.

Er grinste anzüglich und fuhr fort: «Wir nennen sie Svetlana. Findest du nicht auch, dass sie wie eine Amazone aussieht? Schlank, aber kräftig gebaut, schwere Titten und wundervolles Haar, mit dem man so manches anfangen kann.»

Sie errötete und drehte den Kopf schnell wieder nach vorne, denn der General hatte sich von hinten an sie geschmiegt und drückte ihr seine Erektion in den unteren Rücken. «Warum ist Lana keine Nummer?»

«Weil sie keine Dienerin ist», erklärte er bereitwillig. «Sie ist eine Sklavin. Im Gegensatz zu euch ist es ihr nicht erlaubt, auch nur einen winzigen Fetzen Stoff am Leib zu tragen. Sie ist heute Abend hier, um öffentlich vorgeführt zu werden und Lust und Leid zu erfahren.»

«Leid?»

Er lachte sinnlich. Dann neigte er sich vor und sie spürte seinen heißen Atem an ihrem Hals. «Lustschmerz. Den Dienern und Dienerinnen wird er nur in kleinen Dosierungen zugefügt, aber Lana wird die geballte Ladung erhalten. Sie ist Masochistin. Sie braucht den Schmerz, um richtig geil zu werden.»

Ana war noch nie beim Ficken geschlagen worden und hatte auch noch nicht den Wunsch verspürt, Schmerzen zu erfahren. Aber sie erinnerte sich daran, wie sie beobachtet hatte, dass Ljudmilas Nippel gezwackt wurden, und an ein neues Empfinden von Lust, das in diesem Moment durch ihren Körper gerieselt war.

Irritiert über ihre eigenen Gefühle fragte sie leise: «Wie kann man erregt sein, wenn man schlecht behandelt wird?»

«Du verstehst das falsch», rügte er sie, doch es lag keine Schärfe in seiner Stimme, sondern eine Sanftheit – die eines Lehrers –, die Ana erschauern ließ. «Nicht jeder Schmerz ist gleich. Hier geht es um Lustschmerz. Das gezielte Einsetzen von qualvoller Stimulation, um sexuelle Erregung auszulösen.»

Sie schwieg und dachte darüber nach. Auf der einen Seite sehnte sie sich danach, diese Erfahrung selbst zu machen, auf der anderen lehnte sie jede Form von Gewalt ab.

«Möchtest du es ausprobieren?», wisperte er lüstern und schob Ana in Richtung Lana, die gerade an ihrem Zopf unter der Balustrade so festgezurrt wurde, dass sie auf Zehenspitzen stehen musste.

Ana stellte sich das als mit der Zeit sehr anstrengend vor. «Nein», beeilte sie sich zu sagen und stemmte sich gegen Alexej. Sein steifer Schwanz presste sich in ihre Kehrseite.

Er gab nach und lachte laut. «Nicht heute Nacht, aber deine Neugier ist geweckt, das spüre ich.» Dann blies er ihr in den Nacken.

Sie bekam eine Gänsehaut. Alexej gefiel ihr gut. Zu gut. Sie hatte nur vorgehabt, die Party irgendwie zu überstehen, weil Jegor versprochen hatte, sie am Morgen gehen zu lassen. Und nun starrte sie wie gebannt auf Svetlana, deren Hände mit Handschellen hinter ihrem Rücken gefesselt wurden.

Jegor schlang ein Seil um Lanas rechtes Fußgelenk, winkelte ihr Bein an und zog den Fuß so weit nach oben, dass Lanas Möse weit aufklaffte. Dann band er das Seil an ihr Halsband. Selbst Ana, die keine Ahnung von all diesen Dingen hatte, ahnte, dass die Sklavin sich selbst strangulieren würde, sollte die Spannung aus ihrem Körper weichen und sie ihre Haltung vernachlässigen. Und das würde sie bald. Irgendwann würden jedem Menschen in ihrer Situation die Kräfte schwinden, auch Svetlana, dafür würde Jegor schon sorgen.

Als einer der Diener Jegor ein Kantschu reichte, hielt Anastasija sekundenlang den Atem an. Drohend ließ er die Bullenpeitsche durch die Luft sausen. Durch das unheilschwangere Zischen zuckte Lana leicht zusammen, aber sie schaute weder auf, noch zappelte sie in ihren Fesseln. Sie wartete gehorsam darauf, gezüchtigt zu werden.

Dann schlug Jegor das erste Mal zu. Auf ihre Schulter. Nicht fest, denn Lana rührte sich kaum. Der zweite Schlag jedoch war kräftiger. Er traf den Oberschenkel ihres rechten Beins, das mit ihrem Halsband verbunden war. Für Sekunden verschwand die Spannung und sie röchelte. Dann hatte sie sich wieder gefasst.

Das Tablett mit den Wodkagläsern in Anas Hand zitterte. Sie schlug die andere Hand entsetzt auf ihren Mund. Sie wusste, dass der Kantschu eine Peitsche mit durchdringender Schlagkraft war. Ein brutales Züchtigungsinstrument, das starke Schmerzen verursachte. Aber noch hatte Jegor die Bullenpeitsche nicht einmal durchgezogen.

«Denk immer daran», flüsterte Alexej beruhigend, «sie ist seit Jahren Masochistin, hat Erfahrung mit dem Schmerz und gelernt, viel zu ertragen. Die Tortur macht sie geil. Vergiss das niemals!»

Ana nickte und nahm die Hand vom Mund.

Jegor peitschte nun das Bein, auf dem Lana stand. Sie wackelte kurz. Ihr Gesicht verzog sich gequält, weil das Seil an ihrem Haarzopf, mit dem sie an der Balustrade befestigt war, an ihrer Kopfhaut zerrte. Aber wenn sie nicht wollte, dass ihr alle Haare ausgerissen wurden, war sie gezwungen, auf den Zehen ihres linken Fußes zu balancieren.

Schweißperlen standen auf Lanas Stirn. Auch Ana schwitzte. Sie litt mit der Sklavin. Und war ebenso feucht im Schritt.

Dadurch, dass Lanas Schenkel gespreizt waren, konnte jeder der Anwesenden ihre wachsende Geilheit mitverfolgen. Ihre Schamlippen waren rot und schwollen immer mehr an. Mösensaft sickerte bereits aus ihr heraus. Ana empfand Mitleid mit der Sklavin, weil sie selbst die Schläge, die nun Lanas Hüfte und Dekolleté trafen, nicht ausgehalten hätte, fand es jedoch gleichzeitig erregend zu sehen, wie die Masochistin gequält wurde, aber nur, weil Alexej ihr versichert hatte, dass Svetlana danach gierte. Sie verstand nun, da sie die Beweise für Lanas Geilheit sah, dass sie nicht Zeugin eines Gewaltaktes wurde, sondern Voyeurin sexueller Ausschweifungen war.

Als der Kantschu Svetlanas große Brüste traf, schrie sie auf. Mittlerweile schlug Jegor so fest, dass Striemen zurückblieben. Ein zweites Mal peitschte er ihren Busen. Wieder und wieder. Der geflochtene Lederriemen zischte durch die Luft, dass Ana angst und bange wurde. Doch Lana schien gar nichts mehr wahrzunehmen außer dem Schmerz. Sie hatte ihre Augen geschlossen, schrie und jammerte, wackelte und strangulierte sich selbst, bis schließlich ihre Schreie in Stöhnen übergingen. Ihre Miene wirkte mit einem Mal entspannt, fast selig, als hätte sie sich in ihr Schicksal gefügt und würde den Schmerz willkommen heißen.

Und Ana bemerkte den Mösensaft, der an Lanas Bein herunterlief.

Als Jegor aufhörte, ihre Brüste zu peitschen, gab die Sklavin einen enttäuschten Seufzer von sich. Er fasste ungeniert zwischen ihre Schenkel und rieb ihre Klitoris. «Das macht dich an, was, Lana?»

Sie stöhnte, unfähig etwas zu sagen, weil die Erregung über sie hereinbrach.

«Du triefst aus deinem Loch wie eine geile Töle.» Einige Male stieß Jegor mit dem Kantschugriff grob in ihre Muschi. Er fickte sie hart. Lana stand kurz davor, die Beherrschung zu verlieren. «Aber das werde ich dir noch austreiben! Was sollen denn meine Gäste von dir denken? So eine Schlampe! Die darauf steht, bis aufs Blut ausgepeitscht zu werden, und auch noch geil davon wird.»

Eine Träne löste sich aus ihrem Augenwinkel. Er ließ von ihr ab. Langsam schritt er um sie herum, gab ihr Zeit, sich wieder zu fangen, und dennoch lag eine Drohung in seiner Bedächtigkeit, die sie unruhig machte, denn sie schaute über ihre Schulter hinweg, um zu sehen, was er vorhatte.

Jegor holte weit aus. Im nächsten Moment knallte der Lederriemen auf ihren Oberschenkel, in der Nähe ihres Fötzchens. «Schau nach vorne, Kurva!»

Svetlana schrie auf. Nun weinte sie. Aber ihre Schamlippen schwollen weiter an und leuchteten signalrot.

Einen Moment lang lehnte sich Anastasija gegen den General, weil ihr schwindelig wurde. Das Leid dieser Fremden sprang auf sie über. Furcht wechselte sich mit Lust ab. Ana wusste nicht, wie ihr geschah, was in ihr vorging. Sie wusste nur eins: Sie wünschte sich, von Alexej berührt zu werden. Jetzt. Sofort. An ihrer Muschi.

«Ist sie nicht schön, so ängstlich, verletzlich und erregt?», wisperte er. «Ihre Zehen tun weh, sie kann kaum noch auf ihnen stehen. Ihre Tittchen schmerzen immer noch von den harten Schlägen. Sie schwitzt, sie zittert, sie schwankt zwischen dem Wunsch, diese Folter möge ein rasches Ende finden, und sehnt sich doch gleichzeitig nach mehr Schmerz, größeren Qualen. Lana ist unglaublich!»

Eifersucht regte sich in Ana.

«Ihr Körper ist mit Striemen übersät», schwärmte er weiter. «Wie gerne würde ich dich zeichnen!»

Erschrocken wollte sie herumfahren und widersprechen, doch er hielt sie davon ab. «Nicht umdrehen! Schau Lana an. Du bist noch nicht so weit. Noch lange nicht.»

Außerdem trug sie eine weiße Feder, die Jegor ihr nun aus dem Haar zog. Lächelnd ging er zu seiner Sklavin zurück und kitzelte sie unter der rechten Fußsohle. Immer wieder wich sie der Feder aus, soweit ihre Fesselung das zuließ. Sie röchelte hin und wieder.

Weitaus schlimmer wurde es für sie, als Jegor mit der Feder über ihre linke Fußsohle strich, dem Fuß, auf dem sie stand. Svetlana lachte zwar, aber ihr Lachen klang gequält. Sie hüpfte ein Stück zur Seite, doch sie konnte Jegor durch ihre eingeschränkte Bewegungsfreiheit nicht ausweichen. Er kitzelte sie unentwegt, bis sie einen Krampf im Fuß bekam. Erst dann ließ er von ihr ab.

Er trat vor sie und schaute ihr tief in die Augen. Sie nickte, obwohl Tränen über ihre Wangen liefen und ihr Atem unnatürlich rasch ging.

«Jegor hat Svetlana stumm gefragt, ob alles in Ordnung ist mit ihr.» Da war er wieder: Alexej, der Lehrmeister.

«Kann er Gedanken lesen?», spöttelte Ana leise.

«Er arbeitet schon lange mit Lana und kennt sie in- und auswendig, sonst würde er keine Vorführung mit ihr machen. Er weiß genau, wie viel sie wegstecken kann und wie weit er mit ihr gehen kann.» Ohne eine Antwort abzuwarten, fuhr er fort: «Außerdem haben die beiden ein Codewort, das Lana nur auszusprechen braucht, und Jegor würde die Session sofort abbrechen.»

«Das darf sie?» Ana war ehrlich erstaunt.

Alexej lachte. «Selbstverständlich. Dieser Ort ist nicht die Hölle.»

Verlegen wandte sie sich wieder dem Schauspiel zu, das alle Gäste und auch die Diener in seinen Bann zog. Jegor zog die Feder durch Lanas feuchtes Fötzchen, kam zurück zu Anastasija und steckte sie ihr wieder ins Haar. Ana konnte es kaum glauben. Sie roch Svetlanas Mösenduft. Doch sie war nicht angewidert, sondern der Intimgeruch verstärkte den Wunsch in ihr, sich vor Lana hinzuknien und ihre Muschi zu küssen. Nicht, dass sie gewagt hätte, das zu tun, besonders nicht vor Publikum. Sie könnte sich niemals in eine Frau verlieben, aber sie erinnerte sich an die letzte Silvesterfeier.

Ihre Freundin Marija und sie waren betrunken nach Hause getorkelt und hatten sich aus purem Übermut einen Gute-Nacht-Kuss gegeben. Der Kuss hatte länger gedauert, als beabsichtigt. Ihre Lippen hatten aufeinandergeklebt. Plötzlich hatte sie Marijas Zunge in ihrem Mund gespürt und im nächsten Moment schon mit ihr gezüngelt. Danach war sie in Windeseile in ihr Zimmer verschwunden, weil sie befürchtet hatte, dass der Kuss ausarten könnte.

Svetlanas Aufschrei riss Ana aus ihren lesbischen Tagträumen. Jegor hatte den geflochtenen Lederriemen des Kantschus auf Lanas Fußsohle geknallt. Sie schluchzte. Rotz lief aus ihrer Nase.

Das blieb Jegor nicht verborgen. Er reichte die Peitsche einem Diener und schmiegte sich an Lana. Seine Hände glitten auf ihrem Körper nach vorne zu ihren vollen Brüsten. Zärtlich zwirbelte er die erigierten Nippel. Diese Mischung aus Schmerz, der in ihr widerhallte, und dem sanften Nachspiel schien sie zu berauschen. Sie stöhnte laut, reckte sich Jegors Händen entgegen und legte erregt ihren Kopf in den Nacken.

Jegor streichelte ihren Körper. Er strich über ihren flachen Bauch, ließ seine Fingerspitzen um ihren Bauchnabel kreisen und zwickte ihre Brustwarzen zwischendurch immer wieder.

Diese Zärtlichkeit erstaunte Anastasija, hatte sie doch damit gerechnet, dass Lana gefoltert werden würde, bis sie völlig fertig war. Sie kam sich dumm vor, denn sie hatte absolut keine Ahnung von der Spielart der Sexualität, wie sie auf dieser Party praktiziert wurde.

Aber sie beobachtete und lernte. Das waren die Aufgaben einer Weißen.

Jegors Hand klatschte plötzlich auf Lanas Fötzchen. Doch anstatt zu zetern und sich zu wehren, seufzte sie lustvoll und wackelte mit ihrem Hintern, um Jegor aufzufordern, sie erneut auf ihre geschwollene, feuchte Muschi zu schlagen. Das tat er auch, aber viel fester als zuvor und dreimal kurz hintereinander, sodass Lana vor Geilheit ihre Balance verlor. Ihr Fuß knickte um, das Lederhalsband strangulierte sie. Schweiß lief in Strömen an ihren Seiten herab.

Zu Anas Erstaunen machte Jegor Lana los.

Zwei Diener trugen einen seltsamen Sitz ohne Rückenlehne herein. Er bestand aus zwei rustikalen Holzfragmenten und einigen Querstreben, die dem Ganzen Stabilität verliehen. Dazwischen war von Lehne zu Lehne ein breites Lederband angebracht. Es hing durch wie eine glatte Hängematte und bildete ein U.

Auf das musste sich Svetlana nun setzen. Ihre Füße standen rechts und links davon ab, das Band war zwischen ihren Beinen. Zwei Diener zogen ihren Unterleib so weit nach oben, bis ihre Möse auf gleicher Höhe mit einer der beiden Lehnen war. Ihre Schenkel legte man darüber. Ihr Fötzchen klaffte weit auf.

Anastasija befürchtete, Jegor würde mit dem Kantschu ihre Möse peitschen, doch er zog seine Hose aus und stellte sich breitbeinig über ihre erhöhte Muschi. Als würde er eine Zeremonie durchführen, legte er seinen Schwanz zuerst auf ihr rechtes und dann auf ihr linkes Knie und ließ seinen warmen Urin über ihre Beine fließen.

Ein Diener machte sich an seinem Unterleib zu schaffen. Erst nachdem er fertig und zur Seite getreten war, erkannte Ana, was seine Aufgabe gewesen war. Er hatte Jegors Hoden in Lanas Möse gestopft. Jegors Glied stand ab. Die Vorhaut hatte sich zurückgezogen und die Eichel freigegeben.

Jegor winkte einem Diener zu, der mit wippendem Schwanz umgehend ein leeres Rotweinglas brachte.

«Stell es auf ihren Bauch!», befahl er und sah Lana an. «Wehe es fällt herunter!»

Der Diener folgte der Anweisung und trat beiseite.

Nun zeigte Jegor auf Ljudmila. «Drück meinen Schwanz auf ihren Kitzler herunter!»

Die Nr. 1 der Dienerinnen trat vor. Mit erhitzten Wangen legte sie ihre Hand auf den steifen Penis und presste ihn gegen Lanas Klitoris. Auch sie hatte die Vorführung nicht unbeeindruckt gelassen.

Vorsichtig, sodass seine Hoden nicht aus Svetlanas Loch rutschten, begann Jegor seine Lenden vor und zurück zu schieben. Sein Glied rieb nicht nur gegen Lanas Fötzchen, sondern auch gegen Milas Hand. Es wuchs durch die Stimulation weiter an, bis die Eichel so prall war, als wollte sie platzen. Platzen vor Sperma.

Lana dagegen kämpfte gegen ihre Geilheit an. Und Ana spürte ihre Zerrissenheit am eigenen Leib. Sie ahnte, wie sich die Sklavin fühlte. Auf der einen

Seite wollte sie nichts mehr, als endlich einen Orgasmus haben. Auf der anderen Seite befürchtete sie, dass durch das ekstatische Zucken das Weinglas herunterfallen und zu Bruch gehen könnte. Auch ohne Erfahrung mit dieser Art Partys wusste Ana, dass Jegors Bestrafung grausam sein würde.

Jegor nickte Mila zu, worauf diese sein Glied fester auf Lanas Muschi presste. Augenblicklich fing er an zu stöhnen. Es schien ihm gar nichts auszumachen, dass unzählige Augenpaare auf ihn gerichtet waren. Möglicherweise heizten die Blicke seine Erregung zusätzlich an.

Schon bald spannte er seine Arschbacken an. Er hielt sich an Ljudmilas Schulter fest, pumpte schneller, aber immer noch behutsam. Seine Eier wurden durch das Schaukeln seiner Hüften lang gezogen. Ein Stück weit glitten sie heraus, weil Svetlana sehr feucht war.

Doch bevor seine Hoden ganz aus der glitschigen Möse rutschen konnten, brach der Höhepunkt über ihn herein.

Sein Körper verkrampfte sich sekundenlang. Sein Gesicht wurde knallrot. Er hatte die Augen geschlossen. Erst als der Orgasmus ihn erfasste, riss er die Augen auf, starrte entrückt zur Decke und fing an zu zittern.

Das Sperma spritzte aus ihm heraus. Eine weiße Fontäne ergoss sich über Lanas Bauch. Ein Teil der Samenflüssigkeit traf das Weinglas. Aber Jegor war vor Geilheit unfähig zu zielen und besudelte ebenfalls den Oberkörper seiner Sklavin. Überall war Samenflüssigkeit. Auf ihrem Bauch, ihren Tittchen. Es lief an ihren Hüften herab auf die lederne Sitzfläche und tropfte von dort aus auf den Boden.

Langsam beruhigte er sich. Sein Atem wurde wieder flacher. «Besorg es ihr mit deinem Mund und leck mich sauber!», sagte er mit heiserer Stimme und nahm das Glas von Lanas Bauch.

Ana traute ihren Ohren kaum. Diese Nacht war ein einziger langer sexueller Exzess, die Vorführung ein nicht enden wollender Akt.

Mila streckte ihre Zunge aus dem Mund, schlang hinter ihrem Rücken ihre Finger ineinander und neigte sich vor. Ihre Brüste fielen aus den Korsettschalen. Lüstern zeigten die Nippel nach unten.

Folgsam strich die Nr. 1 über den erschlaffenden Schwanz. Sie säuberte ihn von seinem eigenen Sperma und die Hoden von Svetlanas Mösensaft. Zwischendurch küsste sie ihn immer wieder, wobei er jedes Mal zuckte. Dann drückte sie mit ihren Lippen die Vorhaut ein Stück zurück und schob ihre Zungenspitze dazwischen. Der Penis reckte sich wieder ein bisschen. Mila nahm die Eichel zwischen ihre Lippen und lutschte daran. Sie führte den

Schwanz tief in ihren Mund ein, saugte kräftig und ließ von ihm ab, um ihren eigenen Speichel abzulecken.

Jegor war schon wieder erregt. Sein Glied war halb erigiert. Mila schob den Penis mit dem Gesicht beiseite und begann, über Lanas Möse zu züngeln. Die Sklavin antwortete mit einem animalischen Seufzen. Nun, da Jegor das Weinglas in seiner Hand hielt, ließ sie sich gehen. Sie streckte Mila ihr Fötzchen entgegen und imitierte einen Fick.

Ljudmila verstand. Sie streckte ihre Zunge so weit heraus wie nur möglich und tauchte damit in Lanas feuchtes Loch ein. Dann hielt sie still. Sie brauchte nichts tun, denn Svetlana wusste genau, was sie wollte: endlich gevögelt werden. Gierig stieß die Sklavin hart gegen den Mund der Dienerin, damit deren Zunge in sie eindrang. Lana senkte ihren Unterleib ab, um ihn sofort wieder nach oben zu drücken und die Zunge tief in sich zu spüren. Mösensaft verteilte sich auf Ljudmilas Lippen, Kinn und Nase.

Mila tat das, was Anastasija gerne getan hätte: Lana schmecken. Eben hatte sie noch darüber fantasiert. Nun lebte eine andere Frau ihre Träume aus. Das war nicht richtig. Das erste Mal in dieser Nacht versetzte es Ana einen Stich ins Herz und sie verfluchte die weiße Feder in ihrem Haar. Nur zu beobachten, das reichte ihr nicht, stellte sie erregt fest. Sie war furchtbar geil! Allerdings gab es im Gegensatz zu Lana keine Hoffnung auf Erlösung für sie.

Mila zog sich aus Svetlanas Muschi zurück. Sie lächelte diabolisch, legte die Lippen um Lanas Kitzler und saugte so kräftig, dass sich ihre Wangen nach innen wölbten. Innerhalb von Sekunden kam die Sklavin. Sie schrie ihre Lust heraus. Als wäre sie von Sinnen, zappelte und zuckte sie, doch Mila gab ihre Klitoris nicht frei. Schließlich jammerte Lana. Winselnd lag sie auf dem Stuhl und heulte sogar, weil sie endlich von ihrer Geilheit befreit wurde und der Höhepunkt Höllentrip und Himmelsflug in einem war.

Erst als sie schon ein heulendes Elend war, hörte Mila auf. Sie hockte sich neben Svetlana, nahm sie in den Arm und streichelte ihr beruhigend über die Haare. «Scht», machte sie und küsste Lana auf die Stirn.

Lana hörte auf zu schluchzen. Sie atmete tief durch und lächelte Ljudmila an. Doch als Jegor mit dem Rotweinglas neben ihr auftauchte, riss sie die Augen auf und schüttelte heftig den Kopf. «Bitte, nicht. Ich flehe Sie an, Jegor. Bitte, bitte, nicht!»

«Oh, doch!», antwortete er mit Genugtuung.

Ana wusste nicht, was vor sich ging. Sie schaute über ihre Schulter zurück, um den General zu fragen, aber der war verschwunden. Enttäuscht presste sie die Lippen aufeinander.

«Ich habe alles ertragen», bettelte Svetlana. «Habe nicht um Gnade gewinselt, sondern alle Schmerzen artig eingesteckt. Bitte, nur das nicht!»

Belustigt strich er über ihre Wange. «Gerade weil du den Geschmack von Sperma hasst, wirst du das Glas austrinken. Ich werde dir deinen Ekel abtrainieren.»

Nun weinte Lana wieder. Sie schmiegte sich in Milas Arme, aber die Dienerin konnte ihr nicht helfen. Sie unterstand genauso Jegors Befehl wie Lana.

Ana war entsetzt. Über die Tatsache, dass der Herr des Hauses seine Sklavin zu etwas zwang, das sie partout nicht wollte. Und über das lustvolle Prickeln in ihrer eigenen Möse, weil sie Jegors Hartherzigkeit verabscheute, aber eben diese sie auch anmachte. Der Unwille auf Lanas Gesicht, das Zittern ihres Körpers, die bittersüßen Tränen, das alles faszinierte Ana.

Du bist krank! Alle hier sind pervers, dachte sie entsetzt. Doch dann fiel ihr ein, dass die Sklavin die Vorführung mithilfe eines Codewortes abbrechen konnte, wenn es ihr zu viel wurde. Aber das tat Lana nicht.

Sie öffnete ihren Mund einen winzigen Spaltbreit. Jegor setzte das Glas an ihre Lippen. Langsam kippte er es. Die Flüssigkeit kam ihrem Mund immer näher. Aufgeregt huschte Lanas Blick zwischen Jegor und Mila, in deren Armen sie immer noch lag, hin und her. Sie bettelte nicht mit Worten, sondern mit ihren Augen: «Helft mir, bitte. Tut mir das nicht an. Das ist viel schlimmer für mich als Schmerz. Tut mir weh, ja, tut mir noch mehr weh. Ich kann noch viel mehr ertragen. Aber nicht das.»

Als die Samenflüssigkeit ihre Lippen erreichte, wollte sie ihren Kopf wegdrehen, aber Mila legte ihre Hand an Lanas Wange, um sie daran zu hindern.

«Sei artig», ermahnte Ljudmila sie. «Trink und empfinde Dankbarkeit. Es ist das Gold deines Herrn und viel mehr wert als Edelsteine und Diamanten.»

Ana starrte wie gebannt auf die Szene, die so liebevoll wirkte, aber in Wirklichkeit so grausam war.

Unnachgiebig setzte Jegor wieder das Glas an Svetlanas Mund und kippte es rasch, damit die Samenflüssigkeit schneller in sie hineinlief. Tränen lösten sich aus Lanas Augenwinkeln, als das Sperma auf ihrer Zunge lag. Sie schluckte, verzog angewidert ihr Gesicht und würgte.

«Na, na», rügte Jegor sie und verschloss mit seiner Hand ihren Mund.

Lana kämpfte tapfer. Sie erbrach die Flüssigkeit nicht. Doch der nächste Schluck fiel ihr noch schwerer. Einmal war zu ertragen, zweimal war die Hölle, aber es wartete noch ein Rest im Weinglas darauf, getrunken zu werden.

Die Tortur war noch nicht zu Ende.

Eine Weile behielt sie das Sperma im Mund, unfähig es hinunterzuwürgen. Ana sah ihr an, dass sie es am liebsten zurück ins Glas gespuckt hätte. Als sie schließlich schluckte, kostete es sie große Überwindung. Fest presste sie ihre Lippen aufeinander, damit sie es nicht erbrach. Aber sie triumphierte.

Svetlana brauchte zwei, drei Minuten, bevor sie es schaffte, das verbliebene Sperma im Rotweinglas überhaupt in ihren Mund aufzunehmen. Sofort würgte sie. Dann beruhigte sie sich wieder, heulte und würgte erneut, mehrmals. Ihr Gesicht wurde krebsrot vor Anstrengung. Schweiß perlte ihr von der Stirn.

Es sah nicht so aus, als würde sie die Samenflüssigkeit schlucken können. Anas Augen waren feucht. Sie litt mit Lana. Erstaunt bemerkte sie jedoch den Saft, der aus Lanas Möse quoll. Es erregte die Sklavin offensichtlich, unter Druck gesetzt zu werden. Es machte sie geil, zu etwas gezwungen zu werden, was sie hasste. Ana war verwirrt und war sich plötzlich nicht mehr sicher, ob Lana ihr Mitleid überhaupt verdient hatte.

Nach einer halben Ewigkeit schloss Svetlana die Augen. Ihr Gesicht verzerrte sich, weil sie sich konzentrierte. Dann schluckte sie. Instinktiv öffnete sich ihr Mund, um zu erbrechen, aber der Würgreiz blieb aus und das Sperma in ihrem Körper.

Glücklich riss sie die Augen auf und sah Jegor und Ljudmila freudestrahlend an.

Jegor half ihr aufzustehen. Freundschaftlich nahm er sie in die Arme, küsste ihre Stirn und strich immer wieder über ihren Rücken. «Ich bin stolz auf dich. Komm mit, ich wasche dich.»

Während er sie aus dem Saal brachte, applaudierten die Gäste begeistert und schenkten ihr anerkennende Blicke. Lana lächelte zwar, hielt ihren Kopf jedoch demütig gesenkt, wie es sich für eine Sklavin gehörte.

Zwei Diener räumten das Spielzeug weg und die Gäste gingen wieder dazu über, zu plauschen und die Diener und Dienerinnen zu beanspruchen, nun noch mehr als zuvor, weil die Vorführung ihre Gemüter und Schwänze erhitzt hatte.

Eine Weile stand Anastasija orientierungslos herum. Sie war geil. Aber sie würde keinen Orgasmus haben. Nicht auf dieser Party. Doch beobachten allein reichte ihr nicht mehr. Sie gierte danach, eigene Erfahrungen zu machen. Auch sie hatte die Session mit Lana heißgemacht. So heiß, dass sie es kaum noch aushielt und am liebsten auf der Stelle von jemandem gefickt werden wollte.

In diesem Moment empfand sie es als Strafe, nur Voyeurin zu sein. Sie durfte nicht mitspielen, man schloss sie aus der Gruppe aus.

In den Toiletten gab es keine Türen, das hatte Ana schon festgestellt, dafür eine Wächterin, die darauf achtete, dass die Dienerinnen nicht mit einem Gast auf dem WC verschwanden. Es gab nur eine Möglichkeit, um sich wenigsten etwas Erleichterung zu verschaffen.

Sie schlenderte in die Eingangshalle mit dem schwarzen Marmor und dem diffusen Licht. Die Kerzen waren fast heruntergebrannt. Die beiden bulligen Männer an der Haustür hoben ihre Kalaschnikows, weil sie dachten, dass Ana fliehen wollte. Doch das war nicht ihr Plan.

Sie sah Jegor vor der Umkleide der Dienerinnen stehen. Er gab einem Angestellten Anweisungen, der daraufhin in die Küche eilte. Aufgeregt kam sie zu ihm. Er blickte sie verwundert an.

«Ich m ...» Ihre Stimme war kratzig vor Nervosität. Sie räusperte sich und begann von vorn. «Ich möchte Sie bitten, mir eine rote Feder zu geben.»

Verblüfft hob er die Augenbrauen. «Du willst eine Rote werden? Jetzt?»

Sie nickte verhalten und traute sich kaum, ihm in die Augen zu schauen, weil er in ihnen lesen konnte, dass sie unter Strom stand.

Er legte seine Hand unter ihr Kinn und hob ihren Kopf an, damit sie ihn ansah. «Das geht nicht, Ana. Du bist noch nicht so weit.»

«Doch», protestierte sie wie ein trotziges Kind. «Ich habe genug gesehen und möchte es ausprobieren.»

Energisch schüttelte er den Kopf. «Wir vergeben eine Mitgliedschaft nicht leichtfertig ... aus einer Laune heraus. Du brauchst einige Nächte als Weiße, damit du weißt, ob du wirklich Teil unserer kleinen Lustgesellschaft werden möchtest.»

«Das weiß ich jetzt schon.» Sie beeilte sich hinzuzufügen: «Ich bin mir sicher.»

«Warte erst einmal ab, wie du bei Tageslicht darüber denkst. Wenn du zu Hause in deiner gewohnten Umgebung bist, deinem Alltag nachgehst und dich die Wirklichkeit einholt, denkst du vielleicht anders über uns.» Er nahm seine Hand weg.

«Das kann ich mir nicht vorstellen.»

«Weil du feucht bist, habe ich recht?», fragte er und lachte, da sie errötete. «Geilheit kann ein starker Motor sein. Er lässt dich Dinge tun, die du normalerweise nicht tun würdest, und manchmal bereut man sie im Nachhinein. Lana zum Beispiel hat mein Sperma nur getrunken, weil ich vorher mit ihr gespielt habe. Wäre sie nicht erregt gewesen, hätte sie sich nicht überwinden können.»

Ana stellte das Tablett auf eine Kommode und stemmte ihre Hände in die Hüften, um ihre Entschlossenheit zu signalisieren. «Ich will ja nicht gleich zur Sklavin aufsteigen», wandte sie ein.

Zu ihrer Verwunderung nickte er. «Genau. Stufe für Stufe, sonst würdest du auf die Nase fallen. Du musst erst einige Male als Weiße dienen, bevor ich bestimme, dass du so weit gereift bist, um eine rote Feder von mir zu erhalten. Mein Haus, meine Regeln.»

«Das ist unfair.» Ana war es nicht gewohnt, fremdbestimmt zu werden.

«Nein, das ist umsichtig von mir.» Er wurde ernst. «Ich schütze dich vor deiner Neugier.»

Sie horchte auf.

«Ich spüre, dass du genau die Richtige für unsere Partys bist, aber gut Ding will Weile haben. Dein Interesse ist geweckt. Jetzt muss es sich erst festigen, bevor du einen Schritt weiter in das Land der unbegrenzten Lust machst. Hab Vertrauen.»

Anastasija seufzte. Sie würde Jegor nicht umstimmen können. Vielleicht hatte er sogar recht. Sie war durch Zufall in sein Haus gekommen – ein Wink des Schicksals? –, ihre Gefühle fuhren Achterbahn und sie musste das Chaos in ihrem Inneren erst wieder ordnen.

«Ich möchte den Waschraum aufsuchen», entschuldigte sich Ana, doch er hielt sie zurück.

Misstrauisch kniff er die Augen zusammen. «Du willst dich doch nicht am Toilettenpapier reiben, oder?»

«Nein, ich ... ich will nur ...», druckste sie herum, «mich trocken legen.»

«Deine Möse abwischen? Auf keinen Fall! Du wirst deinen Saft herunterlaufen lassen, damit alle sehen, was für eine geile Schlampe du bist. Selbst wenn deine Beine nass sind, es aus dir heraustropft und dein Saft Fäden zwischen deinen Schenkeln zieht, ist es dir verboten, ihn abzuwischen. Hast du das verstanden, Suka?»

Anas Gesicht leuchtete wie ein Streichholzkopf, weil Jegor so laut gesprochen hatte, dass alle, die in der Eingangshalle standen, es gehört hatten. Die bulligen Türwächter grinsten anzüglich und betrachteten ihre ungeschützte, rasierte Muschi. Sie starrten sie an. Einer der beiden packte sich in den Schritt und rieb sich ungeniert.

Postwendend drehte Ana sich um und lief in den Saal zurück. Sie tauchte in der Menge unter, beobachtete und gab sich ihren sexuellen Fantasien hin.

Jegor hatte ja recht. Noch vor wenigen Stunden hätte sie es nie für möglich gehalten, dass sie sich in dem Konstantinpalast-Nachbau wohlfühlen würde. Mittlerweile hatte sie sich daran gewöhnt, halb nackt herumzulaufen. Niemand regte sich darüber auf oder machte sich lustig über sie. Das Gegenteil war der Fall, sie erntete laszive Blicke. Es tat gut, begehrt zu werden.

Juri hätte sie von ihren Qualitäten erst überzeugen müssen. Er wechselte seine Frauen wie andere ihre Unterwäsche. Ihr tat es nicht einmal mehr leid, dass sie ihn gezwungenermaßen versetzt hatte. Sie wäre nur eine von vielen Frauen gewesen, die er geblendet hatte. Die Chance, ihn um den Finger zu wickeln und an sich zu binden, war verschwindend gering, gestand sie sich nun ein. Ihre Freundin Marija hatte recht gehabt, doch sie war zu verbohrt gewesen, das zu sehen.

Er hätte sie benutzt und entsorgt, und sie wäre sich schmutzig vorgekommen. Denn Juri war nicht ehrlich. Er schmeichelte den Frauen, gab ihnen so lange das Gefühl, einzigartig zu sein, bis er sie im Bett hatte. Aber es ging nur um seine Gefühle. Sobald er abgespritzt hatte, warf er die Frauen weg wie benutztes Toilettenpapier und ging nahtlos zur Nächsten über.

Aber Jegor war anders. Er war ehrlich. Als er sich im Morgengrauen von ihr verabschiedete, lud er sie ein, sich bei ihm zu melden und ihm mitzuteilen, ob sie wiederkommen wollte. Er redete nicht von Liebe, versprach ihr nicht das Blaue vom Himmel, sondern sagte ihr klipp und klar, dass es nur um Sex ging. Sie würde keine Bezahlung erhalten, zumindest nicht im eigentlichen Sinn. Ihr Lohn wären sexuelle Erfüllung, Ausschweifungen, geile Erfahrungen, die sie nirgendwo sonst machen konnte.

«Ich bin mir sicher, dass du dich melden wirst», sagte Jegor und zwinkerte ihr zu. «Daswidanja, Anastasija.»

«Paka.» Sie winkte zum Abschied und schritt die Treppe hinunter. «Tschüss.»

Für Ana war es komisch, ihre Kellnerinnenkleidung wieder zu tragen, sie fühlte sich beengt an. Der Himmel wurde langsam heller, aber die Sonne war noch nicht aufgegangen, sondern versteckte sich hinter den Häusern von Moskau. Die Stadt erwachte langsam.

Plötzlich hielt ein Sportwagen neben ihr. Er war schwarz und besaß verdunkelte Scheiben. Jemand öffnete die Beifahrertür von innen. Es war der General.

«Steig ein!», befahl er.

Einen Moment lang zögerte Ana. Doch ihre Neugier war zu groß, und so setzte sie sich auf den Beifahrersitz.

«Warum bist du nicht einfach weitergegangen?», wollte er wissen. «Wieso hast du nicht gefragt, weshalb du einsteigen sollst und was ich von dir will? Du hast meinen Befehl einfach befolgt.»

Ana war selbst überrascht und grübelte. Vielleicht war sie aus ihrer Rolle als Dienerin noch nicht wieder erwacht. Möglicherweise war es aber auch ... «Weil ich mich zu Ihnen hingezogen fühle.»

Alexej war sichtlich erstaunt über ihre Ehrlichkeit. «So geht es mir auch. Auf Jegors Party hatte ich das Bedürfnis, dich zu beschützen. Mehr vor dir selbst, als vor den anderen Gästen. Ich habe dein Gespräch mit Jegor gehört.»

«Er meint, ich wäre noch nicht so weit, um eine Rote zu werden.» Sie legte die Hände in ihren Schoß und starrte ihre Finger an.

«Jegor ist ein besonnener Gastgeber. Er meint es gut mit seinen Gästen und mit seinen Dienern», sagte er und strich mit seinem Handrücken über Anas Dekolleté, sodass sie wohlig erschauerte. «Du hast keinerlei Erfahrung, das spüre ich. Wie willst du vielen Herren dienen, wenn du noch nicht einmal einem einzigen gedient hast?»

Nun schaute sie zu ihm auf. Er machte sich nicht über sie lustig, sondern wirkte besorgt.

«Bist du bereit, deine ersten Schritte als Dienerin zu machen?», fragte er.

«Mit Ihnen?» Ihr Puls beschleunigte sich.

Er nickte. «Ich kann dich lehren, was es bedeutet zu dienen. Unterwerfung ist eine bittersüße Angelegenheit, und du bist wie geschaffen dafür. Bist du bereit dazu, mir zu vertrauen, sodass ich deine Grenzen ausloten kann? Mir die Kontrolle zu überlassen und meinen Wünschen zu folgen? Erniedrigt zu werden und süßen Lustschmerz zu kosten?»

Ihre Hände waren schweißnass. Sie wischte sie an ihrem Minirock ab. Zuerst überwog ihre Furcht. Das «Nein» lag ihr auf der Zunge, doch sie konnte es nicht aussprechen, weil sie sich danach sehnte, das am eigenen Leib zu erfahren, was sie in der letzten Nacht nur beobachtet hatte. Jegor hatte ihr die Tür in eine neue, lustvolle Welt gezeigt. Sie brauchte bloß zustimmen und Alexej würde sie für sie öffnen und sie hindurchführen, damit ihr nichts geschah.

«Ja», brachte sie kaum hörbar heraus.

«In Ordnung.» Er drehte sich noch weiter zu ihr um und lehnte sich an die Fahrertür. «Deine Antwort klingt nicht gerade überzeugt. Damit ich deine Erziehung zur Dienerin wirklich beginne, musst du mir schon beweisen, dass du es wirklich willst.»

«Wie denn?»

«Zieh dein Höschen aus!», wies er sie an.

Das war einfach, fand Anastasija und tat, was er von ihr verlangte. Sie ließ ihre Füße nah beieinander, sodass ihre Beine geschlossen waren.

«Spreiz deine Schenkel, damit ich dich fingern kann.»

Im Auto war es mit einem Mal schwül. Er plante, ihre Möse anzufassen, Ana konnte es kaum glauben. Endlich. Die Vorstellung erregte sie, Vorfreude erfasste sie, aber es fiel ihr nicht leicht, sich zu öffnen. In ihrer Vorstellung war alles ein Zuckerschlecken gewesen, in der Realität kostete es Überwindung.

Zärtlich streichelte er ihre Oberschenkel. Seine Hand glitt an die Innenseite und strich einige Male parallel zu ihren Schamlippen, ohne diese zu berühren. Als er ihr Fötzchen endlich streifte, war die Berührung elektrisierend. Ana drückte ihren Körper in den Sitz und unterdrückte einen Seufzer. Gerade die Sanftheit, mit der er sich vortastete, machte sie wahnsinnig.

Er folterte sie mit Zärtlichkeit.

Hätte er sie einfach gevögelt, wäre sie innerhalb von Sekunden gekommen, sodass gar keine Zeit gewesen wäre, sich zu schämen. Doch da er ihre Muschi langsam erkundete und dabei in ihr Gesicht starrte, wurde sie verlegen.

Dummchen, wenn du dich schon bei einem Mann schämst, wie willst du dann die Blicke der vielen Männer auf einer von Jegors Partys ertragen, schalt sich Ana.

Jedoch, kurioserweise machte diese Verlegenheit sie unglaublich an. Ihr Atem ging rascher. Sie hielt sich am Sitz fest, denn sie konnte vor Lust kaum noch ruhig sitzen bleiben. Wieso aber sollte sie sich zusammenreißen? Sie würde über kurz oder lang sowieso unter Alexejs Hand dahinschmelzen.

Als er auf ihren Kitzler klopfte, ganz sachte, brach ihre Zurückhaltung von jetzt auf gleich zusammen. Sie lehnte ihren Hinterkopf an die Kopfstütze, schloss ihre Augen und stöhnte leise. Wie von selbst bewegte sich ihr Becken vor und zurück. Alexej betrachtete dies scheinbar als Aufforderung, denn er führte drei Finger in ihre Möse ein. Sie glitten problemlos hinein, weil Ana durch ihre fortgeschrittene Geilheit entspannt und nass war. Er hielt seine Finger nur hin und Ana fickte sich selbst, indem sie ihre Hüften bewegte.

«Schau mich an!», befahl er.

Zaghaft öffnete sie ihre Augen. Sie drehte ihren Kopf zur Seite und schaute dem General ins Gesicht. Instinktiv hörte sie auf, ihr Becken zu schaukeln. Sie senkte ihren Blick, weil sie den seinen nicht ertrug. Noch nie hatte ein Liebhaber ihr dabei zugeschaut, wie sie kam, weil sie immer mit ihrer eigenen Lust beschäftig waren.

Energisch nahm er ihr Kinn und hob ihren Kopf an. «Sieh mich an», sagte er mit einer schneidenden Schärfe in seiner Stimme.

Sie gehorchte.

«Mach weiter», wies er sie an. «Und wehe, du guckst weg.»

Unsicher schob Ana ihr Becken vor. Sie öffnete ihren Mund, weil es ihr den Atem raubte, dass er hautnah mitbekam, wie sich ihre Geilheit bis ins Unerträgliche steigerte und die Lust über sie hereinbrach.

Als er den Daumen abspreizte, sodass er immer wieder über ihren Kitzler rieb, während sie ihr Becken schaukelte, war es um sie geschehen. Der Drang, endlich zu kommen, war übermächtig. Sie ließ ihre Hüften schneller arbeiten, fickte sich selbst, und trotzdem war es Alexejs Daumen, der sie Schritt für Schritt dem Höhepunkt näher brachte.

Es dauerte nicht lange und Ana kam. Sie gab einen unterdrückten Schrei von sich, schaukelte ihren Unterleib noch einige Male vor und zurück und brach dann zusammen. Ihre Lider waren halb geschlossen, trotzdem sah sie Alexej immer noch an.

«Brav», lobte er sie leise und hielt ihr seine Hand an die Lippen, damit sie seine Finger sauber lecken konnte. «Während der Autofahrt zu meinem Anwesen wirst du mir einen blasen, denn ich bin nicht zu deinem Vergnügen da, sondern du zu meinem. Lass uns fahren.»

In mein neues Leben als Lustdienerin, dachte Anastasija und konnte es kaum fassen. Manchmal kam alles anders, als man es erwartet hatte.

EROTIK

SKLAVENHERZ
COSETTE

TB, 13,5 x 21 cm, 160 S.
erschienen Okt. 2010
ISBN: 978-3-86608-139-0
13,90 Euro [D]
14,30 Euro [A]

«Majestätisch, sensationell und meisterhaft! Cosette – eine Frau, die sich von Buch zu Buch immer neu erfindet und immer wieder selbst übertrifft.»
monstersandcritics.de

9 783866 081390

EROTIK

HANDZAHM
COSETTE

TB, 13,5 x 21 cm, 160 S.
erschienen Okt. 2009
ISBN: 978-3-86608-129-1
13,90 Euro [D]
14,30 Euro [A]

«Finstere Reise in den Untergrund der SM-Szene. Garniert mit spannendem Ideenreichtum und ordentlich Dampf für die Lustzonen!»
PO Magazin

9 783866 081291

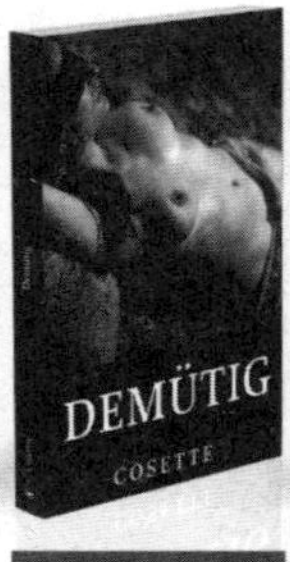

EROTIK

DEMÜTIG
COSETTE

TB, 13,5 x 21 cm, 144 S.
erschienen Feb. 2008
ISBN: 978-3-86608-064-5
13,90 Euro [D]
14,30 Euro [A]

«Gänsehaut!»
KinKats
«Uneingeschränkt empfehlenswert, ein wirkliches Lesevergnügen, eine große Autorin mit Phantasie und Können.»
Schlagzeilen

9 783866 080645

EROTIK

UNARTIG
COSETTE

TB, 13,5 x 21 cm, 160 S.
erschienen Mrz. 2009
ISBN: 978-3-86608-109-3
13,90 Euro [D]
14,30 Euro [A]

«Unterhaltsam und phantasievoll!»
Marquis
«Cosettes ansprechender Stil bereichert das Genre der BDSM-Literatur wie kein anderer.»
roterdorn.de

9 783866 081093

EROTIK

DEVOT
COSETTE

TB, 13,5 x 21 cm, 128 S.
vierte Auflage erhältlich
ISBN: 978-3-86608-022-5
13,90 Euro [D]
14,30 Euro [A]

«Ein wahrer Leckerbissen erotischer Literatur der etwas anderen Art, der aber Lust macht auf mehr!»
gothicparadise.de

9 783866 080225

EROTIK

LUST
COSETTE

TB, 13,5 x 21 cm, 128 S.
zweite Auflage verfügbar
ISBN: 978-3-86608-063-8
13,90 Euro [D]
14,30 Euro [A]

«Erfrischend und stilvoll umgesetzt.»
schattenspiegel.com
«Fesselt. Und was der Titel ihres Buches verspricht, das hält er auch!»
Schlagzeilen

9 783866 080638

EROTIK

GIFT FÜR DIE SKLAVIN
COSETTE

TB, 13,5 x 21 cm, 224 S.
erschienen Sep. 2008
ISBN: 978-3-86608-093-5
13,90 Euro [D]
14,30 Euro [A]

«Packende Kriminalgeschichte und prickelnde Erotik. Da bekommt der Begriff scharfe Story eine völlig neue Bedeutung!»
grdb.de

9 783866 080935

EROTIK

SKLAVIN IN GEFAHR
COSETTE

TB, 13,5 x 21 cm, 152 S.
zweite Auflage erhältlich
ISBN: 978-3-86608-048-5
13,90 Euro [D]
14,30 Euro [A]

«Cosette hat mit Sklavin in Gefahr einen SM-Roman hingelegt, der innerhalb der SM-Szene Klassiker-Potenzial haben dürfte.»
mon-boudoir.de

9 783866 080485

EROTIK

GEZÄHMT
SIRA RABE

TB, 13,5 x 21 cm, 176 S.
erschienen Sep. 2010
ISBN: 978-3-86608-148-2
13,90 Euro [D]
14,30 Euro [A]

«Ich habe selten so gute Leselust gefühlt (im wahrsten Sinne des Wortes).»
Amazon-Rezension

9 783866 081482

EROTIK

VIOLA – DAS TAGEBUCH DER SKLAVIN
SIRA RABE

TB, 13,5 x 21 cm, 160 S.
erschienen Sep. 2009
ISBN: 978-3-86608-111-6
13,90 Euro [D]
14,30 Euro [A]

«Nie langweilig, der Ideenreichtum scheint bei Sira Rabe unbegrenzt. Ein SM-Roman voller Romantik, den ich allen nur empfehlen kann!»
ladys lit

9 783866 081116

EROTIK

GEFANGEN
SIRA RABE

TB, 13,5 x 21 cm, 144 S.
zweite Auflage erhältlich
ISBN: 978-3-86608-097-3
13,90 Euro [D]
14,30 Euro [A]

«Ein echter Leckerbissen!»
Schlagzeilen
«Sira Rabe ist der neue Star in der Fetisch-Szene!»
PO Magazin

9 783866 080973

EROTIK

ERNIEDRIGT
EVA STERN

TB, 13,5 x 21 cm, 144 S.
erschienen Sep. 2010
ISBN: 978-3-86608-142-0
13,90 Euro [D]
14,30 Euro [A]

«Nichts für schwache Nerven, aber für Liebhaber des wahren Lebens.»
Amazon-Rezension

9 783866 081420

EROTIK

DIE GIER DER FREMDEN
EURYDIKE

TB, 13,5 x 21 cm, 128 S.
zweite Auflage erhältlich
ISBN: 978-3-86608-080-5
~~13,90 Euro~~ **4,95 Euro** (D)
5,10 Euro (A)

«Daumen hoch! Ich habe es in der Mittagspause gelesen und konnte mich danach nicht mehr wirklich auf die Arbeit konzentrieren.»
kwick.de

9 783866 080805

EROTIK

DIE DORNEN DER SKLAVIN
EURYDIKE

TB, 13,5 x 21 cm, 224 S.
erschienen Mrz. 2009
ISBN: 978-3-86608-110-9
~~13,90 Euro~~ **4,95 Euro** (D)
5,10 Euro (A)

«Der Stil der Autorin ist famos, klischeefrei und unprätentiös. Mehr als gut!»
Schlagzeilen

9 783866 081109

EROTIK

STETS ZU DIENSTEN
TANITA ZEST

TB, 13,5 x 21 cm, 160 S.
erschienen April 2010
ISBN: 978-3-86608-133-8
13,90 Euro (D)
14,30 Euro (A)

«Mit Einfühlungsvermögen und raffinierter Handlungsführung gestaltet. Ein aufregendes Leseerlebnis.» **erotische-geschichten.biz**

9 783866 081338

EROTIK

VERLOCKENDE VERSUCHUNGEN
INKA LOREEN MINDEN

TB, 13,5 x 21 cm, 144 S.
erschienen Feb. 2009
ISBN: 978-3-86608-108-6
~~13,90 Euro~~ **4,95 Euro** (D)
5,10 Euro (A)

«Unterhaltsam prickelnde Lektüre für warme Sommernachmittage [...] durchlesen und weiterträumen.»
Schlagzeilen

9 783866 081086

EROTIK

JANUSLIEBE
EDNOR MIER

TB, 13,5 x 21 cm, 160 S.
erschienen Jun. 2008
ISBN: 978-3-86608-084-3
~~13,90 Euro~~ **4,95 Euro** (D)
5,10 Euro (A)

«Ein wirklich guter Erotikkrimi mit vielen Spannungsmomenten und überraschender Auflösung.»
happy-end-buecher.de

9 783866 080843

EROTIK

HOCHZEIT DER SKLAVIN
CONSTANZE O. WILD

TB, 12 x 18 cm, 128 S.
zweite Auflage erhältlich
ISBN: 978-3-86608-049-2
~~12,95 Euro~~ **4,95 Euro** (D)
5,10 Euro (A)

«Wenn der legendäre Simon Benson hier mal nicht Pate gestanden hat! Wer es auf die harte Tour mag, dem sei das Buch empfohlen.»
Marquis

9 783866 080492

EROTIK

DIE VERBOTENEN FRÜCHTE DER WOLLUST
LILIAN GREEN

TB, 13,5 x 21 cm, 144 S.
dritte Auflage erhältlich
ISBN: 978-3-86608-062-1
~~13,90 Euro~~ **4,95 Euro** (D)
5,10 Euro (A)

«Knisternde Erotik, bizarre (S)Exzesse voller Ausschweifungen!»
Penthouse

9 783866 080621

EROTIK

OBSESSION
LILIAN GREEN

TB, 13,5 x 21 cm, 144 S.
dritte Auflage erhältlich
ISBN: 978-3-86608-096-6
~~13,90 Euro~~ **4,95 Euro** (D)
5,10 Euro (A)

«In 13 Kurzgeschichten wird wollüstig und geil, tabu- und hemmungslos gevögelt!»
Schlagzeilen

9 783866 080966

EROTIK | SACHBUCH

BODYMODIFICATION
ALANA ABENDROTH

TB, 13,5 x 21 cm, 144 S.
erschienen Aug. 2009
ISBN: 978-3-86608-112-3
14,95 Euro (D)
15,40 Euro (A)

«Unglaublich, dass so viel geballtes Wissen in ein Taschenbuch passt! Eine wahre Fundgrube.»
Schlagzeilen
«Intensiv recherchiert, interessant!» **Marquis**

9 783866 081123

WILLKOMMEN IN BAMBI-LAND – BAMBI LOVEDOLL

Bambi lädt ein. Es wird ein heißer Trip durch die Gedankenwelt einer tätowierten und gepiercten jungen Frau, die selbstbewusst von One-Night-Stands, Analsex und vollgepinkelten Betten berichtet, mal ratgebertauglich, mal augenzwinkernd und warnend, aber immer entwaffnend lustig und unterhaltsam.

Tja, meine Damen und Herren: So kann eine selbstbewusste und emanzipierte Dame von Welt auch auftreten. Aber keine Sorge: Bambi beißt nicht.

WILLKOMMEN IN BAMBILAND

BAMBI & WILL

Hardcover (HC)
15 x 21 cm, 144 Seiten
ISBN: 978-3-86608-145-1
17,95 Euro